UN MEURTRE OFFICIEL
LES MYSTÈRES DE MOLLY SUTTON

NELL GODDIN

À Nancy Kelley, éditrice extraordinaire.

PREMIÈRE PARTIE

❧ I ❧

Josette s'approcha de la maison rue Malbec, les nerfs à fleur de peau. À dix-huit ans, elle n'était pas étrangère au travail, mais son nouveau poste de femme de ménage chez Monsieur Coulon était totalement différent des tâches agricoles auxquelles elle était habituée. Monsieur Coulon était le maire de Castillac, la *personne la plus célèbre* qu'elle ait jamais rencontrée, ce qui lui donnait des mains moites rien que d'y penser.

Elle resta un moment dans la rue avant de sonner, essayant de rassembler son courage. La maison était construite dans ce calcaire doré chaleureux pour lequel la Dordogne est réputée, et s'élevait sur quatre étages complets, le plus haut bâtiment dans lequel elle était jamais entrée. Elle leva les yeux et vit que les volets bleus étaient encore fermés, et elle se demanda si les ouvrir tous chaque matin ferait partie de ses tâches. En comptant, elle en dénombra douze paires rien que du côté de la rue.

Josette tendit la main pour sonner mais s'arrêta. Elle lissa le tablier qu'elle avait enfilé par-dessus son jean bleu tandis qu'une soudaine panique l'envahissait à l'idée d'avoir peut-être mal choisi sa tenue. Et si Monsieur, non—*Monsieur le maire* Coulon souhaitait qu'elle porte quelque chose de plus convenable, voire une robe ?

Alors que la jeune femme se tenait sur le trottoir, incapable de trouver le courage de sonner, la porte d'entrée de la maison du maire s'ouvrit et le maire lui-même apparut.

— Ah, bonjour, Josette ! dit-il, sa voix tonnant comme s'il s'adressait à une foule.

Il était chauve, et sa stratégie pour contrer cette tendance était de recourir au classique coup de peigne sur le dessus, que Josette fixa avant de se forcer à détourner le regard. Le maire était quelque peu gourmand, comme l'indiquait son gros ventre, mais malgré ce ventre et ce coup de peigne, il n'était pas un homme peu séduisant, du moins c'était ce qu'il se disait chaque matin devant le miroir.

Josette fit une petite révérence, comme sa mère le lui avait appris ce matin-là, et marmonna une salutation, même si elle n'osait pas tout à fait croiser le regard de Coulon, craignant qu'il ne l'approuve pas.

— Entre, entre, dit-il en faisant un geste ample. Et s'il te plait, appelle-moi Maxime. Je dois vérifier le courrier pour quelque chose que j'aurais dû recevoir hier. Attends dans l'entrée, je reviens tout de suite.

Il se dirigea vers la boîte aux lettres, les yeux fixés sur Josette, se félicitant d'avoir trouvé une femme de ménage si jolie. Elle avait des courbes enviables, pas cette silhouette garçonne toute droite qui semblait être à la mode ces derniers temps, et ses cheveux tombaient en douces vagues châtaines autour de son visage agréable.

Josette entra dans la maison, s'émerveillant des hauts plafonds et du petit lustre dans l'entrée. C'était tellement lumineux comparé à la sombre ferme où elle vivait, et elle plissa les yeux en regardant le large escalier qui montait en courbe à l'étage supé-rieur et le tapis rouge qui se déroulait en son centre.

Quand le maire revint, il fit faire à Josette le tour des quatre étages de la maison, ainsi que de la petite cour arrière où se trouvait le fil à linge, avec un potager bien entretenu dont il s'occupait les week-ends. Il décrivit ses tâches en détail et lui fit comprendre que si elle avait des questions, elle n'avait qu'à demander. Elle serait responsable du dépoussiérage, du passage de l'aspirateur, du polissage des meubles et de l'argenterie, ainsi que de la lessive. À chaque tâche que Coulon décrivait, Josette acquiesçait. Il admirait sa réserve, préférant de loin le son de sa propre voix à celle de quiconque, et il admirait plus encore son postérieur substantiel alors qu'elle montait les escaliers devant lui.

Ce jean bleu, cependant... il était trop moderne, trop décontracté, pensait-il. C'était presque une insulte qu'elle le porte en tant que membre de son personnel, même si le personnel ne se composait que de Josette.

C'était une fille de la campagne qui n'était jamais allée dans une grande ville, et même rarement à Bergerac. Sa vie à la ferme avait été isolée, et elle ne connaissait pas grand-chose, eh bien, à part élever des poulets et faire pousser de la laitue. Les Barbeau n'avaient pas d'ordinateur et la réception sur leur vieille télévision était mauvaise. Elle n'avait guère prêté attention à l'école et tout ce qu'elle savait du vaste monde, c'était ce que lui disait sa mère, Madame Barbeau, ainsi que quelques bribes glanées auprès de son jeune frère, qui allait deux fois par semaine au marché de Bergerac pour vendre leur volaille et leurs produits.

Mais en ce beau jour de juillet, elle avait laissé la ferme derrière elle, et sur les encouragements de Madame Barbeau, Josette avait l'intention de tirer le meilleur parti de cette opportunité au 1 rue Malbec.

À QUATRE HEURES TAPANTES, Julien, le jeune frère de Josette, s'arrêta devant la maison du maire dans un camion délabré. C'était mercredi, un jour de marché plus petit que le samedi à

Bergerac mais toujours assez lucratif ; il avait vendu tous ses poulets en quelques heures maintenant qu'on était en juin et que les touristes commençaient à apparaître sur les marchés, gonflant le bassin de clients potentiels. Depuis plusieurs mois, il prélevait un peu sur la recette du jour au lieu de tout remettre à sa mère, et ce mercredi-là, puisqu'il devait récupérer sa sœur plus tard dans l'après-midi, Julien était allé dans un bar pour s'offrir un déjeuner.

Madame Barbeau croyait que les repas au restaurant étaient l'enfer sur Terre, ou peut-être même que Satan lui-même travaillait dans les cuisines des restaurants, crachant dans tous les plats ; Julien ne connaissait pas les détails précis des objections de sa mère, car il avait appris à ne plus l'écouter des années auparavant quand elle commençait sur l'un de ses sujets de prédilection. En tout cas, il apprécia encore plus le repas en sachant que le simple fait qu'il soit là serait consternant pour sa mère, et il s'autorisa une bière de plus qu'il n'aurait dû, arrivant rue Malbec plutôt mal en point.

— Joseeehhh-te ! appela-t-il, chantonnant, en s'appuyant contre le capot du camion.

Comme elle n'apparaissait pas immédiatement, il sortit une Gitane d'un paquet froissé et l'alluma. Julien ne voyait pas d'inconvénient à attendre. Il n'y avait rien qui le pressait de rentrer à part un chat de grange avec lequel il était ami. Et le chat de grange mordait.

Il en était à la moitié de sa deuxième cigarette lorsque Josette sortit de la maison, ferma soigneusement la porte et courut vers la voiture.

— Alors ? demanda Julien. Comment c'était ?

— Génial, dit Josette.

— Vraiment. Nettoyer la maison d'un type, c'est génial ? Tu *es* vraiment simple d'esprit.

— Pas cette partie, espèce d'andouille. Je parle de la maison. Tu vois qu'elle fait quatre étages entiers ? Et chaque étage est *énorme*, Julien. Pièce après pièce. Comme pour un roi.

— Tu n'as pas bien suivi en histoire si tu penses qu'un roi aurait passé ne serait-ce qu'une nuit dans une maison aussi minuscule.

— Elle n'est pas minuscule !

Julien rit, satisfait d'avoir si facilement réussi à agacer sa sœur. La ferme était à quarante-cinq minutes de route de Castillac et ils firent le reste du trajet sans parler, Julien rêvassant à la voluptueuse serveuse qui venait de lui servir son déjeuner, et Josette imaginant chaque pièce de la maison du maire tour à tour, essayant de se souvenir des détails, à la fois pour son propre plaisir et parce qu'elle savait que sa mère aurait une pile de questions sur tout cela.

Ils arrivèrent à la ferme au moment où une bruine commençait à tomber. De sombres nuages s'amoncelaient derrière la grange et Josette vit que tous les poulets s'étaient perchés, se préparant à l'orage.

— Hé, à quelle heure je dois t'emmener demain ? demanda Julien. Si seulement tu apprenais à conduire, tu pourrais prendre le camion toi-même.

Josette secoua la tête.

— Neuf heures, et je ne peux pas être en retard, dit-elle en courant vers la porte d'entrée, impatiente de raconter sa journée à sa mère avant d'oublier quoi que ce soit.

Madame Barbeau était assise près de la cheminée dans la cuisine. La ferme était très ancienne, et la cheminée immense, assez grande pour rôtir un cerf. Trois cents ans de suie noircissaient le manteau et le plafond. Les fenêtres étaient petites et rares, la pièce sombre et sinistre.

— Assieds-toi, dit Madame Barbeau à sa fille. Julien ? Où est-ce que tu vas avec cette enveloppe ?

Julien s'arrêta en passant et donna à contrecœur à sa mère le reste des recettes de la journée.

— J'ai tout vendu tôt, dit-il. Samedi, donne-moi plus de volailles entières.

Madame Barbeau hocha la tête, feuilletant les billets avec satisfaction.

— Alors, Josette ? Parle.

Josette ouvrit un paquet de biscuits et s'assit en mastiquant.

— C'était génial, Maman.

— Tu dis que tout est génial. Je ne sais même plus ce que ce mot signifie, et toi non plus d'ailleurs.

Josette mangea un autre biscuit.

— D'abord, parle-moi du maire. Est-ce un bon patron ? Clair dans ses instructions ? Pas trop dur ? Bien sûr, tu ne le sauras vraiment que lorsque tu feras une erreur. C'est le test. Tu n'as pas fait d'erreur le premier jour par hasard ?

— Non, Maman, dit Josette.

— Très bien. Bon. Allez, ma fille, parle. Comment est l'intérieur de la maison ? A-t-il des tableaux ? Ils peuvent être très précieux, tu sais. Et l'argenterie ?

—Je polis l'argenterie le mardi. C'était mercredi.

Josette vit que sa mère attendait plus, alors elle ajouta :

— C'était mercredi donc je n'ai rien fait avec l'argenterie. Je n'en ai même pas vu, à part quelques chandeliers dans la salle à manger. J'ai dépoussiéré toute la maison, avec des chiffons et un grand bâton avec des plumes au bout. De grosses plumes duveteuses, comme ça.

— D'autruche, dit Madame Barbeau.

— Ouais, bon, ça a pris vraiment longtemps. C'est quatre étages entiers, cette maison. Un gratte-ciel, quoi.

Madame Barbeau fut prise d'une quinte de toux mais parvint tout de même à lancer un regard accablant à sa fille.

— Comment peux-tu avoir dix-huit ans et en savoir si peu ?

Josette mangea un autre biscuit.

— Et s'il te plait, arrête de te goinfrer avec ces sucreries emballées. Je ne sais pas pourquoi Julien insiste pour les ramener à la maison. Ces biscuits sont fabriqués dans des usines, tu comprends, pas dans une cuisine. Ils ne valent pas mieux que la nourriture d'un restaurant. Et comme j'espère l'avoir bien fait comprendre...

Elle était partie, ayant trouvé un point d'entrée pour l'un de ses sujets de prédilection, et Josette composa son expression pour avoir l'air d'écouter, mais elle rêvait en réalité de la maison de la rue Malbec, touchant les coussins recouverts de soie et les lourds rideaux, passant ses mains sur une sculpture de cygne qui se trouvait dans la chambre du maire, et laissant la cuisine enfumée de la ferme et sa mère en train de gronder loin, très loin derrière elle.

$\maltese$ 2 $\maltese$

La mairie, où travaillait le maire, n'était qu'à quelques pas de sa maison. Son habitude était de prendre un café et des tartines beurrées avec de la confiture à huit heures, puis de se rendre à son bureau vers neuf heures. C'était un plaisir de travailler à la mairie, car les diverses personnes qui travaillaient sous ses ordres savaient ce qu'elles faisaient et lui rendaient la vie plutôt facile. Elles savaient quels formulaires remplir pour quelle occasion - et il semblait y avoir une infinité d'occasions, le gouvernement français étant extrêmement friand de formulaires - mais Monsieur Coulon n'avait pas à s'en soucier, grâce à leur grande expertise.

En ce moment, à la fin d'un mois de juillet trop chaud, il n'avait pratiquement rien à faire. Parfois, le juge d'instruction lui demandait d'examiner une affaire, de mener des enquêtes et d'agir comme une sorte de policier. Quand il n'y avait rien d'autre à faire, il décidait que son travail principal devait être la promotion de la bonne humeur dans le village, et il prenait cette partie de son travail au sérieux, parcourant les rues et saluant tous ceux qu'il croisait, allant même jusqu'à noter dans un petit carnet qu'il portait sur lui le nombre de personnes à qui il avait parlé jour après jour. Au bureau, il n'insistait pas sur la formalité, ce que les autres appréciaient chez lui.

La semaine après que Josette avait commencé à travailler pour lui, Coulon reçut un appel de Charles Mangey, le maire de Bergerac.

— Maxime, je viens d'apprendre d'un ami, un officiel à Périgueux qui s'y connaît en la matière, qu'il va y avoir une répression des activités du marché noir, je voulais juste te prévenir.

— Le marché noir ? dit Coulon. Je ne suis pas sûr que ce soit un gros problème à Castillac. Je n'imagine pas quelqu'un trafiquer des reins volés ou des drogues exotiques au Café de la Place, dit-il en riant.

Charles prit une profonde inspiration.

— Tu regardes trop de films américains, dit-il. Le marché noir ne concerne pas que ce genre de choses. Il couvre un terrain énorme, des logiciels piratés aux cigarettes. Essentiellement, toute transaction où le gouvernement est privé de taxes, c'est du marché noir. Comment est-ce possible que tu ne saches pas ça, Maxime ?

— Je ne réalisais pas que c'était ça dont tu parlais, dit Coulon sur la défensive. Peut-être qu'une partie du travail dans le village se fait au noir... ah, on ne peut pas blâmer les gens, n'est-ce pas ? La TVA est devenue ridicule.

— Maxime, dit l'autre maire, je n'ai pas besoin de te rappeler que nous ne pouvons pas nous présenter comme les protecteurs du bien commun tout en fermant les yeux sur les comportements illégaux, peu importe ce que tu penses des politiques venant de Paris.

— Oui, oui, bien sûr, je ne disais pas ça. Même si je ne vois pas ce que je peux faire contre ce genre de chose dont tu parles. Si un propriétaire paie le plombier en espèces, ou partiellement en espèces, que suis-je censé faire ? Je ne suis pas présent lors de la transaction et il n'y a aucune preuve que cela ait eu lieu.

— Les relevés bancaires, Maxime, dit André patiemment. Fais

attention aux dépôts en espèces. Après tout, l'argent liquide n'apparaît pas comme par magie, n'est-ce pas ?

— Ah, si seulement c'était le cas ! rit Coulon. Merci de m'avoir prévenu. Comme je l'ai dit, je doute qu'il y ait beaucoup d'activités illégales ici à Castillac, du moins à une échelle qui vaille la peine de s'en inquiéter, mais je vais quand même en toucher un mot au directeur de la banque. Maintenant, parle-moi du festival de musique de la semaine prochaine : tu as des plans spécifiques pour le stationnement ?

Les deux maires parlèrent encore dix minutes des événements à venir dans leurs villes respectives, puis se dirent cordialement au revoir.

Après avoir raccroché, Coulon resta un moment à regarder par sa fenêtre. La rue Balzac était vide à l'exception du chien de Madame Vargas, Yves, qui trottait avec assurance sur le trottoir avant de tourner dans la rue Malbec. Les mots « marché noir » semblaient si exotiques, comme quelque chose dans un film de genre, pensa Coulon. Peut-être y a-t-il de l'argent à gagner ici à Castillac de manières que je n'avais pas envisagées.

Un lent sourire s'étala sur son visage tandis qu'il contemplait un certain nombre de cibles qui lui venaient instantanément à l'esprit. C'est de la tarte, pensa-t-il, soudain affamé pour le déjeuner.

AU FIL DES MOIS, Josette prit ses marques dans son travail chez le maire avec contentement, même si certains aspects devinrent un peu étranges. Au début, tout s'était bien passé, Coulon semblait être le plus aimable des employeurs. Chaque matin de la semaine, Julien déposait Josette, et elle s'attelait aux tâches de la journée avec suffisamment d'enthousiasme et de compétence pour plaire à son patron. Elle était méticuleuse pour polir l'argenterie, s'assurant d'enlever chaque grain de ternissure même dans les creux du motif floral orné des couverts. Elle faisait le lit du maire tous les jours, gonflant la couette jusqu'à ce qu'elle soit moelleuse comme un nuage et s'assurant que les taies d'oreiller étaient lavées et séchées au soleil, comme il le préférait. Coulon établissait l'emploi du temps de ce qu'elle devait faire et quand, bien qu'il aimât y apporter des modifications, changeant parfois les tâches du jour pour des raisons qu'elle ne comprenait pas. Mais que lui importait ? Le travail était bien payé et lui permettait de passer la majeure partie de sa journée dans une maison majestueuse, entourée de belles choses. C'était dix fois mieux que le poulailler, disait-elle à Julien, même si en vérité, elle regrettait la vie à la ferme et préférait de loin la compagnie des oiseaux à celle de Coulon.

Lors de la troisième semaine, Coulon l'avait conduite dans l'une des chambres d'amis et lui avait dit de se changer pour mettre une tenue qu'il avait obtenue pour qu'elle la porte pendant ses heures de travail.

— C'est le moins que je puisse faire, fournir des vêtements appropriés pour le travail, avait-il dit en guise d'explication.

Josette ne comprenait pas entièrement le concept de « approprié pour le travail », et avec un haussement d'épaules, elle avait enfilé la robe noire avec un petit tablier bordé d'un volant. Le corsage de la robe était serré mais pas au point qu'elle veuille se plaindre, et la jupe était ample, courte mais pas trop, et avait même un jupon en tulle, que Josette trouvait merveilleusement chic, n'ayant jamais eu l'occasion de porter quelque chose ne serait-ce que vaguement similaire auparavant.

La tenue n'allait cependant pas durer. Après deux semaines, Coulon l'avait conduite à nouveau dans la chambre d'amis et lui avait dit qu'étant donné la chaleur du mois d'août et l'absence de climatisation dans sa maison, il pensait qu'il n'était que gentil de lui fournir une tenue d'été qui rendrait son travail pénible plus confortable à effectuer. Elle avait regardé avec doute le lit, où il avait déposé un caraco et une culotte fendue fabriqués par La Perla, un nom qui ne lui était pas familier.

— Ce sont les plus beaux que l'argent puisse acheter, avait-il dit, essayant sans succès de paraître désinvolte et autoritaire. C'était cruel de ma part d'attendre de toi que tu montes et descendes les escaliers toute la journée par cette chaleur sans la moindre concession à ton confort. Ceci devrait grandement améliorer la situation. Et, avait-il ajouté en allant vers la commode Empire et en ouvrant le petit tiroir du haut, j'ai prévu plus de choix, pour que tu puisses décider toi-même ce que tu as envie de porter chaque jour.

Josette avait été prise au dépourvu, comme n'importe quelle jeune femme l'aurait été, bien que d'autres jeunes femmes auraient probablement mieux compris la motivation de Coulon.

— Vous voulez que je... fasse le ménage en sous-vêtements ?

Coulon gloussa.

— Oh, je ne pense pas à ça comme à des *sous*-vêtements, avait-il dit, comme si la suggestion était ridicule. Je vois ça simplement comme quelque chose de luxueux, quelque chose de grande qualité et de haut de gamme, qui rendra ta journée beaucoup plus agréable. Écoute : essaye pendant une semaine, et puis décide. Si tu trouves quoi que ce soit que tu n'aimes pas en portant La Perla - si cela gêne ton travail d'une manière ou d'une autre, ou si tu te sens mal à l'aise, n'importe quoi - alors je ferai tout disparaître sans un mot de plus. Après tout, le but est d'améliorer ta journée, Josette. Qu'en penses-tu ?

Josette ne sentait pas qu'elle pouvait s'opposer à lui, et ne se sentait pas particulièrement concernée de toute façon. Elle était habituée à la liberté de vivre au fin fond de la campagne, où elle pouvait nager nue dans l'étang ou se déshabiller pour sentir le soleil du printemps sur sa peau. Et avoir élevé divers animaux de ferme au fil des ans lui avait donné cette sorte de rapport pragmatique au corps, typique des gens dont les premières années se passent près de la nature. Compte tenu de tout cela, la jeune femme n'avait pas une abondance de pudeur, et bien qu'elle regrettât la perte du jupon fantaisie, ces nouveaux articles semblaient très beaux et étaient divins au toucher.

Elle avait accepté d'essayer. Et quand Coulon avait quitté la pièce et fermé la porte derrière lui, elle s'était dépêchée d'enlever son jean et son t-shirt pour enfiler les somptueux sous-vêtements, s'émerveillant de leur douceur. C'était comme ne rien porter du tout, avait-elle pensé en se regardant dans le miroir de la porte de l'armoire, et en aimant ce qu'elle voyait.

Ainsi avait commencé la nouvelle normalité. Julien continua de conduire sa sœur au travail et de la ramener, même les jours où il n'y avait pas de marché pour vendre les produits de la ferme. Les jours de marché, il continuait de prélever une partie du profit pour lui-même et se payait généralement un déjeuner, et Josette passait les cinq jours de la semaine de travail à nettoyer la maison du maire avec application, tout en portant de la lingerie très coûteuse.

Aucun d'eux ne dit un mot à leur mère sur ce qui se passait à Castillac. Madame Barbeau leur posait mille questions à tous les deux, mais sans avoir besoin de se concerter, ils répondaient par un flot de banalités accompagné d'un manque presque total de détails, et la pauvre femme était frustrée au point d'en faire une apoplexie. Elle insistait pour que Josette lui remette ses gains quand elle était payée, toutes les deux semaines, mais Coulon payait en espèces et Josette avait appris de son frère à garder un peu chaque semaine, augmentant doucement son petit pécule, qui était enveloppé dans des sacs en plastique et caché dans les chevrons du poulailler.

❦

VERS LA FIN du mois de septembre, il faisait encore chaud, et Josette était reconnaissante de porter quelque chose de léger, surtout les jours où son travail était pénible. Elle gardait la robe noire accrochée dans l'armoire de la chambre d'amis au cas où quelqu'un sonnerait à la porte, ou si elle avait besoin de mettre quelque chose pour aller dehors étendre le linge.

Un jour de lessive, elle avait la robe par-dessus les sous-vêtements La Perla et s'apprêtait à ouvrir la porte pour sortir, tenant un lourd panier de linge mouillé, quand elle remarqua une femme dans la ruelle, en train de rôder près du portail de derrière. Josette posa le panier et se mit hors de vue, puis jeta un coup d'œil derrière le rideau. Le mur du jardin de derrière était haut, mais la femme avait dû trouver quelque chose sur quoi se tenir car sa tête apparut ; elle fixait le fil à linge, la culotte fendue et le caraco en soie que Josette avait étendus plus tôt ce matin-là. Josette la vit tendre la main - allait-elle les voler directement sur le fil à linge ? Quelle audace de la part de cette étrangère !

Mais un des voisins cria quelque chose et la femme retira sa main. Elle leva les yeux vers la maison et Josette resta très immobile, espérant qu'elle s'en aille.

En quoi ça la regarde, pensa-t-elle avec irritation, attendant quelques minutes après que la femme avait continué son chemin dans la ruelle et disparu de vue. Elle souleva brusquement le panier et sortit, accrochant le linge sur le fil avec agressivité, puis ramenant soigneusement les articles La Perla secs à l'intérieur, les pliant et les rangeant dans l'étroit tiroir où ils avaient leur place.

— Je ne suis toujours pas habituée à la vie de village, dit-elle à Julien sur le chemin du retour ce jour-là. Tu imagines, une étrangère sur le point de toucher le linge sur le fil ? Je ne savais pas si je devais sortir en courant et lui crier dessus ou ne rien dire. Je ne... je ne connais pas les règles.

— Bah, ce n'est pas si compliqué, répondit-il. C'est juste la même chose que ce que tu as appris à l'école. Comment saluer les gens, quand garder ta bouche fermée. Fais juste semblant... c'était qui ce prof en primaire, Monsieur Séverin ? Imagine juste ce qu'il te dirait, et fais ça.

— Je n'aime pas que les gens soient indiscrets, dit-elle en passant ses doigts dans ses cheveux.

— Tu tiens ça de Maman, dit son frère en levant les yeux au ciel. Les gens s'intéressent naturellement aux autres. Ça ne doit pas forcément être une mauvaise chose. Bien sûr, Maman pense que c'est mal, mais tu sais bien qu'elle est folle à lier ?

Josette regarda par la fenêtre et ne répondit pas.

❧ 3 ❧

2⁰⁰⁷ Par une magnifique matinée de juin, Molly Sutton, propriétaire du gîte La Baraque, taillait des roses lorsque son amie Frances traversa la pelouse à vélo, en zigzaguant et en criant tout du long. Bobo courait dans tous les sens en aboyant à tue-tête.

— Je ne crois pas t'avoir déjà vue faire du vélo, dit Molly en riant et en embrassant Frances sur les deux joues.

— Je ne me souviens même pas avoir appris. Je n'ai jamais été sportive un seul jour dans ma vie. Mais Nico m'a mise au défi. Enfin, pas vraiment un défi, mais il a dit qu'il ne pensait pas que j'en serais capable. Tu imagines !

— Attends, tu es vexée parce qu'il ne pensait pas que tu pouvais faire quelque chose que tu ne sais effectivement pas faire ?

— Mais j'en suis *capable*, Molly, c'est le point numéro un. Et le numéro deux, je n'en ai jamais eu envie. Alors... eh bien, c'est comme ça que tu m'aides !

Elle croisa les bras et fit semblant d'être en colère.

— Tu dois être sur le point de mourir de soif, à choisir le jour le plus chaud de l'année pour commencer à faire du sport. Viens prendre une boisson fraîche.

— Je ne dirai pas non, répondit Frances en laissant le vélo s'écraser au sol, faisant fuir le chat roux qui alla se réfugier sous les buissons. Alors voyons, on est... quel jour on est, bon sang ? La vie au village m'a tellement détendue que je n'arrive plus à suivre.

— On est jeudi. Je *dois* suivre parce que, contrairement à certaines personnes, je travaille pour gagner ma vie.

— Je ne sais pas qui tu essaies de critiquer sans succès. Figure-toi que j'ai envoyé un nouveau jingle ce matin même, pour ton information. Et je m'attends à ce que la rémunération soit plutôt coquette, je te remercie.

— Beaucoup plus coquette que ce que rapporte le gîte, même si je ne devrais pas me plaindre. Il y a beaucoup à dire sur le fait de faire un travail qu'on aime vraiment.

— Santé, dit Frances en faisant tinter son verre de Perrier contre celui de son amie.

Molly avait quitté Boston et son emploi dans la collecte de fonds quand son mariage s'était terminé, et elle était venue jusqu'à Castillac à la recherche d'une nouvelle vie. Un plan fou, certains diraient même imprudent, mais jusqu'à présent, cela s'était avéré meilleur qu'elle ne l'aurait pensé possible.

— Alors, quel est ton programme cette semaine ? Des gens intéressants qui arrivent ?

— J'ai mon premier client régulier, ce qui est agréable.

— J'espère que c'est cette Eugenia Perry, j'avais vraiment envie de mieux la connaître.

— J'ai bien peur que non. C'est Wesley Addison.

— Le type bizarre ? Celui qui a tué sa femme ?

— Il n'a pas tué sa femme. Du moins, je ne pense pas. Parfois, les cadavres s'accumulent si vite par ici qu'on pense que les morts naturelles n'existent même plus.

— Bien vu. Je veux juste que tu sois un peu plus prudente,

après ce qui s'est passé l'hiver dernier quand La Baraque était complet et...

— Je sais, je sais. Je *suis* plus prudente maintenant. Même si j'ai détesté le faire, j'ai fait installer un verrou sur la porte de ma chambre, et un nouveau sur les portes-fenêtres de la terrasse. Et même si j'admets qu'au début, Wesley Addison me donnait envie de me crever les yeux avec des fourchettes, une fois que j'ai appris à le connaître, j'ai été conquise.

— Parce que tu es un chamallow.

Molly haussa les épaules.

— Toi et Nico, vous voulez venir dîner vendredi soir prochain ?

— Qui d'autre vient ?

— Tu n'as pas de manières.

Frances rit.

— Je veux dire, oui, nous serions ravis. Ce sera toi et Ben ?

— Je peux inviter Wesley si tu me supplies.

Frances rit de plus belle.

— Tu feras ce plat de légumes que j'adore tant ? Écoute, je suis contente que tu nous aies invités, parce qu'il y a quelque chose dont nous aimerions te parler.

Molly leva les sourcils.

— Eh bien, tu sais...

— Bon sang, Franny, accouche ! Ce n'est pas une de tes idées visionnaires pour les affaires, j'espère ?

— Non, non, rien de tel. C'est... c'est à propos du mariage. Je suis juste... une minute je suis super motivée, et la suivante, j'ai juste envie de prendre mes jambes à mon cou, dit-elle d'une voix si basse que Molly pouvait à peine l'entendre.

— Pour quelqu'un qui s'est mariée autant de fois que toi, tu es drôlement craintive.

— C'est exactement pour ça. Évidemment.

— D'accord, qu'est-ce qu'il y a ? Toi et Nico avez fixé une

date ? Vous allez le faire à Castillac ? Tu sais que je serais heureuse de le faire ici à La Baraque, si vous voulez le faire en extérieur. Ou je peux t'aider à trouver quelque chose de plus chic à Bergerac si c'est ce que tu as en tête.

—Je sais que j'ai abordé le sujet, mais en t'entendant te lancer dans toutes ces questions... eh bien, tu as raison, je suis craintive à propos de tout ça. Ce n'est pas Nico, tu sais que je l'adore. C'est juste... mon histoire matrimoniale chaotique, tu vois ? Bref, l'idée d'avoir un mariage traditionnel, avec moi qui remonte l'allée et tout ça - je suis juste... pas sûre de pouvoir revivre ça. *Encore.* Il semble que pour un troisième mariage, on devrait faire quelque chose de différent en plus d'avoir une nouvelle robe.

— Le *marié* est différent, Franny, c'est tout ce qui compte.

— Peut-être, dit Frances, dubitative. Mais tu ne peux pas dire que le symbolisme ne signifie rien, sinon pourquoi s'embêter ? Quoi qu'il en soit, Nico et moi nous demandions ce que toi et Ben pensiez d'un mariage hors de la ville. Que dirais-tu d'aller quelque part et de célébrer ça, juste nous quatre ?

Molly plissa le visage.

—Je ne sais pas. Laisse-moi le temps d'y réfléchir ?

— Tu n'es pas sans tes propres cicatrices matrimoniales, je sais.

Molly hocha la tête. Son seul mariage s'était terminé par un divorce, bien que sa nouvelle vie en France ait fait un travail assez complet pour guérir la plupart de ces vieilles blessures. Ce n'était pas un autre mariage qu'elle désirait désespérément, mais un enfant. Et alors que son quarantième anniversaire se profilait à l'horizon, ses perspectives semblaient de plus en plus sombres.

— Tu veux un croissant aux amandes ? dit-elle brusquement, parce que les croissants aux amandes pouvaient remonter le moral de n'importe qui, même s'ils étaient un peu rassis.

FRANCES VENAIT à peine de partir en titubant, semblant sur le point de tomber à tout moment, quand Molly entendit un coup sec à la porte.

— Lapin ! s'écria-t-elle, surprise de voir son ami sur le pas de la porte.

Elle le voyait presque toujours Chez Papa, le bistrot local où elle prenait des repas ou des cocktails plusieurs fois par semaine.

— Je suis désolé de te déranger chez toi, dit-il nerveusement.

— Bon sang, Lapin, tu as l'air bouleversé ! Entre et dis-moi ce qui s'est passé. Je peux t'offrir quelque chose à boire ?

— Un verre de quelque chose ne serait pas de refus.

Molly vérifia la bouteille à moitié bue sur le comptoir de la cuisine.

— Un Côtes du Rhône, ça te va ?

— Oui, oui, dit-il en agitant la main en l'air. Oh, Molly, j'espère que ça ne te dérange pas que je vienne te voir, mais tu es la seule femme que je... je veux dire, tu sais que j'apprécie beaucoup les femmes, vraiment beaucoup, c'est juste que... je peux te *parler*. Bien sûr, tu es extrêmement charmante, je ne veux pas dire...

— *Mon Dieu*, Lapin. Détends-toi. Dis-moi simplement ce qui ne va pas.

Elle lui tendit le verre de vin et ils s'assirent ensemble sur le canapé bosselé.

— C'est Anne-Marie.

Lapin avala son vin.

— Elle veut... elle veut se *marier*.

Y avait-il quelque chose dans l'eau ? Est-ce que le reste du village allait défiler dans son salon en exprimant son angoisse à propos du mariage, ou Lapin était-il le dernier de la file ?

En voyant son expression torturée, Molly réprima un rire. Quand elle était arrivée au village et avait rencontré Lapin, il était le genre de type qui bavait sur les femmes mais n'allait jamais très loin avec aucune d'entre elles, en partie à cause de son comportement rustre et aussi, Molly et d'autres le soupçonnaient, parce qu'il avait en réalité trop peur que quelque chose se passe. Mais ensuite, il avait rencontré Anne-Marie, et elle avait vu quelque chose en lui que les autres femmes avaient manqué, et ils avaient été heureux ensemble plus longtemps que quiconque ne l'aurait deviné.

— D'accord, donc elle veut se marier. Est-ce vraiment un problème ? D'après ce que j'ai vu, Anne-Marie et toi vous entendez à merveille.

— Eh bien, oui. Oui, c'est vrai. Mais c'est exactement mon point. Pourquoi changer quelque chose quand ça marche si bien ?

— Tu veux fonder une famille ? demanda Molly, essayant vaillamment de mettre ses propres sentiments de côté.

— Une famille ? Tu veux dire des *enfants* ?

Les yeux de Lapin étaient comme des soucoupes. Molly rit légèrement.

— Oui, des enfants. Anne-Marie a-t-elle dit quelque chose à propos d'en vouloir ?

— Nous n'en avons pas parlé.

Lapin prit une autre grande gorgée de vin.

— Le truc, c'est que... tu te souviens, Molly, ma mère est morte quand je n'étais qu'un garçon. Et mon père, il était... difficile. Très dur.

— Abusif.

— On pourrait dire ça.

Molly leva les sourcils.

— D'accord, oui, abusif. Je ne veux pas me plaindre, je suis bien conscient que d'autres ont eu bien pire que moi...

— Lapin, ça n'a rien à voir.

— Hein ?

— Je dis simplement que le fait que d'autres aient eu pire n'a rien à voir avec ce que tu as vécu. Ce n'est pas une compétition.

Les yeux de Lapin s'écarquillèrent à nouveau.

— Je dois réfléchir à ça... mais à première vue, ça semble très sage. Je savais que c'était une bonne idée de venir te voir.

Il finit son verre et le posa soigneusement sur la table basse.

— Mais s'il te plait, dis-moi comment faire oublier cette idée folle à Anne-Marie ! J'étais si heureux avant ça.

Molly haussa les épaules.

— J'ai bien peur que ce soit au-delà de mes pouvoirs. Et des tiens, pour être honnête. Mon conseil est de lui demander un peu de temps pour y réfléchir, de lui dire ce que tu ressens pour elle, et de laisser tout ça faire son chemin. Tu paniques maintenant, mais peut-être qu'une fois que tu te seras habitué à l'idée...

— Je ne me suis jamais vu comme un homme marié, dit Lapin. Un libertin, peut-être, un homme du monde...

Molly réussit d'une manière ou d'une autre à ne pas lever les yeux au ciel.

— Les couples doivent faire ce qui leur convient. Peut-être que le mariage est la solution, peut-être pas. Tu devras le découvrir par toi-même. Maintenant, je ne veux pas te mettre à la porte, Lapin, mais j'ai une longue liste de tâches à accomplir aujourd'hui.

— Compris, compris. Les affaires du gîte marchent bien ?

— Pas mal. J'ai quatre clients qui partent, et trois qui arrivent ce samedi, dont un qui revient.

— Quel compliment ! Ce n'est pas comme si Castillac offrait une abondance de sites touristiques.

— Il y a beaucoup de choses à proximité, dit Molly, se sentant sur la défensive même si elle réalisait que Lapin ne faisait que faire la conversation et ne voulait pas l'insulter. Et certains clients viennent pour la paix et la tranquillité.

— Ha ! C'est ce que le village avait avant que tu n'arrives. Maintenant que le Maître Détective est résidente de Castillac, on dirait qu'on a un meurtre toutes les deux semaines.

Avec irritation, Molly dit :

— Ce n'est pas juste. Il n'y a rien eu depuis février, et nous sommes en juin.

Lapin se contenta de rire.

— Je pense que ça prouve plus mon point que le tien !

— Comme je l'ai dit, j'ai du travail à faire, dit Molly, se levant et marchant ostensiblement vers la porte d'entrée.

Toute cette conversation sur le mariage l'avait mise de mauvaise humeur, et il n'y avait rien de mieux que de passer quelques heures de qualité dans le jardin, de préférence à tailler des choses avec un objet tranchant et à bien transpirer.

❦ 4 ❦

Le maire Coulon tapotait du bout des doigts sur la table du Café de la Place, pris dans l'inconfortable ambivalence de souhaiter que son ex-femme se dépêche d'arriver tout en redoutant sa venue. Il fit signe à Pascal, le serveur au physique de star de cinéma, qui s'approcha nonchalamment.

— Que puis-je faire pour vous, Monsieur le maire ? dit Pascal.

— J'attends Odile, répondit Coulon sans cacher son irritation.

— Voulez-vous boire quelque chose en attendant ?

— Apportez-moi juste... auriez-vous une assiette de quelque chose, des crudités ?

Coulon faisait des efforts intermittents pour contrôler sa ligne et se félicita intérieurement d'avoir choisi des légumes dans une circonstance aussi stressante.

Ce fut alors que Coulon aperçut Odile qui marchait sur le trottoir. On était lundi et les rues n'étaient pas bondées, mais il y avait suffisamment de piétons pour qu'elle croise des connaissances, s'arrêtant pour échanger des bises et bavarder avant de poursuivre son chemin vers le café. Coulon voyait très bien qu'elle ne cherchait pas à être à l'heure, qu'elle allait en fait volontairement être en retard juste pour l'agacer, et il tapota de plus en plus vite du bout des doigts jusqu'à ce qu'une vieille dame à la table voisine lui lance un regard qui le fit s'arrêter.

— Bonjour, Maxime, dit Odile lorsqu'elle se laissait enfin tomber sur le siège en face de lui.

— Bonjour, Odile, répondit-il, se forçant à paraître plus agréable qu'il ne l'était.

— Tu as commandé ?

— Bien sûr que non. Je t'ai attendue. Une situation qui me semble assez familière, soit dit en passant.

Odile rit. C'était une femme soignée, vêtue d'un tailleur élégant, ses cheveux châtains coiffés en un chignon impeccable. En tant que propriétaire de plusieurs boutiques de produits de beauté florissantes, Odile était confiante et indépendante. Ses habitudes de travail - et son refus de s'incliner devant Maxime - avaient été une grande source de discorde conjugale.

Pascal apparut avec une assiette de crudités, un panier de pain et un bocal de pâté.

— Maman a fait sa recette spéciale, c'est à ne pas rater ! dit-il avec un clin d'œil en leur tendant à chacun un menu.

Il prit leur commande de boissons puis se dirigea vers la table suivante, où une mère harassée et trois jeunes enfants agitaient les mains pour attirer son attention comme s'ils étaient au bord de la famine collective.

— Je vais aller droit au but, dit Odile. Je sais que tu apprécies les avantages de ta position, Maxime, y compris le fait de n'embaucher que les plus jolies assistantes que tu puisses trouver...

Maxime ouvrit la bouche pour protester, mais Odile leva un doigt.

— Je ne suis pas là pour débattre de ça. Je souligne simplement...

— Odile, la façon dont je gère la mairie ne te regarde pas au-delà de l'intérêt de n'importe quel citoyen de Castillac. Et je te ferai savoir que chaque personne qui travaille dans ce bureau est hautement qualifiée. Même trop, en fait. Et que tu...

— Ce que je veux, c'est que tu laisses passer le permis d'aménagement commercial pour ma boutique rue Picasso. Tous les papiers ont été déposés, le personnel aurait dû terminer son examen le mois dernier. Tu sais parfaitement que tu bloques le projet par pure rancune.

— Je n'ai pas la moindre idée de ce dont tu parles, dit Maxime d'un air détaché, bien qu'il le sût parfaitement.

Elle voulait ouvrir une troisième boutique ici même au village, et Maxime le prenait comme une insulte personnelle. La seule raison d'être de la boutique de Castillac, de son point de vue, était qu'Odile puisse étaler sa réussite financière, comme pour proclamer au village à quel point elle était meilleure que lui, même s'il était maire et avait été élu, ce qui devrait certainement compter comme plus...

Il fut tiré de sa diatribe intérieure par son ex-femme, qui lui tapota le bras.

— Maxime. Écoute, tu es un très bon maire quand tu t'en tiens à tes points forts. Fais le tour du village et discute avec les gens. Veille à ce que la mairie fonctionne efficacement pour que nous ne nous noyions pas tous dans la paperasserie. Mais ces manipulations et ces manœuvres sournoises, par vengeance, par profit ou pour un autre motif ? Laisse tomber, Maxime. Je te le dis. Laisse *tomber*. Maintenant, dis-moi, poursuivit-elle avec un sourire crispé, où puis-je trouver d'autres filles comme ta femme de ménage ? J'entends dire qu'elle est plutôt canon. J'aurais besoin d'une aide comme ça dans mes boutiques.

— Josette ? Elle est très diligente. Je ne pourrais pas être plus satisfait.

Il était particulièrement content que Josette agace manifestement sa femme, un avantage secondaire qui ne lui apparut qu'en voyant l'expression maussade d'Odile alors qu'elle continuait à parler d'elle.

— Elle te vole probablement pendant que tu baves devant elle, dit Odile avec un sourire coléreux.

— J'ai bien peur que ta jalousie ne transparaisse, dit Maxime. En effet, c'est triste quand la fleur a perdu son éclat, et qu'il n'y a rien que l'on puisse faire pour le lui rendre, quelles que soient les crèmes ou les lotions que l'on utilise. Au moins, tu as ton travail, dit-il.

Odile ne l'avait jamais autant méprisé qu'à cet instant, ce qui n'était pas peu dire.

&

ODILE NE RESTA PAS mais partit avec l'air d'avoir mangé quelque chose qui ne lui avait pas convenu. Coulon s'attarda à table, savourant sa victoire ainsi que l'exquis pâté de la mère de Pascal, puis décida de faire un tour dans le village avant de se rendre à son rendez-vous de l'après-midi à la banque.

— Bonjour, Monsieur le maire, disait villageois après villageois, tandis qu'il poursuivait son chemin.

Il était soulagé que les gens semblent heureux, comme c'était souvent le cas lors d'une belle journée de juin, et ne l'abordent pas avec un flot incessant de plaintes et de problèmes comme ils le faisaient parfois les jours de bruine grise avec un vent froid dans l'air. Il s'arrêta pour parler au Dr Vernay, juste au moment où celui-ci retournait voir ses patients de l'après-midi. Il fit un signe à Ada Bellard, qui travaillait à la cantine de l'école primaire au coin de la rue. Il caressa divers chiens si leurs propriétaires étaient là pour l'apprécier. Dans l'ensemble, il estima avoir renforcé ses chances pour la prochaine élection en s'attirant les bonnes grâces d'au moins vingt personnes en une courte heure, et il entra dans la banque en se sentant agréablement satisfait.

La réceptionniste fit entrer Coulon dans un bureau à l'arrière, où il s'assit avec Monsieur Lachance, le vice-président de la banque, pendant environ une heure. La conversation aurait pu sembler plutôt aride à beaucoup, puisqu'une partie concernait la détestée TVA et des questions de fiscalité - mais les gendarmes locaux auraient été très intéressés d'entendre ce dont les deux hommes parlaient à voix basse, la porte fermée.

Très intéressés, en effet.

❧ 5 ❧

Samedi matin, jour de changement. Molly avait constaté, après plusieurs années à gérer La Baraque, qu'elle apprenait à bien connaître certains clients pendant leur séjour, tandis que d'autres restaient de parfaits inconnus. Ce qui ne dérangeait pas Molly, car elle comprenait que les gens étaient différents dans leur façon de socialiser ; certains clients étaient des touristes acharnés et ne passaient donc que très peu de temps à La Baraque, sauf pour dormir.

Le groupe qui partait appartenait entièrement à cette seconde catégorie, et les au revoir furent donc rapides et sans promesses de rester en contact. Molly espérait qu'ils étaient des clients satisfaits, et se rappela de créer un court questionnaire à envoyer à sa liste de diffusion de clients, pour voir s'il y avait des suggestions qu'ils pourraient faire s'ils en avaient l'occasion de manière anonyme. Ce rappel rejoignit une liste plutôt longue dans la tête de Molly de choses à faire dans la semaine à venir : le robinet du pigeonnier fuyait à nouveau ; elle devait trouver un maçon pour parler de la reconstruction de la ruine dans le pré arrière ; une vitre dans le couloir était fissurée, et elle était sûre qu'il y avait environ cinq autres choses qu'elle avait oubliées pour le moment.

Un coup fort à la porte, et Constance, l'amie de Molly et femme de ménage occasionnelle, entra. Bobo courut pour l'accueillir joyeusement tandis que Constance lançait un « Bonjour ! » de cette façon chantante si française.

— Molly, je—

— Ne me dis pas que tu vas te marier aussi, lança Molly depuis la cuisine.

— Oh là oh là *oh là !*

— Désolée. J'ai eu un défilé de gens ici me disant à quel point ils sont tristes que leurs partenaires veuillent désespérément les épouser. Je veux dire, je suis parfaitement heureuse de ne pas être mariée. Le mariage n'est pas exactement facile, après tout. C'est juste—

— Oh, crois-moi, je sais. Simone Guyanet ? Ma pire ennemie depuis la primaire *? Elle* se marie. Je suppose qu'elle a finalement compris que Thomas avait fait son choix et que ce n'était pas elle, alors elle est allée se fiancer au premier venu.

— Quelqu'un du village ?

— Non, de Bergerac, je crois. On dirait que c'est le Prince de Galles à l'entendre parler.

— Je ne savais pas que toi et Simone passiez du temps ensemble.

— Ce n'est pas le cas ! Mais Thomas et moi avons dîné chez Papa hier soir, et elle était là avec son fiancé. À parler d'une voix forte comme d'habitude pour que tout le monde dans l'établissement puisse entendre toutes leurs affaires.

— Tu veux du café avant qu'on commence ?

— Bien sûr. Et d'accord, parce que c'est à toi que je parle et je sais que tu connais la vérité de toute façon - j'*aimerais* me marier. Porter une belle robe, faire une fête, tout le tralala. Ou peut-être que c'est vraiment juste pour avoir un moment où Thomas dit, devant tout le monde, « J'aime Constance, et nous serons ensemble jusqu'à la fin des temps. » Quelque chose comme ça.

Molly hocha la tête. C'était difficile de démêler ce qu'elle ressentait vraiment de ce qu'elle voulait ressentir. Les choses avec Ben, l'ancien chef des gendarmes, allaient très bien dernièrement ; ils étaient à l'aise l'un avec l'autre, et il y avait aussi une étincelle indéniable. La seule chose qui empêchait Molly d'être extatique à propos de sa vie était de ne pas avoir d'enfants ; même si son quarantième anniversaire approchait à grands pas, elle gardait surtout cette inquiétude pour elle-même, du moins en ce qui concernait Ben. Ce n'était pas juste de lui faire porter tout ce poids - ce n'était pas comme si c'était sa faute si des alarmes bébé sonnaient dans sa tête chaque fois qu'elle apercevait un petit.

— Bon, on s'y met ? demanda-t-elle, après que Constance et elle avaient fini leur café, toutes deux perdues dans leurs pensées.

— Je suis prête. Alors où loge le type flippant cette fois ?

— Tu veux dire Wesley Addison ?

— Ouais. J'aurais pensé que tu en aurais assez d'avoir des clients meurtriers.

— Bon sang ! Qu'est-ce qu'il y a avec ce village ! Il n'a tué personne. Sa pauvre femme est tombée d'une falaise.

— Bien sûr, dit Constance en faisant un clin d'œil.

CONSTANCE ET MOLLY firent le ménage rapidement et efficacement, ayant accompli tant de jours de changement de locataires à ce stade qu'elles pouvaient le faire les yeux fermés. Le gîte, le pigeonnier et l'annexe de la maison avaient tous besoin d'être aspirés et lavés. Réfrigérateurs vidés et nettoyés, poubelles sorties, lits fraîchement faits, fenêtres tachées lavées. Juste avant l'arrivée des clients, Molly fit le tour de chaque logement et laissa une bouteille de rouge du vignoble Sallière situé plus loin sur la route et un petit vase avec quelques roses de juin, ainsi qu'un carnet contenant une liste de numéros de téléphone d'urgence, d'endroits où manger et de sites à voir.

Elle pouvait effectuer ce travail sans avoir à y penser, libre de se demander pourquoi elle était si agacée par Frances et Lapin et leurs soucis de mariage, mais sans obtenir de réponses. Quand elle et Constance eurent terminé, elle lui demanda si elle voulait déjeuner, mais Constance partit à vélo pour un rendez-vous avec Thomas. Ce qui était tout aussi bien, car Molly n'avait mangé qu'un morceau de brie avec un bout de baguette arraché quand le taxi de Christophe entra dans l'allée de La Baraque et que Molly vit l'imposante silhouette de Wesley Addison à l'intérieur.

— Bonjour, Wesley, c'est bon de vous voir. Vous êtes en avance ! dit-elle, essayant d'avoir l'air jovial.

— Si vous n'êtes pas prête pour moi, je serai ravi d'attendre sur la terrasse ou là où c'est pratique. Comme vous le savez certaine-ment, voyager est assez fatigant et j'aurai besoin de repos. Vous pourriez m'apporter une bouteille de Vittel, s'il vous plait.

Molly resta bouche bée, incapable de formuler une réponse polie. Elle avait fini par apprécier Wesley à la fin de son séjour l'année précédente, mais pour le moment, elle avait du mal à se rappeler pourquoi. On ne penserait pas que l'absence d'un simple « bonjour » aurait tant d'importance, et pourtant, bon sang, c'était le cas.

Mais comme toute aubergiste aguerrie, elle retrouva rapide-ment sa bonne humeur.

— En fait, tout est prêt et vous pouvez avoir votre chambre tout de suite si vous voulez. Ou si vous préférez boire votre eau minérale sur la terrasse, c'est bien aussi.

— Excellent, Molly, dit-il avec un rare sourire. J'imagine que d'autres clients vont bientôt arriver ? Dans ce cas, je vais aller dans ma chambre. Je serai ravi de les rencontrer à un autre moment mais comme je l'ai dit, pour l'instant, le stress du voyage doit être traité.

Molly sourit intérieurement en l'installant dans la même chambre à l'étage où il avait séjourné l'année précédente. C'était facilement la pire chambre de La Baraque, mais Wesley l'avait demandée, n'étant pas amateur de changements quand il pouvait les éviter.

Molly réussit à préparer une salade avec des légumes verts de son jardin, quelques olives et un peu de thon, mais avant qu'elle ne puisse en manger beaucoup, le taxi de Christophe s'engageait à nouveau dans l'allée avec un couple de clients, également en avance.

— Bonjour ! dit Molly alors qu'ils descendaient et regardaient autour d'eux. Vous êtes les Vasiliev ? Bienvenue à La Baraque !

— *Dobryj dyen'* ! tonna l'homme, qui avait une large poitrine et des jambes courtes.

Sa femme, qui avait les cheveux mi-longs décolorés platine, fixa Molly sans sourire, puis tourna son regard vers Bobo, qui n'allait pas les renifler comme elle le faisait habituellement avec les nouveaux clients.

— Ah, j'ai bien peur que mon russe soit inexistant. Je suis si contente que vous soyez là. Je vais vous montrer le pigeonnier tout de suite, et vous pourrez me dire si vous souhaitez une visite complète de l'endroit un peu plus tard.

Vasily Vasiliev dit quelque chose d'autre en russe. Pendant un moment, ils restèrent tous debout, mal à l'aise, avec des sourires figés sur leurs visages.

— Je suis désolée, dit Molly. Nous avons échangé des e-mails en anglais quand vous avez fait votre réservation, n'est-ce pas ? Ou est-ce que j'ai complètement perdu la tête ?

— Je suis Fedosia Vasiliev, dit finalement sa femme. Mon mari ne parle que russe. J'ai rempli le formulaire et envoyé l'argent.

— J'ai bien peur de ne connaître qu'un seul mot, « *do svidaniya* », et je le prononce probablement mal, rit Molly.

— Ce n'est pas grave, dit Fedosia, se réchauffant soudain et tapotant le bras de Molly.

— C'est bon à entendre, dit Molly.

Elle pensait, avec un certain embarras, qu'elle ne savait pratiquement rien de la Russie. Elle n'y était jamais allée et n'avait même jamais connu quelqu'un qui y avait voyagé. Elle se souvenait vaguement de Brejnev et du communisme, et savait bien sûr que la Russie était devenue son propre pays lorsque l'URSS s'était désintégrée au début des années 90. Mais la culture, les gens, la langue ? Molly était totalement ignorante de tout cela.

— Je voulais juste dire, dit-elle, en s'adressant à Fedosia et en souriant à Vasily alors qu'ils marchaient vers le pigeonnier, que l'une des choses que je préfère dans la gestion de La Baraque est de pouvoir rencontrer des gens de tant de pays différents. J'espère que nous pourrons passer un peu de temps ensemble pendant votre séjour, et que vous pourrez partager quelques éléments de votre pays.

Fedosia recula et Molly dit rapidement :

— Je ne veux pas avoir l'air indiscrète ! Je suis juste curieuse de savoir comment est la vie à Smolensk. C'est bien de là que vous venez, si je me souviens bien ?

La Russe hocha sèchement la tête et traîna son sac de voyage à travers la porte du pigeonnier. Molly leur fit rapidement visiter et s'éclipsa.

On ne sait jamais qui va débarquer ici, songea-t-elle en finissant sa salade, maintenant flétrie. Ni pourquoi.

MOLLY ÉTAIT FATIGUÉE et grincheuse ce soir-là, mais elle décida de tenter sa chance Chez Papa pour se remonter le moral, bien qu'elle fût tentée de se terrer à La Baraque et de ruminer sa mauvaise humeur toute la soirée. Ça avait été ce genre de semaine, rien de terrible, rien de grave, mais quand même, les petites contrariétés s'accumulaient, et la froideur des Vasiliev et l'étrangeté de Wesley Addison semblaient être la goutte d'eau qui faisait déborder le vase. Au moins, elle était complètement remise de la maladie de Lyme et avait retrouvé son énergie, pensa-t-elle en grimpant sur son scooter adoré et en filant dans la rue des Chênes vers le village.

Juin était un délice à Castillac. De nombreux bâtiments avaient des pots de fleurs en devanture ainsi que des jardinières remplies de géraniums ; des roses surgissaient partout et les rues étaient parfumées de leur doux parfum. C'était une période de fêtes, de concerts et de glaces, et il était impossible pour Molly de ne pas voir son humeur s'améliorer simplement en descendant la rue étroite et pavée jusqu'à son bistrot préféré, où elle mangeait si souvent qu'elle plaisantait en disant qu'elle devrait avoir une sorte de forfait repas, comme une étudiante.

— Bonsoir Nico ! lança-t-elle en passant la porte.

Les têtes au bar se retournèrent, et tout le monde passa quelques minutes à se saluer avec des bonsoirs et des bises. La meilleure amie de Molly, Frances, était assise sur le tabouret au bout du bar, où on la trouvait souvent, en train de regarder Nico avec une appréciation ironique. Lawrence était assis à côté de Lapin, qui portait un débardeur rayé.

— C'est quoi cette nouvelle mode que tu arbores ? demanda Molly, réprimant un sourire.

— Je ne sais pas pourquoi tout le monde en fait tout un plat, dit Lapin.

Tout le monde rit.

— Eh bien, c'est *vraiment* accrocheur, dit Molly. J'aime quand les gens prennent des risques en matière de mode.

— Tu te moques juste de moi, je le sais, dit Lapin.

Il se redressa de toute sa hauteur et fléchit ses bras, prenant une pose de culturiste.

— Anne-Marie aime ça. Et c'est tout ce qui compte.

— En effet, dit Molly. Nico, tu restes planté là. Un kir, et que ça saute s'il te plait !

— Oui, Madame, dit Nico en se mettant en action.

— Alors, quand est-ce que Ben rentre, au fait ? demanda Lawrence. On dirait qu'il est parti depuis une éternité.

Molly haussa les épaules.

— Qui sait. Il dit que c'est le boulot le plus ennuyeux du monde, mais à ce stade de notre entreprise de détectives privés, on ne peut pas faire les difficiles.

— Eh bien, j'étais désolé que tu annules le dîner l'autre soir. J'ai l'invitation pour une autre fois juste ici, dit-il en tapotant sa poche.

— Je sais, désolée pour ça. Je pensais juste que ce serait plus amusant avec Ben, et il ne pouvait pas se libérer.

— Où est-il encore ? demanda Frances, sirotant son verre de Pecharmant.

— Il a une mission près de Thiviers. C'est de la comptabilité judiciaire, en fait, donc il est à un bureau toute la journée à éplucher des dossiers.

— De la comptabilité quoi ?

— Judiciaire. Essayer de comprendre où l'argent est passé, en gros, dit Molly. Je ne sais pas pourquoi ça prend autant de temps, c'est juste une petite entreprise... un magasin de couture, je crois ? Seulement quelques employés et je n'imagine pas qu'ils aient fait tant d'affaires que ça. J'ai proposé d'y aller avec lui pour l'aider, mais dans ce cas, mon aide se limiterait à mes excellentes blagues parce que les maths et moi ne sommes pas en très bons termes.

— Au moins, toi et Ben pouvez vous parler au téléphone.

— Bien sûr. Et nous envoyer des textos. Entre nous, dit Molly, assez doucement pour que seuls ses amis puissent entendre, il a peut-être l'air d'un boy-scout coincé, mais il peut écrire des textos vraiment brûlants !

Frances éclata de rire.

— Ben ? Écrire des sextos ? Trop drôle.

— Il ne va pas si loin. Ils ne sont pas cochons, juste... délicieusement suggestifs.

Nico avait dérivé vers l'autre bout du bar pour servir des boissons à deux hommes qui semblaient familiers à Molly. Vivant à Castillac depuis plusieurs années maintenant, elle reconnaissait la plupart de ses habitants mais n'avait pas encore été présentée à tous.

— Alors ? Comment ça va ? demanda Molly à Frances. Tu te sens mieux à propos du tu-sais-quoi ?

— Hein ? Oh, tu veux dire le mariage. Eh bien, oui, peut-être. Hé, Nico !

Elle se leva et lui fit signe d'approcher.

— Demandons à Molly ce qu'elle pense de notre idée.

Nico sourit et tendit la main pour prendre celle de Frances. Ils se regardèrent avec tendresse pendant un moment jusqu'à ce que Molly dise :

— D'accord, parlez ou allez prendre une chambre, bon sang.

— Tu es très grincheuse, dit Lapin.

— Je le suis, acquiesça Molly. C'est comme ça parfois. Frances sait ne pas le prendre personnellement.

— Alors écoute, dit Frances, tu sais que je parlais d'un mariage hors de la ville ? Que penserais-tu de venir aux Maldives avec nous et qu'on y fasse la cérémonie ? C'est vraiment le paradis sur terre, sans blague.

La bouche de Molly s'ouvrit mais aucun son n'en sortit.

— J'adorerais ! dit Lapin, qui s'était penché pour ne rien manquer de ce que Frances disait.

— Je parlais à Molly. Mais tu es le bienvenu aussi, Lapin.

Les sourcils de Nico se levèrent mais il ne dit rien.

— Molls ?

— Euh, je...

— Tu ne veux pas.

— Ce n'est pas ça, c'est juste que... c'est difficile pour moi de m'absenter. J'ai des locataires presque toutes les semaines mainte-nant, et les Maldives ne sont pas vraiment au coin de la rue, tu sais ?

— Je suppose que c'est beaucoup demander, dit Frances.

— Et, eh bien... je ne suis plus aussi à l'aise financièrement qu'il y a quelques mois. La nouvelle piscine s'est avérée beaucoup plus chère que prévu - c'est ma faute, parce que je n'arrêtais pas d'apporter des modifications - bref, si je veux garder une partie de mes économies, je ne peux tout simplement pas me permettre les frais supplémentaires de vacances dans un complexe touristique en ce moment.

Frances hocha la tête. Elle savait que Molly était quelque peu dépensière ; même enfants, c'était elle qui dépensait tout son argent de poche en bonbons dès que sa mère le lui donnait. Donc quand son amie avait reçu une aubaine inattendue, Frances avait pensé que ça ne durerait pas très longtemps.

— Laisse-moi proposer à nouveau d'organiser le mariage à La Baraque, dit Molly. Ça pourrait être si beau à cette période de l'année ! On peut décorer comme tu veux, avoir un thème - ou pas -, faire un grand repas assis, ou des hors-d'œuvre copieux et des cocktails, ce que tu préfères. Comment les Français gèrent-ils les mariages, Nico ?

— La plupart de mes amis ne sont pas mariés. Quelques-uns sont allés à la mairie, et j'en connais certains avec des parents religieux qui se sont mariés à l'église. Habituellement, il y a une grande fête bruyante la veille, avec des costumes et des boissons étranges, tu sais - des bêtises ! Mais en général, ce n'est pas comme en Amérique où les gens y consacrent énormément de temps et d'argent.

— J'espère aller aux Maldives avec toi un jour, dit Molly à Frances. Mais qu'en dis-tu - tu veux envisager de me laisser organiser le mariage ici ?

— Comment sais-tu que tu n'auras pas soudain une grosse affaire et pas le temps ?

— Franny ! Une fois qu'on aura un plan, je ne vais pas te laisser tomber si quelque chose d'autre se présente ! Et puis, les choses sont calmes en ce moment. Cette mauvaise série de meurtres doit avoir pris fin, ajouta-t-elle, pas entièrement heureuse.

Frances regarda Nico, qui lui sourit.

— Tout ce que tu veux, dit-il. Je veux juste que tu sois ma femme.

Tout le bar gémit puis éclata de rire. Frances fit le tour du bar et mit ses bras autour de lui, puis l'embrassa comme si elle le pensait vraiment.

— D'accord alors ! dit-elle joyeusement. Euh, tu pourrais organiser ça dans quelques semaines ? Pas que je sois pressée ou quoi que ce soit.

Molly acquiesça et ils trinquèrent tous. Les deux hommes à l'autre bout du bar offrirent un Negroni à Frances, Lawrence commanda son troisième de la soirée, et les amis s'installèrent pour une longue conversation qui déviait occasionnellement vers des sujets sérieux mais visait surtout à faire rire les uns et les autres autant que possible. Quand Molly remonta finalement sur son scooter pour rentrer chez elle, elle souriait et était pleine d'amour pour son village d'adoption et ses habitants, et un tout petit peu éméchée, si bien que les choses qui l'avaient rendue irritable s'étaient déplacées à l'arrière-plan, suffisamment hors de vue pour qu'elle dorme d'un sommeil profond et réparateur. Bobo grimpa sur le lit et le chat roux se blottit sur l'oreiller de Molly, mais elle ne se réveilla pas.

❧   6   ❧

À l'insu de presque tout le monde à Castillac, Maxime Coulon avait plus d'une ex-femme. Lorsqu'il était à l'université de Rennes plus de vingt ans auparavant, il avait rencontré une autre jeune étudiante, était tombé passionnément amoureux, et l'avait épousée sans en parler à sa famille ni à aucun de ses amis de Castillac. Noelle, sa nouvelle épouse, était immédiatement tombée enceinte, mais malheureusement le couple avait tout aussi rapidement et passionnément cessé de s'aimer avant la naissance de l'enfant. Noelle était partie pour Laval avant même que sa grossesse ne soit visible, et ils n'avaient plus eu de contact au-delà de la logistique nécessaire pour finaliser le divorce.

Bien que Noelle fût si indifférente à Coulon qu'elle n'eut jamais le moindre désir de le revoir, leur enfant, maintenant un jeune homme, était naturellement curieux de connaître son père. Sa mère refusait de lui donner la moindre information ou n'en avait pas, alors Daniel passa du temps en ligne à se renseigner sur son père, et l'identifia facilement comme le maire de Castillac, un petit village du sud-ouest dont personne n'avait jamais entendu parler.

Il n'était guère surprenant qu'un fils veuille retrouver son père biologique - pas de quoi hausser les sourcils. Et le fait que le fils ait aussi vu où vivait Coulon et ait correctement supposé qu'il fût aisé, plus le fait supplémentaire que Daniel avait besoin de fonds tôt ou tard - tout cela expliquait pourquoi Daniel Coulon prenait son petit-déjeuner ce vendredi matin au Café de la Place à Castillac. Il portait un jean usé et un t-shirt qui avait connu de meilleurs jours, mais au moins il avait réussi à se raser et à se doucher à l'auberge de jeunesse de Périgueux avant de se rendre au village de son père. Ses cheveux étaient coupés à la façon d'une crête ; peu importe le peu d'argent qu'il avait, il gardait toujours ses cheveux soignés, même si cela signifiait proposer de nettoyer le salon de coiffure en échange d'une coupe.

Daniel avait commandé le menu Spécial, et essayait de formuler quelque chose à dire quand son père répondrait à la porte. Devait-il annoncer d'emblée qu'il était son fils ? Ou la porte lui claquerait-elle au nez ? Comment jouer au mieux sur la culpabilité de l'homme pour ne jamais s'être soucié de lui, et encore moins l'avoir rencontré ?

Questions difficiles, pensa Daniel, en sirotant son jus d'orange et en regardant une jolie jeune femme passer. Il se sentit un peu déstabilisé, rien qu'en pensant à la façon dont son père s'était comporté envers lui. Comment n'avait-il jamais eu un moment de curiosité pour rencontrer son propre fils ? Cette pensée, qui depuis des années se répétait en boucle sans fin dans l'esprit de Daniel, était comme un trou brûlant au centre de sa poitrine, une blessure qui ne guérissait jamais.

La perspective d'être rejeté à nouveau était effrayante. Peut-être devrais-je inventer une autre raison de le croiser, et apprendre à le connaître un peu avant de me présenter, se demanda-t-il en mordant dans son croissant.

Le problème avec ce plan était qu'il prendrait du temps, et le temps était une autre chose, en plus de l'argent, dont Daniel ne disposait pas en quantité suffisante.

❧   7   ❧

Quand Josette rentra du travail ce jeudi-là, elle enfila un short et sortit. Ce qu'elle détestait le plus dans son travail pour le maire, c'était d'être à l'intérieur presque tout le temps. Elle se dirigea vers le poulailler et parla aux poules, leur racontant sa journée, puis alla dans le champ derrière, espérant trouver des champignons qui auraient poussé après la pluie de la nuit.

Madame Barbeau observait sa fille à travers une fenêtre crasseuse. Elle ne savait pas ce qui se passait chez le maire, même si elle avait ses soupçons. Josette était peut-être une idiote naïve, mais Madame Barbeau était plus sophistiquée, du moins en ce qui concernait les hommes. Adolph Barbeau avait été une brute et elle n'avait pas versé une larme quand il était tombé raide mort en abattant un arbre près de la maison, et pas non plus pour les enfants, qui avaient également souffert de sa brutalité.

— Josette, dit-elle quand sa fille revint à l'intérieur. Assieds-toi et raconte-moi ta journée. Je veux que tu sois franche, chérie. N'aie pas peur que je te juge, quoi que tu aies à dire.

Josette était perplexe.

— Maman ? Ce n'est pas comme si j'avais obtenu ce travail hier. Ça fait presque trois ans, tu te rends compte ?

— Il est temps que tu demandes une augmentation.

— Oh, Maman, tu es toujours si insatisfaite !

— Ce qui n'est pas satisfaisant, c'est que j'ai l'impression qu'il y a un mystère là-dessous. Je le sens presque depuis le début de cet arrangement. Il y a quelque chose que tu ne me dis pas.

Madame Barbeau se détourna de sa fille comme si cette pensée lui était terriblement douloureuse.

Josette soupira.

— Je t'ai parlé de l'emploi du temps et décrit mes tâches. Honnêtement, Maman, je fais le ménage, il n'y a vraiment pas grand-chose d'autre à en dire. Aujourd'hui, j'ai astiqué l'argenterie. J'aime bien astiquer l'argenterie. Monsieur Coulon m'a donné des outils spéciaux pour que je puisse enlever la moindre trace de ternissure.

— Quelle quantité d'argenterie y a-t-il, exactement ?

— Ça me prend presque toute la journée. Les chandeliers vont assez vite parce qu'ils sont lisses sans beaucoup de détails. Mais les couverts !

Josette secoua la tête.

— Les fourchettes et les cuillères ont une décoration très compliquée sur les manches. Des fleurs et des tourbillons et toutes sortes d'arabesques. La ternissure s'incruste dans ces minuscules fissures et ça demande beaucoup de travail pour l'enlever.

— Tu fais du bon travail ? Parce que si ce n'est pas le cas...

— Maman ! S'il devait me renvoyer, il l'aurait déjà fait.

— Tu marques un point, dit Maman, et Josette sourit.

Une rare victoire.

— S'il y a tant d'argenterie, dit Madame Barbeau en prenant un ton détaché, peut-être qu'il ne remarquerait pas si une pièce ou deux venaient à disparaître ?

Les yeux de Josette s'écarquillèrent, mais en fait, elle avait pensé la même chose plus d'une fois. La maison du maire était remplie à ras bord de tant de choses - pourquoi ne partagerait-il pas un peu avec sa famille qui avait si peu ? Et certainement rien d'aussi beau que de l'argenterie. Josette aimait vraiment son travail, et le jour du polissage de l'argenterie était son préféré. Elle aimait le sentiment d'accomplissement qu'elle ressentait en faisant briller les couverts et les pièces spéciales. Elle aimait les manipuler, sentir leur poids coûteux dans ses mains, et prétendre qu'elle était à un dîner glamour, assise à une table magnifiquement dressée avec une nappe en dentelle brodée et un énorme bouquet du magasin de Madame Langevin, pas une collection misérable de fleurs sauvages arrachées dans les champs comme sa mère en mettait parfois sur la table à la maison.

Ce serait tellement merveilleux de pouvoir manger leur ragoût avec des fourchettes en argent à la ferme, avait pensé Josette, mais elle avait repoussé cette idée.

Madame Barbeau pouvait voir à l'expression du visage de sa fille que la graine avait été correctement plantée. Maintenant, il fallait la laisser tranquille, avec juste un peu d'arrosage, et voir si elle germerait sans plus d'encouragement.

Ça avait été délicat, après que Josette avait atteint ses treize ans environ, de l'amener à faire ce que Madame Barbeau voulait. Elle trouvait souvent que prétendre ne pas remarquer ou se soucier de quelque chose était utile pour conduire sa fille là où elle voulait qu'elle aille. Maintenant que Josette s'était enfin un peu ouverte, Madame Barbeau avait désespérément envie de continuer à poser des questions - un inventaire complet des objets de valeur dans la maison, pour commencer - mais elle utilisa toute sa volonté considérable pour changer de sujet, et parler plutôt de la poule dont l'endroit préféré pour pondre était au sommet d'un tas de bric-à-brac dans la grange, très peu pratique pour ramasser les œufs.

Mais Josette en avait assez de Maman pour le moment, et retourna dehors, laissant la porte claquer derrière elle. Quand elle fut sûre que sa mère ne la suivait pas, elle alla au poulailler et grimpa dans les chevrons pour compter son argent. Son imagination était quelque peu limitée sur ce qu'elle en ferait, mais elle ajoutait à la pile chaque semaine sans faute, convaincue que la bonne voie lui apparaîtrait un jour.

❊

Dès le lendemain, Josette était impatiente que le maire parte le matin pour qu'elle puisse commencer le travail du jour avec une perspective un peu différente, celle de voleuse au lieu de femme de ménage loyale. Mais Monsieur Coulon traînait, comme il le faisait souvent, bavardant avec elle des gens qu'il avait vus la veille lors de sa tournée dans le village - les habitants de Castillac étant réputés pour aimer les commérages sous toutes leurs formes - et pendant qu'elle lavait la vaisselle du maire de la veille, il resta assis à la table de la cuisine, à boire une autre tasse de café, ses yeux s'attardant sur son postérieur puisqu'elle était tournée de l'autre côté et ne pouvait pas le voir, pensait-il.

Mais elle *pouvait* le voir, puisque l'évier était devant une fenêtre et que la lumière à ce moment-là faisait que son reflet était presque aussi net que dans un miroir. Au fil des années, Josette s'était habituée aux regards du maire, d'autant plus qu'il ne disait jamais rien d'inconvenant et ne faisait aucune avance. Elle appréciait beaucoup les nouveaux vêtements chics qu'il achetait de temps en temps pour qu'elle les porte. Chaque pièce était de haute classe, selon elle, et pas le moins du monde vulgaire. Même le soutien-gorge balconnet qui remontait sa poitrine et avait un fin liseré de dentelle délicate était, aux yeux de Josette, un sous-vêtement digne d'une comtesse, et elle n'avait pas honte de le porter en faisant ses tâches quotidiennes.

Bien sûr, le maire n'était pas un aristocrate - seulement le bénéficiaire d'un grand-père commerçant qui avait travaillé très dur et avait eu la chance de gagner suffisamment d'argent pour acheter la maison et l'argenterie, ainsi que la chance supplémentaire (plus rare) d'avoir eu un père qui n'avait pas dilapidé l'héritage, même si, au grand regret de Maxime, il n'avait pas non plus augmenté la fortune.

— Peut-être aimerais-tu t'asseoir et prendre un café avec moi ce matin, pour changer ? dit le maire, grimaçant légèrement car il entendait dans son ton à quel point il était désespéré qu'elle dise oui.

Josette sourit avant de se retourner. Elle se tortilla légèrement d'une manière qu'elle savait plaire au maire, et dit :

— Oh non, Monsieur, je ne peux pas. C'est vendredi, et il y a tellement à faire ! Je veux que votre maison soit parfaite pour le week-end.

Elle vit ses yeux se poser sur sa poitrine et elle se pencha vers lui, se courbant pour ramasser la confiture sur la table avant de s'éloigner pour la remettre dans le réfrigérateur.

Maxime eut un léger soupir à sa vue. C'était une torture de l'avoir qui se pavanait en La Perla jour après jour, mais c'était son idée, alors comment pouvait-il changer d'avis ? Et la vérité était, bien sûr, qu'il ne *voulait* pas changer d'avis. Pourtant, cette jolie jeune femme, si délectable et juste hors de portée, était un tourment quotidien de sa propre création.

— Très bien alors, les devoirs du village m'appellent, dit-il en se levant puis en s'approchant d'elle pour mettre sa tasse de café dans l'évier.

Il poussa un énorme soupir, dit au revoir et sortit.

Josette lava sa tasse et l'essuya. Elle avait toujours l'impression, quand Monsieur Coulon partait le matin, qu'il pourrait faire demi-tour et revenir à tout moment. Même si cela n'était jamais arrivé, elle ne se sentait jamais assurée de son intimité avant qu'au moins une heure ne se soit écoulée après son départ.

Le vendredi, elle passait l'aspirateur au deuxième étage où se trouvait sa chambre, et nettoyait les salles de bains, une à chaque étage. Les salles de bains des troisième et quatrième étages n'étaient jamais utilisées puisque personne n'y montait jamais, mais Josette les nettoyait quand même. Ce jour-là, elle se déplaçait dans la maison du maire avec moins de rêveries que d'habitude. Au lieu d'imaginer qu'elle portait de beaux vêtements (qui, dans son esprit, avaient presque toujours d'amples jupons en tulle comme si elle vivait en 1870), elle étudiait les affaires du maire, essayant de décider ce qui pourrait ne pas lui manquer.

Si je lui prends quelque chose de spécial, pensa-t-elle, il le remarquera, et bien sûr je serais la suspecte évidente. Eh bien, la seule suspecte, puisque je suis la seule personne à avoir accès à la maison. Monsieur Coulon ne recevait pas chez lui et il n'y avait eu aucun ouvrier ou réparateur dans la maison, à l'exception d'un électricien venu il y a plus d'un an lorsque la machine à laver avait fait sauter les lumières à l'étage.

Mais comment pourrais-je savoir à quelles choses il tient ? Il n'en parle jamais. Il ne semble même pas remarquer qu'elles sont là. Une raison de plus pour laquelle quelques-unes de ces belles choses seraient mieux à la ferme, où nous y ferons attention.

Dans la chambre de Coulon, Josette se tint devant le miroir et se regarda. Elle n'était pas une femme vaniteuse, ni très préoccupée par son apparence, mais il aurait fallu qu'elle soit inconsciente pour ne pas avoir remarqué l'effet qu'elle avait sur son patron.

Peut-être que je pourrais simplement lui demander quelque chose, pensa-t-elle. Peut-être qu'il me donnerait de l'argenterie, si je lui demandais.

Durant le reste de la journée, elle réfléchit à cette idée, imaginant Coulon souriant largement et ouvrant le tiroir du buffet en lui disant de prendre ce qu'elle voulait, et à quel point il était heureux qu'elle ait demandé. Elle termina l'aspirateur et était en train de remettre en place la couette sur son lit quand elle vit qu'il était presque temps que Julien arrive pour la ramener chez eux.

Elle enleva le soutien-gorge balconnet La Perla et le bikini en dentelle qu'elle portait ce jour-là et enfila son jean et son t-shirt.

En se dirigeant vers la porte d'entrée, elle passa par la salle à manger. Et aussi rapidement et facilement que si elle le faisait tous les jours, elle ouvrit le tiroir du buffet, prit une cuillère à soupe et la glissa dans son sac.

❀   8   ❀

Molly était à genoux dans la plate-bande de fleurs devant la maison lorsqu'une Renault cabossée s'engagea dans l'allée.

— Ben ! s'écria-t-elle en se levant d'un bond et en courant vers lui.

Il sortit rapidement de la voiture, ouvrit les bras avec un grand sourire, et Molly faillit le renverser en se jetant sur lui pour l'étreindre. Riant, ils entrèrent dans la maison, Bobo les suivant d'un pas joyeux.

— Je ne t'attendais pas ! dit-elle. Il n'y a rien à manger à la maison. J'essayais...

Elle détourna le regard, inhabituellement gênée.

— Tu essayais quoi ? demanda Ben.

Il avait l'air en pleine forme et bronzé pour quelqu'un qui avait travaillé derrière un bureau pendant deux semaines. Ses yeux bruns étaient pleins d'affection pour Molly alors qu'elle marmonnait quelque chose à propos d'essayer de perdre quelques kilos.

— Oh, chérie, dit-il en l'enlaçant. Ne fais rien de drastique, s'il te plait, surtout pas pour moi.

Il se pencha pour l'embrasser sur la bouche et elle le serra plus fort contre elle.

Quand ils reprirent leur souffle, Ben dit :

— En parlant de nourriture, je meurs de faim. Je ne voulais pas m'arrêter sur la route. Tu as mangé ? On peut déjeuner ensemble ?

— Bien sûr, mais comme je te l'ai dit, il n'y a pas grand-chose dans le garde-manger. Une salade te suffira ? J'ai des œufs que je pourrais faire durcir pour lui donner un peu plus de consistance. Et je peux aussi ajouter des sardines si tu veux. Alors, raconte-moi comment ça s'est passé à Thiviers ? Tu as trouvé des preuves accablantes ? Le client est satisfait ?

— C'était une affaire curieuse, dit Ben en s'asseyant sur un tabouret au comptoir et en regardant Molly préparer leur salade.

Puis il se leva d'un bond pour leur servir des verres de rosé.

— La propriétaire du magasin, qui nous a engagés, soupçonnait l'homme qui s'occupait de la comptabilité de l'entreprise de détournement de fonds. J'ai donc examiné les comptes en remontant jusqu'en 2003. Un travail laborieux, d'autant plus que j'ai dû étudier la comptabilité au préalable. Je ne suis pas vraiment un expert comme tu le sais, mais la propriétaire avait entendu de bonnes choses sur nous, alors elle a bien voulu me donner ma chance. Eh bien, cette décision avait plus de sens une fois que j'avais passé quelques jours là-bas et que j'ai pu prendre la mesure de la situation. Il s'est avéré qu'il n'y avait probablement pas de détournement de fonds, et la propriétaire en était parfaitement consciente. Mais elle et le comptable avaient eu une brève liaison, le comptable y avait mis fin quand il s'était mis avec une femme plus jeune, et la propriétaire était blessée et voulait se venger.

Molly hachait des herbes fraîches à saupoudrer sur la salade et secoua la tête.

— Mais comment allait-elle obtenir une quelconque vengeance s'il n'avait rien fait de mal ?

— Je suppose que le simple fait que l'on apprenne qu'il faisait l'objet d'une enquête pouvait être dommageable ? C'est une entreprise qui dépend en grande partie de sa réputation, après tout.

Molly souffla, secouant toujours la tête.

— Les gens sont étranges, n'est-ce pas ? Qu'est-il arrivé à la façon de gérer un chagrin d'amour en mangeant simplement un litre de glace ou en appelant son ex après avoir trop bu ?

— En faisant quoi ?

— Oh, tu sais. Tu te fais tromper ou larguer, tu es chez toi à t'apitoyer sur ton sort et à trop boire, et tu décides que c'est une bonne idée d'appeler la personne qui t'a brisé le cœur.

— Ce qui n'est jamais le cas.

— Exactement. Voilà pour toi, dit-elle en poussant une assiette devant lui. Eh bien, je suis contente que tu sois rentré. Tu m'as manqué !

Ben sourit et attaqua sa salade.

— J'espère que tu vas me dire que nous avons d'autres missions en vue ? Quoi que ce soit ?

— Non. Rien du tout. J'espérais que tu aurais des pistes.

Ben secoua la tête. Ils restèrent silencieux pendant quelques minutes, mangeant mais d'une manière peu française, ne prêtant aucune attention à ce qu'ils mettaient dans leur bouche, tandis qu'ils envisageaient la triste perspective de voir leur entreprise de détectives privés faire faillite avant même d'avoir eu une chance de démarrer.

— Quelque chose finira par se présenter, dit finalement Ben.

— Je... j'ai peur que tu ne puisses pas...

— Gagner ma vie ici à Castillac ?

Il haussa les épaules.

— Je ne m'inquiète pas de ça. Pas encore. J'ai vécu ici toute ma vie, tu te souviens. Si notre entreprise ne marche pas, quelqu'un me donnera du travail. Je peux toujours retourner chez Rémy.

Molly ne dit rien. Après avoir quitté la gendarmerie, Ben avait travaillé pendant quelques mois dans la ferme biologique de son ami Rémy. Personne n'avait considéré que c'était une réussite.

— C'est un peu bizarre d'espérer que quelqu'un fasse quelque chose de mal, pour qu'on puisse essayer de l'attraper, dit-elle finalement.

— J'aimerais faire quelque chose de mal tout de suite. Avec toi, répondit Ben, avec une lueur malicieuse dans les yeux.

— En plein milieu du déjeuner ?

Ben se leva et prit la main de Molly, l'entraînant vers la chambre.

— Le déjeuner peut attendre. Je veux te montrer à quel point tu m'as manqué.

Ils se mirent à courir, en riant tout le long du chemin.

❦   *9*   ❦

Le lendemain, Coulon attendit plus longtemps avant de se rendre à la mairie. Il n'était pas sûr que ses soupçons étaient le résultat d'un réel méfait. Josette était peut-être contrariée par quelque chose chez elle, ou simplement ne se sentait pas bien, mais au cours de la semaine précédente, il avait remarqué un changement, et il voulait rester dans les parages pour la surveiller, ne serait-ce que pendant une heure ou deux.

Josette arriva à l'heure habituelle, vêtue de son jean et de son t-shirt habituels. Elle le salua joyeusement et monta directement à l'étage dans la chambre d'amis pour se changer et mettre sa tenue La Perla. Le maire était toujours tenté de trouver un moyen d'épier ce processus, mais il s'était retenu, ce qui lui avait valu une bonne dose d'autosatisfaction. Il se servit un autre croissant, étant allé les chercher à la pâtisserie Bujold ce matin-là, et l'étala d'une généreuse cuillérée de confiture de fraises. Après avoir englouti cela et fini son café, il attendit Josette dans le vestibule, se demandant ce qui pouvait bien lui prendre tant de temps. Les élections du conseil municipal étaient pour bientôt et il n'avait pas de temps à perdre avec des bêtises.

— Josette ! appela-t-il dans l'escalier. J'aimerais que tu descendes, s'il te plait !

Il entendit le tiroir de la commode se fermer et sourit intérieurement, pensant qu'elle avait passé la dernière demi-heure à contempler sa belle tenue en lui étant extrêmement reconnaissante.

— Ah, te voilà ! s'exclama-t-il, alors qu'elle descendait l'escalier courbe au trot. Je viens de penser à quelque chose : ta ferme est-elle en dehors des limites de la commune ? J'ai peur que tu ne puisses pas voter aux élections.

— Je... Je n'ai jamais voté pour quoi que ce soit, dit Josette en ralentissant le pas, sa main s'attardant sur la rampe.

— Quoi ? Ne dis jamais de telles choses à un politicien, chérie ! Quel blasphème ! gloussa-t-il, satisfait de l'idée qu'il avait de lui-même comme étant gracieux et prompt à trouver une plaisanterie appropriée.

Ses yeux se posèrent sur Josette, qui avait choisi une culotte fendue bleu glacier avec une fente remontant presque jusqu'à la hanche, et un soutien-gorge assorti malheureusement plutôt modeste.

— Je voulais te dire un mot avant de partir. J'ai remarqué ces derniers temps... eh bien, tu sembles... tu sembles plutôt préoccupée, je suppose que c'est ça. Je me demande s'il y a quelque chose qui ne va pas, quelque chose dont tu voudrais me parler ? J'ai été très satisfait de ton travail, et s'il y a quoi que ce soit...

Josette rougit et baissa les yeux.

Charmant, pensa Coulon.

— C'est ma mère, dit Josette. Elle est toujours après moi pour que je demande une augmentation. Et je... ça me met mal à l'aise, comme vous dites.

— Quel genre d'augmentation toi - ou ta *mère*, ajouta-t-il avec un ricanement - avez-vous en tête ?

— Oh, je ne saurais dire, répondit Josette.

Elle leva le visage vers lui avec de grands yeux. Il ne sait pas, pensa-t-elle. Pendant un moment, j'ai cru qu'il savait, d'une manière ou d'une autre. Mais maintenant je pense qu'il ne sait pas. *Ouf.*

— Est-ce que dix euros de plus par semaine te feraient plaisir ? dit-il, comme s'il lui offrait un coffre de bijoux.

— Oh oui, Monsieur, dit Josette, faisant cette révérence que sa mère lui avait si soigneusement apprise.

Dix malheureux euros, pensa-t-elle, retenant presque un roulement d'yeux.

— Maxime, s'il te plait. Appelle-moi Maxime.

— Merci, Maxime, dit doucement Josette.

Eh bien, elle prendrait les dix euros entiers et les ajouterait chaque semaine à sa cachette dans le poulailler. Elle avait décidé d'économiser pour un voyage en Amérique, et chaque petite somme aidait.

— Très bien, alors, dit maladroitement Coulon.

Il avait désespérément envie de prendre la jeune fille dans ses bras et de la porter jusqu'à sa chambre à l'étage, et la force de son désir rendait la conversation polie difficile. Finalement, il marmonna un au revoir gêné et sortit, laissant Josette à ses tâches du mardi.

Il était presque dix heures du matin, et la rue Malbec était vide à l'exception d'une jeune mère en train de pousser un landau et d'un chien errant que Coulon voyait souvent dans les parages. Il se hâta vers la mairie, anxieux d'en apprendre davantage sur l'état des prochaines élections.

Le système pour les élections municipales était assez simple. Le conseil comptait vingt-sept sièges, répartis équitablement entre hommes et femmes, en fonction de la taille de la commune à laquelle appartenait Castillac. Les citoyens votaient pour les membres du conseil en deux tours avec représentation proportionnelle, puis les membres du conseil élisaient un maire parmi eux. Donc, si Coulon voulait être maire une troisième fois, il devrait d'abord être réélu au conseil, et ensuite ce groupe devrait le réélire au poste le plus élevé. Il pensait avoir bien ficelé la deuxième partie, ayant accordé de nombreuses faveurs aux bonnes personnes au cours de ses deux mandats. Le vote de la commune était une affaire plus délicate, car il impliquait environ six mille personnes, beaucoup plus d'électeurs qu'il n'avait de faveurs. Il semblait être apprécié, pour autant qu'il puisse en juger. Lors de ses promenades quotidiennes dans le village, il était généralement accueilli par des sourires et les gens semblaient vraiment contents de le voir.

Mais Coulon savait aussi bien que quiconque à quel point les gens pouvaient être capricieux. Certes, ils l'avaient soutenu pendant les douze dernières années, mais ce n'était pas du tout une garantie. Quelques beaux parleurs charmeurs qui se frayent un chemin, et cela pourrait signifier la fin de sa carrière de maire. Il était généralement plus confiant, mais il avait entendu des rumeurs au sujet d'un nouveau candidat qui le perturbaient beaucoup. Il atteignit les marches de la mairie et s'arrêta un moment pour contempler le bâtiment majestueux, un édifice du XIXe siècle qui conférait une sorte de grandeur à tous ceux qui y travaillaient, avait toujours cru Coulon. Serrant les dents, il entra d'un pas décidé, essayant de chasser l'image d'Odile se moquant de lui s'il n'était plus maire. *Je ne dois pas perdre*, se dit-il férocement. Par-dessus tout, *je ne dois pas perdre*.

— Annette ! dit-il en embrassant la réceptionniste sur les deux joues après être entré.

— Maxime, je vous cherchais, dit Annette. Je ne sais pas si vous êtes au courant, dit-elle en baissant la voix, mais André Lebeau s'est officiellement lancé dans la course. Vous venez de le manquer ; il est passé ce matin pour déposer les formulaires.

— Merde, dit Coulon à voix basse. A-t-il... comment semblait-il ? Je veux dire, de manière générale.

Annette haussa les épaules.

— Je ne veux pas le dire, mais il est... c'est un homme impressionnant, Maxime. Physiquement, je veux dire.

Annette avait l'air d'avoir besoin d'un verre d'eau.

— D'accord, oui, il est bien bâti. Ce n'est pas une chose folle, jamais vue auparavant, n'est-ce pas ? Et j'ajouterai que les muscles ne font pas partie des exigences du poste pour la fonction publique.

— Et il est grand, très grand. Imposant, pourrait-on dire.

— Je crois que nous faisons la plupart de notre travail au conseil assis, donc je ne vois pas en quoi cela lui serait avantageux. Dommage qu'il ne se présente pas à un poste dans une équipe de basket.

Annette entendit l'amertume dans la plaisanterie du maire et ne sourit pas. Coulon prit une profonde inspiration et se ressaisit.

— Merci, Annette, j'apprécie l'avertissement.

Il entra dans son bureau à grands pas et ferma la porte.

Juste au moment où tout commençait enfin à se mettre en place, pensa-t-il. Si je perds, ce seront des années de travail à la poubelle ! Je parie qu'Odile a poussé André à se présenter contre moi, juste pour m'humilier. Eh bien, elle verra. Je battrai son joli cœur, et tous ceux qui essaieront de me mettre dehors. Je ne suis pas devenu maire pendant presque douze ans parce que je ne sais pas me battre.

Ses paroles étaient fortes, mais il s'affaissa dans son fauteuil, fixant la porte au lieu de commencer à s'attaquer à la pile de papiers sur son bureau. Il ouvrit un tiroir et y plongea la main pour prendre une poignée de vers en gélatine Haribo, et en mâcha un pensivement tout en réfléchissant à la manière de nuire fatalement à André Lebeau - politiquement parlant - le plus rapidement possible.

❧

UNE FOIS que Monsieur Barbeau fut mort et n'était plus là pour tourmenter sa famille, la vie dans le foyer Barbeau s'était améliorée de façon assez spectaculaire. Madame Barbeau et ses enfants ne subissaient plus de coups et n'avaient plus à marcher sur la pointe des pieds, craignant que le moindre bruit ne déclenche une nouvelle colère imprévisible qui finirait par se retourner contre eux.

Mais en grandissant dans un foyer si violent, les enfants n'avaient pas appris les leçons les plus élémentaires de la confiance. Bien que leur mère ait été aussi victime de Monsieur Barbeau - même la principale - ; après sa mort, elle ne s'est pas révélée capable d'essayer de guérir sa famille avec chaleur et bienveillance. C'était un autre genre de mère, plus intéressée par la façon dont ses enfants pouvaient être utilisés à ses propres fins maintenant qu'elle était libre d'assouvir ses ambitions. Malheureusement pour Josette et Julien, ces ambitions n'incluaient pas leur bonheur, bien qu'on puisse généreusement penser que Madame Barbeau supposait qu'ils étaient assez heureux et qu'elle n'avait pas à s'inquiéter pour eux. Pour elle-même, elle voulait *plus* et *mieux* - idéalement, un moyen d'échapper à la ferme et au travail épuisant nécessaire pour la faire fonctionner. Julien était assez serviable et plus ou moins obéissant ; il essayait de soulager sa mère des tâches qu'elle ne pouvait plus accomplir à cause de son arthrite.

Mais quand même, même si les enfants parvenaient d'une manière ou d'une autre à faire tout le travail, la femme ambitieuse était coincée dans une maison morne et exiguë, au fin fond de la campagne, loin du village où elle avait grandi et qu'elle considérait encore, comme une perspective enfantine était lente à s'éroder, comme le centre de tout ce qui était sophistiqué et glamour. Le refus obstiné de Josette et Julien de s'ouvrir et de raconter ce qui se passait au-delà de la ferme la rendait folle.

— Josette ! dit-elle, en laissant tomber une marmite en fonte pleine de ragoût de bœuf sur la table de la salle à manger avec un bruit sourd. J'ai réfléchi. Tu travailles pour le maire depuis des années maintenant. De toute évidence, il est satisfait de toi sinon il t'aurait renvoyée depuis longtemps. Je me félicite de t'avoir élevée avec une bonne éthique de travail, donc je suis sûre que tu ne te relâches pas. Alors où est l'augmentation ? Tu lui as demandé ?

— Eh bien, je...

— Tu ne me cacherais rien, n'est-ce pas ? Tu ne garderais pas l'argent pour toi, après tout ce que j'ai fait pour toi ? J'ai fait la paix avec ton ignorance, par nécessité, mais je n'ai jamais pensé que tu étais sournoise en plus de ça. Et réfléchis un instant, ma fille, où serais-tu sans moi ?

— Beaucoup plus heureuse ? marmonna Julien assez doucement pour que seule Josette puisse l'entendre.

Josette gloussa et mit sa main sur sa bouche.

— Je ne plaisante pas, dit Madame Barbeau, en versant le ragoût dans trois bols peu profonds. J'ai l'intention d'appeler le maire et d'avoir quelques mots avec lui moi-même.

— S'il te plait, ne fais pas ça, Maman ! dit Josette. Tu me ferais passer pour une enfant. Je promets de lui parler, j'ai juste... euh... j'ai juste été trop timide pour demander plus d'argent. C'est gênant, tu peux comprendre ça, non ?

— Non, dit Madame Barbeau. Je ne vois pas ce qu'il pourrait y avoir de gênant à demander ce que tu vaux. Cet homme dépend de toi, et il y a une élection qui approche. Il pourrait ramener des gens à la maison pour des réunions, ou vouloir recevoir. Il pourrait vouloir que tu restes tard pour l'aider avec ce genre de choses. S'il avait du bon sens, il utiliserait cette grande maison à son avantage, au lieu de la traiter comme si ce n'était rien de plus qu'un appartement bon marché qui ne vaut pas la peine d'être montré à qui que ce soit.

— J'espère que tu as eu le bon sens de te rendre indispensable, et si c'est le cas, je t'en félicite, poursuivit leur mère. C'est dommage que l'expérience de vivre pratiquement en plein centre du village soit gâchée pour toi. Tu serais probablement plus heureuse dans une porcherie.

— Il n'y a rien de mal à aimer la campagne, dit Josette.

— Oh, bien sûr. Rien du tout, ricana sa mère.

— Je me demandais si on ne pourrait pas essayer une race différente de poussins la prochaine fois, dit Julien, abordant un sujet pour détourner l'attention de Madame Barbeau de sa sœur.

— Imbécile, dit Madame Barbeau. Pourquoi suggérerais-tu une chose pareille ? Ne vends-tu pas toute la viande presque chaque jour de marché ? Josette, comment vont les pondeuses ?

— Bien, Maman, dit Josette, en se resservant du ragoût après avoir vidé son bol.

— Et arrête-toi là. J'ai l'intention de manger ce ragoût pour mon déjeuner le reste de la semaine, et tu n'as pas besoin de rembourrage supplémentaire. Si tu deviens trop grosse, le maire te remplacera en un clin d'œil, je peux te le dire tout de suite.

— Il... il a dit qu'il aime...

— Mon Dieu, parle plus fort !

— Il a dit qu'il aimait les filles avec un peu de viande sur les os.

— Excellent. Un homme qui parle des femmes comme si elles étaient du bétail à la vente aux enchères. Charmant.

Elle repoussa sa chaise de la table, son appétit diminué.

Julien fit un clin d'œil à Josette, qui étouffa un ricanement. Son habitude de discrétion était si forte qu'elle ne partageait jamais avec son frère ce qui s'était passé entre elle et le maire, ni comment avançait sa campagne pour l'attirer dans le mariage. Ils terminèrent tous deux leur deuxième portion puis commencèrent à débarrasser la table, tandis que Madame Barbeau fumait une cigarette en fixant le sol, les coins de sa bouche tournés vers le bas.

Après avoir nettoyé la cuisine, le frère et la sœur se séparèrent sans un mot, chacun se dirigeant vers l'endroit où il gardait sa cachette personnelle. Josette gloussa à l'oreille des poules et leur parla tout en tendant le bras vers les poutres pour en descendre le petit sac bourré d'argent qu'elle considérait comme tout son avenir. Ce moment, chaque soir, quand elle était seule dans le poulailler, était le seul où elle se sentait presque heureuse. Il était temps de trouver un meilleur endroit pour le garder, maintenant que c'était devenu un si gros tas, pensa-t-elle avec plaisir, s'imaginant gravir la longue passerelle menant à un énorme jet qui l'emmènerait vers les rivages brillants et éclatants de l'Amérique, loin des griffes intrusives de Maman.

❧ 10 ❧

À trois heures et demie, Coulon en avait assez du bureau. Les employés ne cessaient de parler d'André, et quand Coulon s'enfermait dans son bureau, le simple fait de savoir qu'ils continuaient à en parler le rendait fou. Alors, avec un au revoir faussement joyeux, il prit congé, inventant une histoire à propos de quelque chose d'urgent qu'il devait faire chez lui, bien que s'il était parti sans un mot, personne n'y aurait prêté attention.

Pendant le court trajet jusqu'à chez lui, il rêvassa à l'idée que Josette reste dîner avec lui. Son frère était parfois en retard ; peut-être qu'aujourd'hui il ne viendrait pas du tout et ils pourraient avoir un dîner agréable et intime ensemble, puis il pourrait galamment la raccompagner chez elle. Ou même l'inviter à passer la nuit.

Coulon s'arrêta devant ses marches d'entrée, réfléchissant à ce qu'il allait faire pour le reste de l'après-midi. Puisqu'il avait dit à ses collègues qu'il devait rentrer chez lui, ce ne serait guère approprié d'errer dans les rues, et de toute façon, il ne serait pas contre une autre vision de Josette dans son ensemble La Perla bleu glacier. Au lieu d'entrer par devant, il descendit le pâté de maisons pour se dégourdir les jambes, puis fit le tour par la ruelle, voulant prendre un tournevis dans l'atelier du jardin pour resserrer une charnière branlante d'un placard de cuisine.

Son père avait été un grand adepte des heures passées dans l'atelier, à bricoler une chose ou une autre. Il n'avait jamais invité Maxime à le rejoindre, ni enseigné à son fils aucune des prodigieuses compétences mécaniques qu'il avait développées au fil des ans. L'atelier, avec ses minuscules fenêtres et son sol en béton, était un endroit dont Maxime avait été exclu pendant ses années de formation, et toutes ces décennies plus tard, il entrait dans le bâtiment avec hésitation, comme si son père allait ressusciter et lui aboyer de partir immédiatement.

D'une certaine manière, ça sentait encore son père à l'intérieur. Ou plus précisément, ça sentait l'huile et la sciure, dont son père avait toujours l'odeur. Maxime eut une image claire et fugace de son père assis à la table du petit-déjeuner, son visage caché derrière le journal, grognant quelque chose à propos de politique. Je ne suis pas d'humeur pour des souvenirs larmoyants aujourd'hui, se dit Maxime en saisissant le tournevis et en se dirigeant vers les marches à l'arrière de la maison. À travers la fenêtre de la porte, il vit le dos de Josette, et il sourit même s'il était assez tard dans la journée pour qu'elle ait remis son jean et son t-shirt. Il s'arrêta un moment, la main sur le loquet, admirant son postérieur pour la millionième fois.

Il avait dû monter les escaliers du porche sans faire de bruit, ou peut-être que Josette ne s'attendait pas à ce que quelqu'un soit à la porte de derrière. Peut-être était-elle si concentrée sur le vol du sucrier en argent qu'elle avait fait abstraction de tout le reste. En tout cas, elle n'entendit pas Coulon, et il la vit prendre le sucrier sur le comptoir de la cuisine où il était posé depuis des décennies, et le mettre directement dans son sac de paille.

Il eut le souffle coupé. Elle était sur le point d'ajouter une salière en argent quand il tira le loquet et se précipita à l'intérieur.

— Qu'est-ce que je viens de voir ? s'écria-t-il, le visage rougissant.

— Rien, dit Josette en reculant.

— Ne me dis pas rien ! Je t'ai vue ! Je t'ai vue le prendre !

— Je suis désolée ! Je ne voulais pas !

— Oh, mon sucrier a sauté dans ton sac de son propre chef ?

Il se jeta en avant et la saisit par le poignet, le tordant juste assez pour lui faire mal.

— Lâchez-moi !

— Je ne crois pas, dit Coulon. Tu sais ce qui va t'arriver maintenant ? Tu as été prise en train de voler le maire. Manifestement, tu es plus jolie qu'intelligente, car les sanctions pour une telle chose sont terribles, Josette. Vraiment terribles.

Elle avait l'air effrayée, et il découvrit, à sa propre surprise, que ça lui plaisait.

— L'argenterie que ma famille m'a laissée est extrêmement précieuse, même si je n'ai peut-être pas besoin de te le faire remarquer. Mais leur valeur ne fait qu'aggraver la peine, tu vois ? Si tu n'avais volé que quelque chose de bon marché, eh bien, peut-être que la peine ne serait pas terrible. Mais comme il s'agit d'héritages familiaux et qu'ils valent tellement d'argent...

— Monsieur ! S'il vous plait, c'était une erreur !

Coulon rit.

— Je suis le *maire*, dit-il, devant repousser un pincement d'anxiété concernant André Lebeau hors de sa tête. Et je peux rendre les choses très, très mauvaises pour toi. Je travaille avec les tribunaux et connais tous les juges, ou n'y as-tu pas pensé avant de commencer à chaparder ?

Josette bougea pour soulager la pression sur son poignet, mais Coulon le tordit à nouveau, la faisant crier.

— S'il vous plait, Monsieur ! Je vais tout rendre. Il y en a plus, à la maison. Ma mère... ma mère m'a forcée à le faire. Je n'ai jamais voulu. Je suis tellement désolée après tout ce que vous avez fait pour moi.

Bien essayé, pensa Coulon, mais *non*.

— La prison est si inconfortable, dit-il, en insistant sur le mot.

Et ça me rend triste de t'imaginer comme ça. Tu as bien dit la semaine dernière que tu n'aimais pas me demander une augmentation, que je t'ai volontiers accordée, n'est-ce pas ? Et c'est comme ça que tu me remercies ?

Josette détourna le visage et gémit. Elle réfléchit rapidement.

— Maxime, dit-elle doucement, sa voix tremblant un peu. Je... je suis plus désolée que je ne peux le dire. Que je profite de vous, qui n'avez été que gentil... je suis une personne terrible. Vous blesser... vous qui comptez, elle baissa encore la voix, qui comptez tant pour moi...

L'emprise de Coulon sur son poignet se desserra. Il plissa les yeux vers elle.

— Je mérite la punition que je recevrai, dit-elle, jetant rapidement un coup d'œil à Coulon pour voir comment il réagissait. Je voulais juste avoir un petit peu de vous à la ferme, un souvenir pendant les longs week-ends loin d'ici. Je sais que c'était stupide de ma part. C'était mal. Mais vous devez comprendre, Maxime... vous avez dû vous rendre compte de ce que je ressens pour vous ?

Elle leva les yeux vers lui, ses cils sombres brillant de larmes de façon charmante.

— Eh bien, dit-il, eh bien.

Il lâcha son poignet et le caressa avec ses doigts à la place.

— Je n'avais pas idée que tu étais si sentimentale, dit-il d'une voix rauque.

Josette hocha humblement la tête. Elle s'approcha si près de Coulon qu'il n'y avait qu'un centimètre entre eux.

— Embrassez-moi, murmura-t-elle.

Et il le fit. Timidement d'abord, puis ardemment, des années de désir refoulé trouvant enfin un exutoire.

— Tu es une très vilaine fille, dit le maire, prenant sa main et l'entraînant vers les escaliers et jusqu'à sa chambre. Une très belle, très vilaine fille.

DEUXIÈME PARTIE

Au son d'un rire tonitruant, Frances regarda Molly avec de grands yeux.

— Qu'est-ce que c'est que ça, bon sang ?

Molly sourit.

— Probablement les locataires du gîte. Deux femmes, de vieilles amies dans la soixantaine. Elles s'amusent vraiment. Je me dis qu'on sera comme ça quand on aura leur âge.

— Je n'en ai pas l'intention, dit Frances en prenant une gorgée de son vin. Tu as du fromage ?

— En fait, j'ai vu notre fromager préféré, Lela Vidal, au marché samedi. J'ai pris un fantastique fromage de brebis ; aide-moi à le manger, il est parfaitement affiné. Et que veux-tu dire par tu n'en as pas l'intention ? Tu préfères l'alternative ?

— Oh, je ne sais pas, c'était juste une parole en l'air. Je préfère vivre dans un déni total et complet que je ne vieillirai jamais, même pas un peu.

— Tu as quarante ans. Je dirais que ça compte comme « un peu ». On l'aurait certainement dit quand on avait vingt ans.

— Les jeunes de vingt ans ne savent absolument rien.

— C'est exactement ce que disent les vieux, dit Molly. Au

moins, ta peau n'est pas ridée. Mon visage commence à ressembler aux genoux de ma grand-mère.

Frances gloussa.

— D'accord, je me sens momentanément forte grâce à ce fromage incroyable ; parlons mariage, si tu es d'attaque. J'aimerais le faire ici, mais seulement si tu n'es pas juste d'accord, mais vraiment enthousiaste à l'idée de le faire. Et je ne serai pas du tout contrariée si tu as changé d'avis.

— Non, non, j'adorerais le faire ! dit Molly, disant principalement la vérité. Tu as des idées sur ce que tu veux ?

— Non. Absolument pas. Sauf que... je ne veux pas la chose habituelle, tu vois ? Je ne veux pas ce que tout le monde fait, les petits bouquets mignons et la dentelle et tout ça. Ce n'est tout simplement pas moi.

Molly devait être d'accord. Frances était bien plus exotique, et après tout, elle avait déjà fait dans la robe blanche et la dentelle deux fois.

— On mettra les décorations de côté pour l'instant. Et pour la nourriture ? Des hors-d'œuvre ou un repas assis ?

Frances réfléchit. Elle leva les yeux au plafond, prit une autre gorgée de vin, coupa un morceau de fromage et le mangea sur un cracker.

— Oh, je ne sais pas, dit-elle finalement. Chaque fois que j'essaie de l'imaginer, je pense à mon défilé d'ex-maris, et toute l'idée du mariage me semble désespérée et malavisée et j'ai envie d'oublier tout ça.

— Tu as essayé de chasser rapidement les ex de ta tête et de les remplacer par des pensées de Nico ?

— Bien sûr. Je ne suis pas totalement idiote, tu sais. Mais ça ne semble pas faire de bien. Et je ne peux pas m'empêcher de me demander si mon cerveau essaie de me dire quelque chose... comme un panneau mental « Ne pas aller plus loin » avec une tête de mort, est-ce que ça a un sens ?

Molly soupira. Elle aimait Frances, et Nico aussi, mais le

travail fastidieux de devoir soutenir l'optimisme de Frances concernant le mariage face à ses deux divorces était plutôt épuisant. À ce moment-là, elle avait envie de dire sèchement, *Bon, très bien, ne te marie pas alors !* mais bien sûr elle se retint.

— C'est délicat de connaître son propre esprit, dit-elle, se servant un peu de brebis et gémissant doucement tellement c'était bon.

— Quoi, tu es comme le Dalaï-Lama maintenant ? Tu répands tes petits bouts de sagesse partout sur le sol pour que le reste d'entre nous les ramasse comme des pétales de rose ?

Molly regarda Frances. Frances regarda Molly. Elles éclatèrent de rire.

— Pourquoi je ne parlerais pas à Nico ? Peut-être qu'il a des idées, et tout ce qu'il veut me convient. Merci de t'impliquer dans ce cauchemar, dit Frances en se levant.

Des cris stridents leur parvinrent de l'extérieur, et les deux amies sortirent par les portes de la terrasse pour voir ce qui se passait.

Les locataires séjournant dans le gîte étaient dehors, assises à une petite table en métal que Molly avait installée juste devant leur porte d'entrée, pour que les hôtes puissent s'asseoir dehors sans avoir à utiliser sa terrasse. Les femmes avaient une bouteille de vin, à plus de la moitié vide, et étaient pliées en deux de rire.

— Si c'était une blague, vous allez devoir nous la raconter, dit Molly, s'étant approchée pour dire bonjour.

Les femmes se redressèrent, s'essuyèrent les yeux, et fondirent à nouveau dans un rire incontrôlable.

— Frances Mayes, laisse-moi te présenter Emily Scribner et Nancy Hackenberry. Elles viennent de Portland.

— J'ai toujours dit que le pire dans le fait de vivre en Oregon, c'est à quel point c'est loin de la France, dit Emily. Maintenant qu'on est enfin ici, on s'amuse tellement qu'on ne repartira peut-être jamais.

— Hé, c'est ce qui m'est arrivé, dit Frances. Elle va

commencer à vous appâter avec des croissants de cet endroit en ville...

— La pâtisserie Bujold ? Oui, on l'a trouvée tout de suite. Emily peut sentir une bonne boulangerie à des kilomètres.

Emily tapota son ventre.

— Oui, mais si on continue à ce rythme, je vais devoir acheter plus de vêtements. Mes pantalons commencent déjà à être un peu serrés et on vient juste d'arriver.

— En fait, dit Emily, on est un peu en train de célébrer. Enfin, de célébrer et de faire notre deuil en même temps. Le mari de Nancy est décédé il y a quelques mois après une longue maladie.

— Oh, je suis vraiment désolée, dit Molly en tendant la main pour toucher l'épaule de Nancy.

— Ne le soyez pas, dit Nancy. C'était un sacré fils de vous-savez-quoi, et il n'y a pas une personne dans ce monde qui a été triste de le voir partir.

— Oh ! dit Frances, s'attachant immédiatement à Nancy.

— J'aurais adoré faire ce voyage il y a des années, mais il ne me laissait pas partir. Enfin, ce n'est pas comme s'il me l'interdisait ou quoi que ce soit. Mais il le remettait toujours à plus tard, disant qu'on n'avait tout simplement pas l'argent cette année-là, d'être patiente. J'aurai soixante-cinq ans le mois prochain alors je dirais que j'ai été assez patiente !

— Ça c'est sûr, dit Emily. Et elle a été une infirmière fantastique pour ce radin tout au long de sa maladie. C'était bien Abner de s'accrocher éternellement. Enfin, on est ici maintenant. Nancy et moi sommes allées à l'école primaire ensemble. Cette folle me fait rire depuis plus de cinquante ans. Vous vous rendez compte ?

— Nous sommes aussi de vieilles amies, dit Molly en désignant Frances. Il n'y a rien de mieux. Si je peux faire quoi que ce soit pour rendre vos vacances merveilleuses, n'hésitez pas à me le demander - vous pouvez frapper à ma porte à tout moment.

Elle s'apprêtait à retourner à la maison principale avec Frances quand Emily dit :

— Nous avons parcouru les brochures des sites locaux, et certains ont l'air fabuleux. Nous irons sûrement les voir : Beynac, Domme, et je crois qu'il y a un monastère quelque part qui vaut le détour. Mais...

Molly sourit et attendit, mais aucune des deux femmes ne dit mot.

— Eh bien, nous nous intéressons à des choses plutôt... *sombres*, si vous voyez ce que je veux dire, aux aspects plus laids et étranges de l'histoire, poursuivit Emily. Pourriez-vous nous indiquer un endroit avec, je ne sais pas, une sorte d'histoire effrayante qui l'accompagne, ou un site où quelque chose de terrible s'est produit ?

— Maintenant, vous allez penser que vous avez affaire à deux drôles de numéros, dit Nancy en versant le reste du vin dans leurs deux verres.

— Je vais y réfléchir, dit Molly. Une chose qui me vient à l'esprit est le Musée de la torture, mais il est plus au sud à Carcassonne, ce qui fait environ trois heures de route d'ici.

— La torture ? dit Nancy, les yeux brillants.

— De l'Inquisition, dit Molly. C'est quelque chose. D'abord, l'ingéniosité des gens pour causer de la douleur est remarquable. Et puis, bien sûr, la façon dont ils utilisaient la religion comme excuse pour leur sadisme...

Emily et Nancy se regardaient.

— On s'était dit en planifiant ce voyage qu'on resterait flexibles, dit Nancy.

— Ouais. Je n'ai pas besoin d'être de retour avant au moins un mois. C'est une période creuse au travail, ils n'ont pas vraiment besoin de moi avant août. Si tu penses à ce que je pense.

Nancy hocha la tête.

— Alors, comment se présente votre planning de réservation, Molly ? Pourrions-nous avoir le gîte pour une autre semaine, peut-être deux ?

— Vous avez de la chance, en fait : je viens d'avoir une annulation. Je serais ravie de vous prolonger ! Tant que votre intérêt pour la torture reste purement théorique ? ajouta-t-elle en souriant.

Elles rirent toutes. Molly était reconnaissante pour l'argent supplémentaire et appréciait beaucoup les deux femmes, et bien qu'elle pût comprendre l'intérêt pour le musée - elle y était allée elle-même, après tout - qui était-elle pour dire que leur intérêt était peut-être un peu excessif ? Et où était cette limite, exactement ? Elle ferma les yeux, se remémorant certains des objets les plus effrayants du musée, et frissonna à ce souvenir.

— Molly ! cria Frances. Tu es en train de partir dans les nuages comme une vieille dame gâteuse !

— Pardon ? dit Emily, les sourcils levés.

— Je plaisante, dit Frances.

Molly partit leur chercher une carte, Frances s'en alla trouver Nico pour s'inquiéter du mariage, et les deux hôtes rentrèrent, un peu éméchées par le vin du déjeuner auquel elles n'étaient pas habituées, pour planifier leur voyage à Carcassonne.

❧ 12 ☙

André Lebeau, candidat à un siège au conseil municipal, avait décidé de faire un peu de campagne rue Malbec en fin d'après-midi, espérant croiser les gens sur le chemin du retour du travail. Il avait une pile de tracts imprimés avec sa photo et quelques points clés sur lesquels il comptait se concentrer une fois élu, comme les préoccupations environnementales et l'amélioration du tourisme.

Au début, il y avait peu de monde dans la rue, et André passa le temps en conversant longuement avec Madame Vargas, qui lui raconta comment son mari s'égarait constamment loin de la maison et devait être retrouvé et ramené par les gendarmes ou des voisins serviables. Elle voulait savoir ce qu'il proposait de faire à ce sujet s'il était élu au conseil. La vieille Madame Gervais passa, portant quelques provisions qu'elle avait achetées à l'épicerie dans un filet ; elle lui souhaita bonne chance et lui demanda de saluer sa mère, que Madame Gervais avait connue de nombreuses années auparavant lorsqu'elle enseignait à l'école.

Mais au bout d'un moment, le bruit courut qu'André était là, et une petite foule se rassembla sur le trottoir devant la maison du maire.

— Ma question est la suivante : pourquoi vous présentez-vous aux élections ? dit un jeune homme à peu près de l'âge d'André. Vous avez l'air surtout intéressé par le sport. Et les femmes, ajouta-t-il avec un clin d'œil.

— Je n'ai pas perdu mon intérêt pour ces choses-là, répondit André en souriant. Mais je suis content d'avoir l'occasion d'expliquer pourquoi je veux entrer au conseil. C'est à cause de ceci : un de mes amis voulait ouvrir une entreprise à Salliac. Rien de fantaisiste, juste une petite boutique où l'on pourrait acheter ou louer du matériel de sport. Il a acheté des planches à roulettes d'occasion, des raquettes de tennis, toutes sortes de choses, pour constituer un stock. Mais quand il a été prêt à se lancer, il n'a pas pu obtenir le permis. Il est allé à la mairie une centaine de fois, essayant de comprendre pourquoi sa demande était constamment rejetée, et il n'a jamais pu obtenir de réponse claire. Maintenant, nous savons tous que le pays a une bureaucratie énorme, et on peut aimer ça ou pas, mais quand cette bureaucratie est infiltrée par la corruption, eh bien, quelqu'un doit faire quelque chose. Et c'est là que j'ai décidé de me lancer. Les permis de construire, les licences, les autorisations commerciales, ce n'est peut-être pas excitant ou sexy, mais ces choses doivent être traitées équitablement, vous ne trouvez pas ? Dites-moi si vous pensez autrement, j'aimerais entendre ce que vous avez à dire.

Plusieurs personnes sourirent en entendant le beau candidat demander sincèrement leurs opinions, et la conversation se poursuivit pendant un moment, villageois après villageois parlant longuement, donnant leurs pensées sur les permis de construire et d'aménagement, et parfois perdant le fil du sujet en cours et finissant par parler d'un film qu'ils venaient de voir ou du meilleur fromage pour la fondue. André écoutait attentivement tout le monde. Les jeunes femmes réussirent à se placer à l'avant de la foule et le regardaient avec un intérêt non dissimulé. Il ne vivait à Castillac que depuis un an environ, ayant déménagé de Poitiers ou peut-être même de Tours ; personne n'en était vraiment sûr. Son retour dans le village de sa mère était définitivement un point positif, à en juger par les expressions chaleureuses de la foule entourant le jeune candidat.

— Donc, en plus de la corruption, je veux prendre soin de nos terres et de notre eau, et développer plus d'opportunités pour le tourisme ici même dans le village.

— Qu'est-ce que les gens voudraient bien voir ici ? dit une jeune femme, et certains des autres gloussèrent.

— Oh, il y a tellement de beauté ici à Castillac, dit André en la regardant et en souriant, et la femme rougit furieusement. Je peux imaginer des touristes du monde entier voulant affluer ici, s'ils le savaient seulement. Regardez comme c'est charmant ! dit-il, en faisant un geste vers la rue, qui n'était certainement pas désagréable, bien que plutôt ordinaire dans l'ensemble.

La majestueuse maison du maire était de loin la chose la plus attrayante en vue, mais les maisons de chaque côté n'étaient pas particulièrement bien entretenues ni très jolies en tout cas. Mais les villageois étaient fiers de Castillac, de manière compréhensible, et ils étaient heureux d'entendre un si beau garçon lui faire des compliments.

— Vous avez mon vote, dit l'une des jeunes femmes, et la foule murmura son accord.

— Mais pour que vous puissiez réellement faire quelque chose, dit un homme plus âgé, être au conseil ne suffit pas. Vous n'êtes qu'un parmi soixante-dix et quelques. Pour avoir un vrai pouvoir, il faudrait que vous renversiez le maire lui-même.

Tous les yeux se tournèrent vers la maison du maire, regardant jusqu'au quatrième étage puis redescendant. Les volets étaient ouverts, mais debout sur le trottoir, les villageois étaient trop bas pour pouvoir voir quoi que ce soit à l'intérieur, à l'exception de quelques rideaux somptueux aux fenêtres de devant.

— Eh, Coulon a passé son tour, dit André d'un ton dédaigneux, comme s'il ne s'attendait à aucune concurrence de ce côté malgré les trois mandats du maire et le fait qu'il soit natif de Castillac.

—Je ne sais pas, dit l'homme plus âgé d'un air dubitatif. Il a eu le temps de graisser pas mal de pattes, si vous voyez ce que je veux dire.

— La vie est imprévisible. Peut-être qu'il tombera raide mort et me facilitera la tâche, rit André, et certains dans la foule rirent avec lui, peut-être de l'absurdité d'une telle idée, le maire n'étant pas un vieil homme, loin de là.

&

— Quelque chose ne va pas, Monsieur Lachance ? demanda l'assistant au banquier, qui se tenait dans l'embrasure de la porte de son bureau avec un air particulièrement aigri.

— Non, non, dit Lachance, en entrant dans son bureau et en fermant la porte.

La rencontre avec Coulon ne s'était pas déroulée comme il l'aurait souhaité. Oh, le maire était partant, c'était sûr. Il n'allait pas causer de problèmes avec l'affaire devant le juge d'instruction, du moins il prétendait qu'il ne le ferait pas.

Mais les services du maire n'étaient pas bon marché. Lachance s'affaissa dans son fauteuil et mit sa tête dans ses mains. Il était profondément dans le pétrin, et pourtant tout ce à quoi il pouvait penser était de continuer à creuser.

❧ 13 ❧

Le lendemain matin, au grand désarroi de Bobo, Molly sortit du lit et fila au village sur son scooter sans prendre de café. Elle voulait acheter des viennoiseries fraîches pour ses hôtes à la pâtisserie Bujold et prendre un petit-déjeuner tranquille au Café de la Place avant de commencer les corvées du jour.

La vue de la devanture rouge émaillée lui mit l'eau à la bouche, et alors qu'elle garait son scooter, elle avait déjà du mal à décider quelles pâtisseries choisir.

— Bonjour, Edmond !

Edmond Nugent, le propriétaire de la boulangerie, fit un clin d'œil et un signe de la main à Molly tout en finissant de servir un client qui achetait une douzaine de beignets.

— Au revoir, Malcolm, dit Molly au jeune homme, qui marmonna un au revoir en sortant.

Une fois l'homme parti, Nugent se pencha par-dessus le comptoir et dit :

— Méfie-toi de celui-là. C'est un peu un roublard. Quand il entre dans la boutique, je n'ose pas me retourner, sinon il trouverait le moyen d'avoir tous les éclairs fourrés dans ses poches en un clin d'œil. Cela dit, il pourrait être utile pour ce sur quoi toi et

Ben travaillez - tu sais, pour chasser des malfrats - il pourrait avoir des informations à vous donner de temps en temps.

Il laissa son regard dériver vers la poitrine de Molly, mais se reprit et regarda par la fenêtre.

— En fait, j'apprécie beaucoup Malcolm, il nous a aidés sur une affaire il y a quelque temps.

— Eh bien, je n'aurais jamais deviné que tu serais amie avec un type comme Malcolm Barstow. Il est bien connu de tous les commerçants parce qu'il vole tout ce qui n'est pas cloué. J'ai entendu dire que les Barstow avaient des ennuis en Angleterre, mais ils n'ont pas amélioré leur conduite ici. Le père fait des allers-retours en prison.

— C'est un cas plutôt triste.

— Il n'y a rien de triste chez Malcolm, crois-moi. C'est le genre de voleur qui prend un plaisir fou à tout ça.

— Eh bien, merci pour le tuyau, Edmond. Cela dit, vu comment les choses évoluent, je vais bientôt me retrouver au chômage technique comme détective privée.

— Comment ça ?

— C'est simple : pas de clients.

— Au moins, tu as ton activité de gîtes sur laquelle te rabattre. Tu ne peux pas simplement patienter jusqu'à ce que quelque chose se présente ? Non pas que je souhaite qu'il se passe quoi que ce soit, pour être honnête. Je veux dire, euh, je te souhaite tout le succès possible mais en même temps, je ne suis pas en faveur du crime, tu comprends ? Oh là là, c'est gênant.

Molly rit.

— Pas du tout, j'ai eu la même réflexion. Le problème, c'est que oui, j'ai les gîtes - et j'adore m'en occuper, donc tout va bien de ce côté-là - mais Ben, c'est une autre histoire. Il a besoin de travail, et il ne peut pas attendre indéfiniment.

Edmond haussa les épaules, ne se sentant pas particulièrement bienveillant envers Ben Dufort puisque lui, Edmond, pouvait très facilement s'imaginer à sa place en tant que petit ami de Molly. Il s'autorisa l'espoir fugace que Ben soit forcé de quitter la ville pour trouver du travail, laissant le champ libre...

— Edmond ? Allô ?

— Oh oui, désolé, dit-il en rougissant.

La clochette de la porte tinta et Lucie Séverin entra, du moins Molly pensait que c'était elle, la femme du directeur de l'école primaire qui avait été impliquée dans une affaire sur laquelle Molly avait travaillé l'année précédente. Tout le monde au village savait que Lucie avait lutté contre la dépression, alors Molly était contente de la voir sortie.

— Bonjour, Lucie ! dit Edmond avec un grand sourire. Tu as fait ton choix ? demanda-t-il à Molly en désignant la vitrine des pâtisseries.

Elle n'avait pas l'habitude qu'on la presse et choisit rapidement une variété de délices - des mille-feuilles, des éclairs et des tartelettes au citron — en espérant trouver quelque chose qui tenterait Wesley, les Russes et le duo de Portland. Elle était à mi-chemin de la porte quand elle se souvint que Wesley ne mangeait pas de sucreries et demanda à Edmond s'il avait de petites quiches aux épinards.

Pendant qu'il allait vérifier à l'arrière, Molly adressa un rapide sourire à Lucie et détourna le regard. Bien qu'elle ait emménagé à Castillac près de deux ans auparavant, il était encore délicat de naviguer dans les coutumes sociales du village ; en tant qu'Américaine extravertie toujours partante pour discuter avec n'importe qui, Molly avait appris à se retenir, et même si elle avait envie de bavarder avec Lucie et de lui demander comment elle allait, elle comprenait que Lucie trouverait probablement cela intrusif. Alors elles restèrent côte à côte, toutes deux en train de fixer les pâtisseries pour s'occuper, jusqu'à ce qu'Edmond revienne avec une quiche et la glisse dans un sac.

— C'est cadeau, dit-il gaiement, faisant se demander à Molly ce qui lui prenait.

Même si son expression joyeuse lorsqu'il se tourna vers Lucie, les yeux pétillants et intenses, lui donna une assez bonne idée.

Avec un certain effort, elle réussit à ne manger aucune des pâtisseries en marchant jusqu'au Café de la Place, s'asseyant au soleil, et pensant une fois de plus que malgré tous les problèmes qui pouvaient survenir - comme partout, c'était simplement la vie - elle avait réussi à trouver le paradis. Les platanes projetaient une ombre tachetée sur la plus grande partie de la terrasse du café, et une sorte de palmier aux feuilles épineuses poussait à côté de la maison de la presse de l'autre côté de la rue. Quelques touristes flânaient en se dirigeant vers l'église, qui était un exemple intéressant de son genre mais pas assez intéressant pour attirer beaucoup de gens hors des sentiers battus pour la voir. Des jardinières et des paniers suspendus se trouvaient partout, égayant les bâtiments de pierre avec des taches de rouge et de jaune. Elle vit son amie Manette entrer dans la quincaillerie, et plusieurs autres visages familiers qu'elle n'arrivait pas tout à fait à associer à des noms.

Molly aimait Castillac de tout son cœur. Si seulement l'activité de détective pouvait décoller, et permettre à Ben de rester, la vie serait aussi parfaite qu'elle puisse l'être.

Pascal apparut, lui offrant un chaleureux sourire et une vue de ses dents d'un blanc éclatant, et prit sa commande, le Spécial habituel. Revenant au problème en question - elle ne pouvait s'empêcher de se demander - était-elle le problème avec l'activité de détective privé ? Les gens ne voulaient-ils pas les engager parce qu'elle était étrangère, et pire, dépourvue de véritables références au-delà de quelques coups de chance dans des affaires locales ? Peut-être devrait-elle suggérer à Ben de retirer son nom de l'entreprise et d'essayer de s'en sortir seul. C'était lui qui avait toutes les connexions locales, ainsi qu'une réputation impeccable en tant qu'ancien chef de la gendarmerie.

C'était la dernière chose qu'elle voulait faire, puisque résoudre les diverses affaires qui s'étaient présentées à Castillac avait été l'une des principales raisons pour lesquelles elle était si heureuse ici. Cela faisait tellement de bien de remettre les choses en ordre et de rendre la pareille à la communauté qu'elle adorait. Et oui, il fallait l'admettre, les succès n'étaient pas non plus mauvais pour son ego.

Pascal arriva avec son jus d'orange fraîchement pressé, son croissant et son café tant attendu. Alors que Molly restait immobile, telle une enfant incapable de décider par quoi commencer tant tout semblait absolument divin, deux femmes s'installèrent à quelques tables de là, plongées dans une conversation. Oreille indiscrète invétérée, Molly se mit immédiatement à l'écoute.

— Et le truc, c'est, dit la femme aux cheveux châtain foncé, qu'il ne fait ça que pour m'énerver. Comme s'il n'en avait pas eu assez pendant notre mariage !

Molly acquiesça intérieurement. L'un des meilleurs aspects de son déménagement en France après son divorce était que Donny, son ex, et elle menaient désormais des vies complètement séparées, et toute idée que l'un ou l'autre pourrait avoir de tourmenter l'autre, comme le font parfois les ex, était annulée par la distance qui les séparait. Molly pensait maintenant à Donny avec une certaine tendresse, au grand dam de Frances, mais elle était à peu près sûre que ce ne serait pas le cas si elle était restée à Boston où il vivait toujours.

Assez de ruminations, et retour à l'écoute clandestine !

— Tu penses qu'il va gagner ? Il semble toujours y arriver. Honnêtement, je ne crois pas que ce soit parce que les gens l'aiment tant que ça, Odile. C'est plutôt qu'il n'y a jamais personne qui se présente contre lui qui ne soit pas une sorte d'illuminé. La vérité, c'est que personne ne veut être maire. C'est beaucoup de travail, après tout. Pour moi, ce serait un travail cauchemardesque.

— Eh bien, Maxime adore ça. Ça lui donne des délires de grandeur, tu sais. Tu ne le vois pas parader dans le village, à saluer les gens comme s'il portait une étole d'hermine et une énorme couronne sur la tête ? Bien que je suppose que s'il portait une couronne, il n'aurait peut-être pas besoin de cette coiffure pour cacher sa calvitie.

— Odile, tu es *terrible* ! gloussa son amie.

Pas besoin d'être un détective de génie pour comprendre qu'elles parlaient de Maxime Coulon, pensa Molly. Elle lui avait serré la main et échangé quelques politesses à un moment donné, mais n'avait jamais rencontré sa femme. Son impression du maire n'avait pas été négative... ni positive non plus, à bien y réfléchir. Il semblait être un homme doux, désireux que les gens l'aiment - du moins c'était l'impression qu'elle avait eue lors de leur brève entrevue.

— Entre toi et moi, ça ne me dérangerait pas si quelqu'un le poussait devant un train en marche. Tu sais qu'il bloque mon permis d'exploitation depuis plus de six mois ? On accepte tous une certaine léthargie bureaucratique, mais là, c'est juste ridicule. C'est évidemment fait exprès. Il me fait perdre des tonnes d'argent et s'en délecte absolument.

Les deux femmes s'engagèrent ensuite dans une longue discussion sur les soins du visage et diverses crèmes pour la peau, et Molly s'ennuya et cessa d'écouter. Son petit-déjeuner terminé, elle se dépêcha de retourner au scooter en serrant son sac de viennoiseries, espérant que tous les locataires dormiraient tard et que son timing serait alors parfait.

❧ 14 ❧

Madame Barbeau avait appelé le maire jeudi matin pour l'informer que Josette ne se sentait pas bien et ne viendrait pas travailler ce jour-là. Elle avait essayé de pousser Josette à passer l'appel elle-même, mais sa fille s'était retournée, avait fait semblant de dormir et n'avait pas répondu aux supplications de Madame Barbeau.

Qui étaient d'ailleurs peu convaincantes, puisque la femme plus âgée était heureuse d'avoir une excuse pour parler au maire en personne. Si elle n'avait pas été si arthritique, elle lui aurait rendu visite depuis longtemps - comme elle aurait aimé entrer dans cette maison et la voir de ses propres yeux ! Josette était totalement incapable de rapporter le moindre détail. Eh bien, totalement déficiente dans la plupart des domaines, pensait sa mère, sauf en ce qui concernait l'apparence. Et celle-ci disparaîtra bien assez tôt.

Madame Barbeau se caressa le menton, réfléchissant soigneusement à ce qu'elle allait dire avant de passer l'appel. Peut-être que si elle prenait un bain chaud et se frottait les genoux avec de la pommade, elle pourrait faire le voyage ? Elle était encore jeune, seulement dans la cinquantaine... si seulement ses articulations voulaient bien se tenir. Ce n'était pas comme si elle avait vécu sa vie en évitant la douleur ; elle n'avait pas peur de souffrir si la récompense en valait la peine. Pendant un instant, elle imagina avec avidité le maire lui faisant faire le tour de la maison de la rue Malbec, tandis qu'elle prendrait note des tableaux, des sculptures, de la belle vaisselle, et qui sait quels autres objets de valeur pourraient s'y trouver et que Josette ne voyait pas ?

Mais avec un soupir, Madame Barbeau revint à la réalité. Même si elle n'était pas étrangère aux fantasmes de fortune, elle était toujours une femme pragmatique et savait que si elle essayait d'aller à Castillac et de grimper les trois étages du maire, elle risquait de se retrouver clouée au lit pendant des jours après, à peine capable de bouger, avec ses articulations en feu. Il y avait trop de travail à faire à la ferme pour se le permettre.

L'appel téléphonique fut bref et décevant. Elle lui dit que Josette n'allait pas bien et il la remercia d'avoir appelé avant de raccrocher sans que Madame Barbeau ait pu dire un mot de plus.

Elle ne croyait pas un instant que sa fille était malade. Soit quelque chose s'était passé pour la bouleverser, soit elle cherchait simplement à avoir un jour de congé pour pouvoir flâner sans rien faire.

Tout en balayant le sol de la cuisine, elle réfléchit à la situation. À vrai dire, Josette n'avait jamais été paresseuse. Certes, parfois elle repoussait ses corvées jusqu'à la dernière minute, mais dans l'ensemble, sa mère ne pouvait pas vraiment se plaindre de sa fille sur ce point. Avec un grognement, Madame Barbeau posa une pelle à poussière sur le sol et y balaya la saleté et les brins de paille qui avaient été apportés.

Je me demande, pensa-t-elle lentement, si ce que je craignais est finalement arrivé. Ce n'est pas bon de mettre une jeune femme comme Josette seule dans une maison avec un homme - les hommes sont des bêtes, tout simplement. Ils feront le pire si on leur en donne ne serait-ce que la moitié d'une chance, comme je le sais très bien.

Elle se redressa, pour une fois sans remarquer la douleur dans ses genoux, imaginant Maxime Coulon profitant de sa fille innocente. C'était comme si un orage électrique se déchaînait dans sa tête, une fureur bouillonnante entrecoupée de souvenirs fugaces de la sauvagerie de son mari Adolph, qu'elle avait été forcée d'endurer jusqu'à sa mort.

Madame Barbeau serra les dents et partit à la recherche de Julien, qui pourrait peut-être éclaircir la vérité. Cela faisait plusieurs années que Josette avait commencé à travailler comme femme de ménage, et Madame Barbeau avait senti, dès le début, qu'il se passait plus de choses qu'on ne lui en disait, que ce soit de la part de l'un ou l'autre de ses enfants. Et maintenant, elle était presque certaine que quelque chose avait changé, exactement de la manière sordide qu'elle avait anticipée, et elle n'avait pas l'intention de s'y soumettre, pas cette fois.

Le lendemain matin, Josette avait fait un rétablissement miraculeux. Elle nourrit les poules et fit le café comme d'habitude, puis attendit que Julien charge le camion.

— Contente de voir que tu es toujours parmi les vivants, dit sa mère d'un ton désagréable, guettant une réaction.

— Je suppose que j'avais besoin de repos, fut tout ce que Josette répondit.

Joyeusement, elle embrassa sa mère sur les deux joues et dit au revoir avant de monter dans le camion avec Julien.

— Je la déteste, dit simplement Josette.

— Ouais, dit Julien.

Ils n'ajoutèrent rien de plus, et n'en avaient pas besoin.

Une fois arrivée rue Malbec, Josette commença à se sentir nerveuse. Elle n'avait pas gaspillé sa journée de repos mais avait beaucoup réfléchi, essayant de son mieux d'élaborer un plan, une façon de sauver le désastre qui avait suivi lorsque le maire l'avait surprise en train de voler le sucrier en argent. Ses menaces l'avaient tellement effrayée (et elle n'avait même pas envisagé qu'il puisse ne pas dire la vérité) qu'elle était sûre de devoir vivre comme son esclave virtuelle pendant des années, avec l'épée de Damoclès de la prison constamment suspendue au-dessus de sa tête si elle ne le satisfaisait pas suffisamment pour qu'il garde le silence.

Josette aimait la vie à la ferme, et bien qu'elle appréciât de travailler dans une grande maison et d'être entourée de beaux objets, elle ne convoitait pas ce monde comme le faisait sa mère. Elle s'était toujours attendue à épouser un gars du coin et à fonder une famille quelque part à proximité, à continuer à élever des poules et à entretenir un grand jardin. Une fois sortie de la maison de sa mère, elle s'attendait à être heureuse.

Mais évidemment, la vie avait pris un tournant différent. Il n'y avait eu aucun gars du coin que sa mère aurait accepté qu'elle fréquente, et au lieu d'avoir sa propre ferme et sa famille, elle se retrouvait coincée à vivre avec sa mère détestable et maintenant désespérément sous la coupe de Monsieur Coulon.

Mais peut-être, pensa-t-elle en frappant à la porte avec une confiance renouvelée, peut-être y avait-il un moyen de tout renverser. S'il m'aime tant, raisonna-t-elle, pourquoi ne pas m'épouser ? Alors je pourrais quitter Maman pour de bon, et il ne voudra pas voir sa propre femme aller en prison. Il a tellement d'argent, il pourrait même acheter une petite propriété à la campagne pour que je puisse avoir des animaux, peut-être une autre chèvre comme celle que j'avais quand j'étais petite. Il est laid, mais qu'importe ? Et quant à ce qui s'était passé dans sa chambre... ça n'avait certainement pas été romantique, mais au moins ça avait été vite fini. Tout bien considéré, être mariée à lui pourrait être mieux que de vivre avec Maman. Presque tout serait mieux.

Josette était satisfaite de son plan, ne serait-ce que parce qu'il valait toujours mieux en avoir un que pas du tout. Elle n'avait pas d'idées précises sur la façon de le mettre en œuvre, mais se sentait rassurée malgré tout.

Anxieusement, elle frappa à la porte. Le maire avait mentionné lui donner une clé il y a des années, mais ne semblait jamais s'y résoudre, préférant partir pour la mairie seulement après son arrivée, même les fois où elle était en retard.

Allait-il l'embrasser ? L'emmener à l'étage à nouveau ? Ou les choses allaient-elles revenir à la normale ?

La porte s'ouvrit et Coulon lui fit signe d'entrer.

— Viens, viens, dit-il vivement. Je suis content que tu sois à l'heure, j'ai une série de réunions cruciales ce matin et je dois me rendre à la mairie immédiatement.

Josette jeta un coup d'œil à son visage mais il ne la regarda pas. La dernière fois qu'ils s'étaient vus, les événements avaient été si importants que ni l'un ni l'autre ne savait comment se comporter.

— Eh bien, bonne chance ! dit-elle, essayant de paraître comme une épouse solidaire. Voyons, nous sommes jeudi... Je vais faire la lessive et toutes les tâches habituelles, à moins que vous n'ayez autre chose en tête ?

— Non. Non, ce sera très bien, répondit Coulon.

Ils restèrent maladroitement dans l'entrée pendant quelques secondes, puis il se pencha, respirant l'air près de son cou, et l'embrassa avec des lèvres humides sur la joue, tout en lui donnant une tape sur les fesses.

Quand il eut refermé la porte derrière lui, Josette s'essuya la joue avec le dos de la main. Se mettant directement au travail, elle rassembla le linge et le lava dans la machine à laver de la cuisine, dépoussiéra le rez-de-chaussée, et après le déjeuner, traîna le panier de linge mouillé dans la cour pour l'étendre.

Étendre le linge était l'une de ses tâches préférées, probablement parce que c'était une excuse pour sortir et sentir le soleil sur son dos. Elle aimait la sensation des pinces en bois entre ses doigts et l'odeur des draps et des vêtements propres. Elle venait juste de rentrer dans la cuisine, sur le point de fermer la porte, quand elle entendit quelqu'un descendre l'allée derrière la maison. Elle ferma rapidement la porte et se tint derrière le rideau, attendant quelques secondes avant de jeter un coup d'œil.

C'était encore cette femme rousse. Comme la fois précédente, elle s'arrêta, passant la tête au-dessus du mur arrière et regardant attentivement le fil à linge. Qui était donc cette femme curieuse ? Elle ne ressemblait à personne du coin, pensa Josette. Ce n'était pas ses vêtements, ni ses cheveux, mais quelque chose... quelque chose chez elle n'était pas du tout français. Josette ne lui faisait pas confiance et souhaitait qu'elle porte son attention ailleurs.

Après quelques instants, la femme continua son chemin. Josette avait envie de la poursuivre dans l'allée en lui criant de se mêler de ses affaires, mais elle avait déjà assez de problèmes avec le maire et n'avait pas besoin d'en chercher d'autres.

Les pâtisseries avaient eu tellement de succès la veille que Molly se rendit au village en scooter le vendredi matin pour en acheter d'autres. Elle aimait toujours que ses hôtes partent sur une bonne note, et bien que les autres clients restent tous pour deux semaines, les Vasiliev devaient partir le lendemain matin. Elle ne serait pas triste de les voir partir. Après sa longue lutte pour maîtriser le français, Molly trouvait très amusant d'essayer de parler à des gens avec lesquels elle ne partageait pas de langue commune. Cela se transformait en un jeu de déduction et de mimes qui menait presque toujours à l'hilarité et à un sentiment de chaleur entre les participants.

Mais apparemment, les Vasiliev ne ressentaient pas la même chose. Fedosia avait frappé à la porte de la maison plusieurs fois, demandant des instructions sur l'utilisation de la machine à laver et quel endroit offrait le meilleur taux de change pour changer de la monnaie. Mais elle ne s'attardait pas, remerciait à peine, et disparaissait. Molly ne se souvenait même pas d'avoir vu Vasily une seule fois depuis leur emménagement le samedi précédent, jour du changement de locataires.

Entre-temps, elle avait partagé plusieurs cocktails avec Wesley

Addison, se souvenant que, depuis sa visite l'été précédent, l'heure de l'apéritif était un moment triste de la journée pour lui, quand il regrettait le rituel de préparer un verre à sa femme tous les jours à cinq heures. Molly l'invita à la rejoindre sur la terrasse et lui demanda s'il serait assez aimable pour lui préparer un kir, et un pour lui aussi, bien sûr, bien qu'il s'en tienne habituellement à l'eau minérale.

Il la régala, à sa manière, d'histoires de son travail en linguistique, qui pouvaient être assez drôles après un kir ou deux. Il lui raconta qu'au Mississippi, on appelait une personne grosse un « squab ». Dans le Missouri, un porte-manteau était un « hall tree », et en Oklahoma, si quelque chose était délicieux, on pouvait le qualifier de « larruping ».

— Eh bien, prenez donc un peu de ce fromage « larruping », Wesley. Vous savez, les Français ne servent jamais de fromage avant un repas et ils ont probablement de très bonnes raisons pour cela. Mais certaines de mes habitudes américaines ont la vie dure.

Souvent, Molly organisait une réunion à un moment donné pendant le séjour des locataires - un apéro le premier soir, ou éventuellement un dîner plus tard dans la semaine si le groupe semblait bien s'entendre. Cette semaine, cependant, sans jamais avoir l'intention de le sauter, elle n'avait cessé de trouver des raisons de le reporter, et voilà que c'était leur dernière nuit. Honnêtement, la perspective de socialiser avec les Vasiliev semblait être une telle corvée, et elle n'était pas d'humeur, ayant été tourmentée toute la semaine par des inquiétudes concernant Ben et leur entreprise en difficulté.

Eh, peut-être que si je les invite, ils ne viendront même pas, se dit-elle en se dirigeant vers le gîte pour demander d'abord à Nancy et Emily.

MAIS ILS VINRENT, tous. Et non seulement cela, mais Fedosia demanda à Molly s'il serait possible de rester deux semaines de plus, et la question la prit tellement par surprise qu'elle ne put trouver assez rapidement un mensonge élégant.

Deux semaines de plus avec les Vasiliev. *Beurk.*

Molly s'affaira dans la cuisine pour préparer un repas convenable pour sept personnes, appelant rapidement Ben pour le mettre à contribution. Elle opta pour la simplicité, préparant une énorme salade, un steak Diane et de la purée de pommes de terre à l'ail, et envoya Ben à la pâtisserie Bujold pour chercher le dessert.

— Merci de nous avoir invités, dit Fedosia avec assez de grâce, tandis que Molly versait des kirs pour elle et Vasily.

Wesley buvait de l'eau minérale sur la terrasse, où Emily et Nancy gloussaient à propos de quelque chose - probablement leur dernière découverte d'une cachette remplie d'os quelque part - et Molly suggéra aux Vasiliev de les rejoindre pendant qu'elle et Ben finissaient les préparatifs du dîner. Vasily ne dit rien et resta impassible comme d'habitude.

— Il me donne la chair de poule, chuchota Molly à Ben tandis qu'il assaisonnait la salade et qu'elle fouettait les pommes de terre, ajoutant un peu de crème supplémentaire.

— Il est toujours aussi impassible ?

— Toujours. Enfin, pour être honnête, je ne l'ai pas beaucoup vu. Et il ne parle pas anglais, donc je suppose que ça a du sens qu'il ne réagisse pas à ce qui est dit. Mais quand même... d'habitude quand je suis avec des gens et que nous ne partageons pas de langue, les visages des gens sont *plus* expressifs, pas moins.

— Qu'est-ce qu'ils font à Castillac, d'ailleurs ?

Molly haussa les épaules. Elle prit le bol de pommes de terre et se retourna pour voir Fedosia debout dans l'embrasure de la porte, en train de les regarder. Molly n'avait aucune idée depuis combien de temps elle était là, ni ce qu'elle avait entendu. Son visage devint instantanément rouge, n'ayant pas l'habitude d'insulter ses locataires et d'être entendue en le faisant.

— Le dîner est prêt ! chanta-t-elle, ayant l'air complètement idiote. Ben, tu apporteras le steak ? Je crois qu'on a tout ce qu'il faut à table.

Le temps était à cette température parfaite, chaude mais pas du tout trop chaude, et la plus légère des brises effleurait la cime des arbres entourant la prairie. Tout le monde était en manches courtes et à l'aise, et les sons d'un loriot et d'un pic-vert étaient faciles à distinguer puisque personne ne disait rien. Même les habituellement joviales Emily et Nancy étaient silencieuses.

— Alors, qu'est-ce qui vous amène à Castillac ? demanda Ben à Fedosia, adressant un sourire à Vasily.

— Nous sommes touristes, répondit-elle, et elle s'appliqua à couper sa viande.

Un silence gêné. Molly se rappela avec nostalgie les nombreux dîners glorieux qu'elle avait organisés à Boston, remplis de rires et de conversations sérieuses. Son taux de réussite en France n'avait pas été formidable, bien qu'elle dût travailler avec qui se présentait à La Baraque et n'avait pas le luxe de choisir des invités qui se compléteraient.

— Comment était Carcassonne ? demanda Molly à Emily.

— Oh, c'était incroyable. C'est exactement comme vous l'avez dit : des façons si ingénieuses de blesser les gens ! Même si je suppose que nous aimons penser que tout cela est loin derrière nous. Je ne pense pas que ce soit vraiment le cas.

— Nous n'avons pas besoin d'aborder ce sujet maintenant, dit doucement Nancy.

Elle regarda autour de la table.

— Désolée, c'est juste qu'Emily et moi pouvons nous emballer sur les affaires mondiales d'une manière qui n'est pas vraiment appropriée pour une compagnie polie.

— Vous avez des opinions différentes ?

— Bon sang, non ! Mais nous dirigeons beaucoup de jurons vers les gens que nous n'approuvons pas.

Molly hocha la tête et sourit.

—Je comprends !

— Les jurons sont intéressants, d'un point de vue linguistique, dit Wesley, mais il s'appliqua ensuite à couper son steak et n'élabora pas davantage.

— Nous avons vu un reliquaire à Cadouin, dit Emily. Vous connaissez ?

— Des parties de corps momifiées, c'est ça ?

— Oui. Des gens célèbres, des saints. Celui de Cadouin était moins macabre, juste un bout de tissu prétendument le voile de Jésus. Quoi qu'il en soit, les reliquaires étaient très prisés au Moyen Âge. Les églises se les disputaient car ils avaient le pouvoir d'attirer beaucoup de visiteurs.

— De l'argent, en d'autres termes, dit Ben.

— Exactement ! s'exclama joyeusement Emily. Rien de tel qu'un bout d'orteil du Pape pour vraiment attirer les foules.

— Ou autre chose du Pape, comme ses... commença Nancy sans pouvoir finir sa phrase avant d'éclater de rire.

Les autres s'arrêtèrent de manger, attendant la suite.

— *Parties intimes*, parvint à articuler Emily entre deux éclats de rire, et Molly et Ben rirent aussi.

Wesley semblait mal à l'aise. Vasily avait fini son steak et ses pommes de terre et regardait les femmes plus âgées d'un air renfrogné. Molly essaya de trouver un moyen de le faire rire, de l'atteindre d'une manière ou d'une autre, mais elle ne trouva rien. Elle sentait que Ben le surveillait du coin de l'œil même quand il parlait à quelqu'un d'autre et ne regardait pas dans sa direction.

Molly savait qu'il était considéré comme impoli en France de demander à quelqu'un ce qu'il faisait comme travail, mais elle était désespérée de trouver quelque chose à dire et se dit que Ben lui pardonnerait.

— Alors, que faites-vous à Smolensk ? demanda-t-elle, en utilisant toute sa volonté pour ne pas regarder sa montre.

Fedosia se contenta de la fixer sans rien dire.

Oups, pensa Molly. On dirait que c'est impoli en Russie aussi.

Jamais un dîner n'avait traîné en longueur comme celui-ci.

Elle et Ben parvinrent à terminer la soirée tant bien que mal, avec l'aide d'un peu de pineau après le repas et de quelques blagues légèrement osées racontées par Emily. Et il n'existait pas d'invité renfrogné sur Terre capable d'atténuer son plaisir en cette parfaite soirée de juin, avec ce sentiment magique hérité de l'enfance : l'air doux et le chant des oiseaux signifiaient que des choses merveilleuses étaient au coin de la rue, que tous les problèmes se résoudraient d'eux-mêmes, que l'été durerait une éternité, et que leur seule préoccupation était de savoir quel délicieux met ils allaient manger ensuite.

❧ 16 ❧

Pour Molly, c'était étrange d'avoir un samedi matin en juin sans changement de locataires. Les Russes, Nancy et Emily, ainsi que Wesley Addison restaient tous, alors Constance n'était venue que pour une heure environ pour vider les poubelles, changer les draps, donner un rapide coup de chiffon aux salles de bains, et c'était tout.

— Comment avance la préparation du mariage ? demanda-t-elle à Molly en partant.

— Je ne sais pas ! Frances a travaillé sur une date limite toute la semaine dernière et je ne l'ai pas vue du tout. Je suppose que c'est toujours d'actualité ? Mais je n'ai encore rien fait pour la préparation.

— Je sais que tu adores plus que tout au monde te précipiter au dernier moment, lança Constance par-dessus son épaule alors qu'elle descendait l'allée en titubant sur son vélo, Bobo courant à ses côtés.

Vraiment ? pensa Molly en se retournant pour sortir. Peut-être un peu.

Elle dit à Bobo de rester et prit le scooter pour descendre la rue des Chênes juste derrière Constance, voulant aller au marché avant qu'il ne soit trop tard pour avoir quelque chose de bon. Les samedis de juin, le marché était bondé. La plupart des touristes de la région s'assuraient d'y être, et presque tous les habitants du village et des alentours venaient, sinon pour acheter, du moins pour bavarder et déjeuner. Les cafés autour de la place étaient pleins à craquer et l'ambiance était palpablement joyeuse. Et pourquoi pas ? Le temps était absolument parfait - ensoleillé mais pas terriblement chaud, et il y avait eu suffisamment de pluie pour satisfaire les agriculteurs et les jardiniers. Castillac semblait avoir retrouvé sa tranquillité, avec peu de travail pour les gendarmes depuis des mois, à part quelques contraventions occasionnelles.

Molly gara le scooter et alla directement voir son amie Manette, qui tenait le plus grand stand de fruits et légumes. Elle était appuyée contre le camion, une main sur le bas du dos, tandis que son frère aîné s'occupait des clients.

— Bonjour, Manette ! dit Molly assez fort pour être entendue par-dessus le brouhaha du marché. Tout va bien ?

Manette leva les yeux et sourit.

— Bonjour, Molly.

Elle secoua la tête, toujours souriante.

—Juste... juste une petite surprise.

Molly attendit, intriguée.

— Il s'avère que la famille va s'agrandir dans environ six mois, dit Manette. On dirait que... quarante-deux ans, ce n'est pas trop vieux pour tomber enceinte.

— Oh là là ! Félicitations ! dit Molly, embrassant son amie sur les deux joues et lui serrant les bras peut-être un peu trop fort.

Un flot de sentiments mitigés la traversa si rapidement qu'elle en fut déstabilisée.

— Tu es... tu es contente ?

— Pas tellement au début. Notre plus jeune a onze ans, alors on avait vraiment dépassé... l'idée des couches... mais tu sais, on s'y est fait. J'adore les bébés.

— Moi aussi, dit doucement Molly.

Elle caressa le bras de Manette et jeta un rapide coup d'œil à son ventre qui était juste un peu plus gros qu'avant.

— Je suis si heureuse de te voir et d'entendre ta bonne nouvelle. Maintenant je vais me dépêcher de passer ma commande à cause de la foule.

Elle remplit son panier d'aubergines et de fraises, une combinaison impulsive qui trahissait son désarroi, et s'éloigna pour chercher les articles suivants sur sa liste, du savon et du poulet.

Elle achetait toujours du savon à une charmante femme sourde qui le fabriquait elle-même en utilisant beaucoup de lavande et de lait de chèvre. Puis direction Julien Barbeau, qui avait de très bons poulets si on avait la chance d'arriver à temps pour en attraper un.

— Bonjour, Julien ! dit Molly quand ce fut son tour. Comment ça se passe à la ferme ?

— Bien, merci, dit-il. Dites-moi, vous seriez prête à payer un peu plus cher pour une race inhabituelle ? Je pensais ajouter des poulets de Bresse au cheptel, vous connaissez ? C'est une race qui a même obtenu l'appellation AOC, comme le vin.

— Euh, dit Molly. Je peux te poser une question un peu embarrassante ? Je devrais le savoir maintenant, mais qu'est-ce que c'est exactement que ce mot magique AOC que je vois partout ?

Julien rit.

— Ça signifie *Appellation d'origine contrôlée*. Ça désigne simplement un produit agricole qui est spécial à un certain terroir, ou lieu. Comme... le fromage de Roquefort, non ? Il n'obtient l'appellation AOC que s'il est fabriqué dans les caves de Roquefort. N'importe quel fromage bleu ne peut pas se qualifier. Maintenant, strictement parlant ? Les poulets de Bresse viennent de l'est de la France, pas de la Dordogne. Mais une race de poulet s'adapte assez bien en dehors de son terroir, même si les puristes pourraient insister sur le fait que l'alimentation ne sera pas la même. Peut-être plus que ce que tu voulais savoir ! ajouta Julien en riant.

— Eh bien, la principale question est : est-ce qu'ils sont bons ?

— Ça dépend du genre de cuisinière que vous êtes. Mais j'ai entendu dire que vous n'étiez pas si mal, pour une Américaine.

Molly prit cela comme la taquinerie bienveillante que c'était censé être.

— Tu n'as pas besoin d'être diplômée du Cordon Bleu pour rôtir un poulet. Très bien, donne-moi celui-là, ajouta-t-elle en désignant un beau poulet dodu, l'un des cinq derniers. À quelle heure es-tu en rupture de stock, d'ailleurs ? Je ne veux pas te rater.

— Généralement à onze heures au plus tard, dit-il. Tu es déjà de retour ? dit-il à une jolie jeune femme qui approchait, que Molly n'avait jamais vue auparavant.

— Molly Sutton, je vous présente ma sœur, Josette. Molly mange du poulet rôti chaque semaine sans faute. Elle maintient presque à elle seule la ferme à flot.

Molly rit. Josette la fixa du regard, réalisant instantanément qu'elle était la rousse qui avait jeté un coup d'œil dans le jardin du maire de cette manière agaçante.

—Je plaisante, Josette, je plaisante. Cinq... non, quatre poulets de plus et on pourra partir. La salade et les œufs étaient partis à neuf heures et demie.

— Oh, tes œufs ! Si seulement je n'avais pas à me précipiter ici aux aurores avant que tu ne sois en rupture de stock.

Julien sourit.

— Ce n'est pas un énorme cheptel parce que notre poulailler n'est pas si grand. Si seulement on pouvait soutirer un peu d'argent à notre mère, on pourrait s'agrandir, pas vrai Josie ?

Josette esquissa un semblant de sourire et hocha la tête.

Molly paya et fourra le poulet dans son sac en paille.

— Bon, j'y vais ! Mets-moi sur ta liste pour le Bresse, Julien. Et bonne chance pour le poulailler, ajouta-t-elle à l'intention de Josette.

Une bouteille de rosé, quelques asperges tardives, et le dîner était pratiquement prêt. Elle avait peut-être des hôtes difficiles, ses amis se mariaient et avaient des bébés à un rythme ridicule, l'activité de détective privé stagnait peut-être... mais Molly allait avoir un merveilleux repas, parfait dans sa simplicité, avec Ben ce soir-là. Pas si mal, en effet.

17

Molly était partie depuis longtemps, déjà de retour à La Baraque, en train de réfléchir à l'idée de mettre un citron dans la cavité du poulet ou peut-être de faire un plongeon dans la nouvelle piscine, quand André Lebeau commença à se frayer un chemin à travers le marché bondé. Il avait attendu le moment où la foule serait la plus dense et l'avait parfaitement calculé. Il avançait, faisant la bise et échangeant des salutations, souriant à tout le monde, et lançant quelques clins d'œil aux jeunes femmes qui le regardaient avec de grands sourires.

Comme il n'avait pas de poste au gouvernement - et pas d'emploi non plus, pour être précis - il ne pouvait pas faire grand-chose de plus que des promesses sur ce qu'il ferait s'il était élu, mais il s'assurait que chaque petit commerçant qu'il rencontrait entende en détail à quel point son entreprise se porterait mieux avec Lebeau au conseil.

Moins de paperasserie ! Des impôts plus bas ! Plus de flexibilité pour se développer ! Lebeau n'était pas tout à fait sûr que le conseil ait autant de contrôle sur certaines des choses qu'il promettait, mais il se disait que même si les détails étaient un peu flous, l'idée générale était qu'il était en faveur du soutien aux petits commerçants, par opposition aux grandes surfaces qui commençaient à apparaître en périphérie des villes partout en France.

— Pourquoi devrait-on autoriser un supermarché géant à s'installer ici à Castillac, alors que nous avons déjà les meilleurs produits disponibles ici même au marché ? tonna-t-il, s'arrêtant au stand de Julien alors que celui-ci commençait à remballer. Je parie que vos poulets sont bien meilleurs que tout ce qu'on pourrait acheter dans un supermarché, pas vrai ? dit-il en donnant une tape dans le dos de Julien.

— Bien sûr ! répondit Julien.

— Et toi, ma beauté, ronronna Lebeau en se tournant vers Josette.

Elle leva les yeux et vit comment ses muscles pectoraux se dessinaient à travers sa chemise moulante. Ses bras étaient si gros qu'elle pensa qu'il pourrait la soulever d'une seule main. Elle gloussa. André glissa un bras autour de sa fine taille.

— Et personne ne peut dire que les Françaises ne sont pas les plus belles femmes du monde !

— Je ne vois pas ce que ça a à voir avec le fait de vous présenter au conseil, marmonna une vieille dame qui essayait de s'approcher suffisamment pour voir s'il restait des poulets.

Josette passa un bras autour de Lebeau et il la serra plus près de sorte qu'elle puisse sentir son eau de Cologne. Soudain, elle fut frappée par une pointe d'anxiété - et si le maire passait par là et la voyait avec Lebeau ? Il pourrait la renvoyer sur-le-champ. Ou du moins être très, très en colère. Et qu'adviendrait-il de sa campagne pour le mariage ?

Mais elle repoussa ces inquiétudes et se blottit contre Lebeau, se délectant de la fermeté de son corps et se demandant s'il avait une petite amie.

Lebeau continuait à parler politique à la foule mais il ne retira pas son bras de la taille de Josette. Il la serrait fermement lorsqu'il insistait un point particulièrement virulent, ses doigts s'enfonçant presque douloureusement dans sa chair.

— Lebeau maire ! cria quelqu'un, et sans lui donner le moindre avertissement, Lebeau souleva Josette et la mit sur ses épaules comme si elle ne pesait pas plus lourd qu'une poupée.

— Lebeau maire ! s'écria Josette, dans toute l'excitation oubliant complètement ses plans matrimoniaux avec le maire actuel.

LE LENDEMAIN MATIN, Josette arriva chez Coulon en se sentant très partagée. D'un côté, elle se sentait coupable d'avoir flirté avec Lebeau la veille. De l'autre, cependant, elle avait apprécié ses moments avec Lebeau et ressentait du ressentiment à l'idée de devoir passer du temps avec Coulon, et encore plus à l'idée de devoir le cajoler jusqu'au mariage.

C'était peut-être Josette qui exprimait d'une certaine manière ces sentiments contraires qui mit Coulon de si mauvaise humeur, mais quoi qu'il en soit, son visage était inhabituellement grincheux et il rabroua Josette en lui disant que le café n'était pas assez chaud ni assez fort.

— Je suis désolée, dit-elle, mais cela sortit d'un ton boudeur plutôt que soumis.

Coulon tendit la main vers le journal et heurta sa tasse, renversant un peu de café sur la table. Josette regarda le café se répandre sur la table puis le regarda, lui, mais ne bougea pas.

— Qu'est-ce qui te prend ? dit-il. Tu crois que tu n'as plus besoin de travailler ? Tu es trop bien pour essuyer un café renversé, c'est ça ?

— Non, je...

Josette ne trouvait pas les bons mots mais elle s'approcha de lui et osa glisser sa main autour de ses épaules, voulant qu'il oublie de parler.

—Je t'aime... Je *t'aime*, Maxime...

Coulon plissa le visage comme si le soleil l'avait ébloui.

— Tu m'aimes ? dit-il. Qu'est-ce que je suis censé faire de ça ?

— Eh bien, dit Josette, baissant les yeux, une rougeur lui montant au cou. Quand les gens s'aiment... mais elle hésita, incapable de finir.

— Quand les gens s'aiment... ? dit Coulon. Tu... tu suggères que je devrais t'*épouser* ? Vraiment ? C'est ce que tu dis ?

Il se leva de table, prit un chiffon sous l'évier et essuya lui-même le café renversé.

— Pourquoi diable est-ce que *je* t'épouserais *toi* ? dit-il avec condescendance, voulant la blesser. Alors c'est ça ton plan ? Ha ! Je ne le ferai jamais, siffla-t-il. Jamais !

18

Plus tard dans l'après-midi, André avait rendez-vous avec son ami Alain dans le sous-sol de la maison de ce dernier, à la lisière du village.

— C'est tellement mort par ici, dit Alain. Pourquoi Castillac, bon sang ? Pourquoi pas un endroit un peu plus grand, pour faciliter la dissimulation de l'opération, tu vois ?

— La petite taille fait partie du plan, répondit André avec impatience. Si on essaie de s'installer à Bordeaux ou à Toulouse, les gendarmes nous tomberont dessus en deux secondes. Ici, dans le charmant Castillac, on n'a rien de plus que quelques imbéciles maladroits à gérer. Si je peux juste entrer au conseil et déloger cet insupportable Coulon, on sera tranquilles, je te le promets.

— Tu ne manques jamais de promesses, marmonna Alain en s'installant sur un rameur et en faisant quelques mouvements pour la forme.

Il était petit et mince, en bonne forme, mais sans les muscles saillants de son ami. Ses cheveux étaient coupés court dans un style militaire, mais son visage avait une certaine douceur, avec des lèvres pleines et un menton fuyant.

— Écoute, une fois que ce permis a été bloqué, on a dû changer un peu de stratégie. C'est ce que font les gagnants, Alain : ils rencontrent un obstacle, ils trouvent un moyen de le contourner. Ils n'abandonnent jamais.

— Qui a parlé d'abandonner ? Je pense juste que ça n'a pas besoin d'être si compliqué. On a des fournisseurs, tout ce qu'il nous faut, c'est des clients. Si le magasin d'articles de sport est un échec, on les trouvera d'une autre manière, non ? Que dirais-tu de quelques annonces locales pour des cours de musculation, un truc comme ça ?

— Bien sûr. Si tu veux en avoir un ou deux à la fois, vas-y. On a besoin de chiffres plus importants que ça et tu le sais. Si on ne déplace pas une certaine quantité de produits, on va se faire écraser.

Alain secoua la tête.

— Je ne sais pas pourquoi tu as voulu t'impliquer avec ces voyous dès le départ, dit-il, trop doucement pour qu'André l'entende. Et si on a besoin de chiffres si importants, qu'est-ce qu'on fout à Castillac ?

— Tu as déjà pensé aux ventes en ligne, mon ami ? demanda André. Le produit est petit, un mois de stock tiendra dans une enveloppe bon marché. Il n'y a aucun besoin de prendre le risque d'être en ville quand on peut atteindre les clients de cette façon.

— Donc tu parles de publicités en ligne ? Et qui va payer pour ça ?

Mais André ne lui prêtait aucune attention. Il avait ouvert un petit sac et en avait sorti une seringue, un petit flacon en verre, une bouteille d'alcool à friction et une boîte de cotons. Puis il se regarda dans le miroir qui couvrait tout un mur de la pièce, fléchissant ses bras, puis soulevant sa chemise et se tournant sur le côté, observant ses abdominaux saillir.

— Tu dois admettre que ce truc fait vraiment son effet, dit-il en souriant.

Alain haussa les épaules. Il avait facilement accepté de se

lancer en affaires avec André, mais l'idée était de faire de l'argent rapidement et facilement, c'était tout. Prendre des drogues illégales pour se transformer en monstre surmusclé, ce n'était pas son truc, pas du tout. Pas plus que de s'empêtrer avec une bande de Russes en qui il n'avait aucune confiance pour ne pas le poignarder dans le dos et le jeter dans la Dordogne par une nuit sans lune.

André aspira de l'air dans la seringue puis la plongea dans l'huile du flacon en verre, la remplissant jusqu'à une ligne noire sur la seringue. Puis il posa l'aiguille sur la table et désinfecta un endroit sur sa cuisse avec un coton imbibé d'alcool.

— Je ne veux même pas regarder, dit Alain en faisant un sprint rapide sur le rameur pour se distraire de toute pensée concernant les aiguilles.

André rit. Puis il reprit la seringue et enfonça l'aiguille dans sa cuisse, grognant en poussant le piston.

— Une fois qu'ils auront lancé leur opération, on obtiendra ce truc beaucoup moins cher. Maintenir cette physionomie me coûte une fortune.

— Combien de temps penses-tu qu'on pourra continuer cette affaire ? demanda Alain, haletant.

André haussa les épaules.

— Ça dépend. Si je suis élu maire ? Alors on sera tranquilles quoi qu'il arrive. Si je ne le suis pas - et comment je pourrais perdre face à cette limace pathétique ? - alors peut-être un an... et on réévalue. Les Russes ne resteront pas longtemps non plus, de toute façon. Ils sont juste là pour lancer la machine, mettre en place le magasin. Une fois qu'ils auront fait ça, on pourra prendre le relais.

— Mais ils prendront toujours une part.

André haussa à nouveau les épaules.

— Eh bien, oui. C'est le coût des affaires. Ce sont eux qui savent comment gérer une entreprise comme celle-ci. On a besoin d'eux pour l'instant. Plus tard... tout peut arriver.

Alain rit nerveusement.

— Tu parles de ne pas payer ces gars-là ? Tu plaisantes ? Je ne veux même pas imaginer ce qu'ils font aux mauvais payeurs.

— Je peux m'occuper des Russes, et de Coulon aussi, dit André, se contemplant dans le miroir, plus confiant que n'importe quel homme dans tout Castillac.

❧ 19 ❧

Ça avait commencé comme un lundi ordinaire, se dit Annette plus tard. Comme d'habitude, elle était la première à arriver à la mairie ; elle avait déverrouillé la porte d'entrée et s'était fait un expresso avec la machine que le maire avait eu la gentillesse d'acheter pour eux avec son propre argent. Claudine et les autres étaient arrivés et s'étaient installés à leurs bureaux, tout le monde était raisonnablement productif, tout était aussi normal et régulier que possible.

Sauf que le maire n'était pas arrivé. Il lui arrivait de manquer une journée de travail de temps en temps, comme tout le monde, mais il appelait ou envoyait toujours un e-mail, généralement la veille, sauf s'il s'agissait d'une maladie qui le retenait.

Annette était inquiète. Mais elle ne dit rien jusqu'au lendemain, quand elle ne put plus se convaincre que tout allait bien. Elle avait appelé, envoyé des SMS et des e-mails, sans obtenir de réponse. Alors finalement, quand l'heure d'une réunion importante était passée sans toujours aucune nouvelle de Coulon, Annette décida d'agir. Sans en discuter avec ses collègues, elle sortit dans la rue et appela Maron au commissariat pour lui dire que le maire avait disparu.

20

Molly préparait une salade niçoise pour elle et Frances, qu'elles mangeraient sur la terrasse en discutant des préparatifs du mariage. Elle avait coupé de la romaine et ajouté quelques poignées de jeunes pousses, et était penchée pour chercher des olives dans le réfrigérateur lorsque Frances entra d'un pas léger, toujours aussi glamour dans son jean slim et son haut en soie blanche qui mettait magnifiquement en valeur ses cheveux d'un noir de jais.

— Bonjour, Franny, dit Molly en se redressant avec un craquement dans le dos. Bon sang, tu es superbe. J'aimerais officiellement me donner un peu de crédit pour avoir été ta meilleure amie toutes ces années. Ce n'est pas exactement facile de se tenir à côté de toi, tu sais.

— Qu'est-ce qui te prend ? demanda Frances, sincèrement étonnée.

—Je ne sais pas.

Molly fit la grimace.

— Oublie ça. Ce que je voulais dire, c'est que cette tenue est incroyable, et que vas-tu porter pour le grand jour ?

— Appelons ça un jour moyen, s'il te plait, dit Frances, une note de panique dans la voix.

— D'accord ! rit Molly. Apporte les verres et je m'occupe du reste. J'ai déjà mis un bloc-notes et un stylo sur la table pour que je puisse prendre des notes.

— Des notes ? Tu prends tout ça beaucoup trop au sérieux, Molls.

— Ma meilleure amie ne se marie pas tous les jours.

Elle fit une pause.

— Oh, attends...

Frances ne sourit même pas.

— Ce n'est pas drôle. Bon, d'accord, c'*était* drôle, mais ça n'aide pas non plus. J'arrive à peine à me convaincre d'aller jusqu'au bout. Tu pourrais peut-être alléger les taquineries jusqu'à ce que ce soit fait ?

— Je suis désolée. Vraiment. Buvons un peu de rosé et parlons d'autre chose, puis on recommencera à zéro. Je t'ai dit que j'étais obsédée par le rosé ces derniers temps ? J'aime en boire avec à peu près tout, surtout avec ce qui n'est pas censé aller avec. Je ne sais pas ce qu'il en est des règles de dégustation du vin, mais tout ce que je veux faire, c'est les enfreindre.

— Tu as un côté rebelle, c'est vrai.

— Tout le monde, non ?

— J'ai toujours pensé que c'était propre aux roux, mais peut-être, dit Frances, affichant son premier sourire depuis son arrivée.

Elle prit une profonde inspiration.

— Au risque d'être excessivement ennuyeuse, dis-moi encore une fois pourquoi je me marie pour la troisième fois ?

— Parce que Nico et toi êtes faits l'un pour l'autre, et que ça le rendra heureux.

— N'est-ce pas bizarre que ce soit le *mec* qui tienne tant à se marier ?

— Espèce de sexiste.

— Et pourquoi gâcher quelque chose qui marche si bien ?

C'est ce à quoi je reviens sans cesse. Nous sommes tellement heureux en ce moment. Pourquoi ne pas nous asseoir et *savourer* ça, plutôt que...

— Oh, Franny, c'est juste une petite cérémonie et puis une fête ici même à La Baraque avec tous tes amis français. Pour célébrer ta chance incroyable d'être venue en visite et d'avoir trouvé quelqu'un que tu aimes de tout ton cœur. N'importe qui serait ravi d'être à ta place !

— Pas littéralement, dit-elle en retirant un nouveau mocassin qui lui donnait des ampoules. Et si tu es si fan du mariage, pourquoi tu ne le fais pas ?

— Ce n'est pas du tout la même chose.

— Ah bon ? Toi et Ben êtes visiblement fous l'un de l'autre. Je ne vois aucune complication qui vous en empêche. Ou bien me caches-tu quelque chose ?

— Non, je ne cache rien. C'est juste... on n'en a même jamais parlé. Je...

Frances posa sa fourchette et attendit.

— ...Je suppose qu'au fond de moi, je pensais qu'à un moment donné il me larguerait pour chercher quelqu'un de plus jeune. Pas parce qu'il est un crétin, ajouta Molly en voyant l'expression de Frances, mais parce qu'il veut probablement fonder une famille. Il est plus jeune que moi, tu sais, et je vais avoir quarante ans dans quelques mois.

Frances éclata de rire.

— Franchement, Molls, les trucs dingues qu'on invente ! De mon point de vue, toute cette histoire que tu viens de raconter n'est qu'un tas de conneries. Et euh, pourquoi ne pas simplement lui parler de l'histoire des enfants, bon sang ?

Elles mâchèrent leur salade en silence pendant quelques instants.

— Et Lapin ? Il ne va pas se marier lui aussi ?

— Je ne suis pas allée Chez Papa de la semaine et je ne l'ai pas vu au marché non plus. Peut-être qu'il se cache, dit Molly en riant.

— Entre nous ? C'est le mariage de Lapin qui a été la goutte d'eau qui m'a fait accepter mon propre mariage. Je pouvais supporter pas mal d'indignités, mais que Lapin ait plus de courage que moi... oh la honte, la honte.

Molly pouffa et prit son stylo.

— Bon, alors. Il faut prendre des décisions, Madame Courage. Choisis une date, d'abord, et ensuite j'aurai besoin de savoir combien de personnes tu veux inviter, et si tu veux un dîner complet... et pour la musique ?

Frances devint encore plus pâle que d'habitude en se versant un autre verre de vin.

— Dis-moi que tu as un dessert, s'il te plait, dit-elle d'une voix faible. Je m'occuperai de tout ça dans une minute. Après une pâtisserie et peut-être trois autres verres de vin ?

21

Paul-Henri Monsour, jeune officier de la gendarmerie de Castillac, se sentait nauséeux.

— Si ça ne vous dérange pas, dit-il, officieux comme à son habitude, je vais descendre rapidement prévenir Nagrand de l'endroit où nous sommes.

— Oui, d'accord, répondit Gilles Maron, souriant intérieurement car il comprenait très bien pourquoi Monsour voulait quitter la pièce.

La vue de Maxime Coulon étendu sur le tapis dans une gigantesque mare de sang était suffisante pour dégoûter n'importe qui, peu importe l'expérience qu'on pouvait avoir dans les affaires macabres de meurtre.

Le chef Maron s'accroupit à côté du corps, l'examinant sous différents angles. Une entaille nette sur le côté du cou, mais Maron ne voyait rien aux alentours qui aurait pu la provoquer. Il se leva et se rendit dans la chambre de l'autre côté du couloir, apparemment celle de Coulon, remarquant une sculpture de cygne et quelques photos encadrées sur une commode, un pantalon drapé sur une chaise. Sur la table de chevet se trouvaient une tasse de café sale et un roman corné. Un tableau quelconque représentant un coucher de soleil sur la plage était accroché au-dessus du lit.

Le chef gendarme, comme il le faisait souvent, réfléchit un instant à ce que l'ancien chef, Ben Dufort, aurait fait ensuite. Dufort lui avait donné la meilleure formation de sa carrière, qui pouvait se résumer essentiellement à écouter ce que les gens disaient sans avoir l'intention de le révéler, et à suivre les protocoles à la lettre. Maron se tenait dans la chambre du maire et essayait de voir s'il y avait une déclaration, un sens quelconque aux petits objets déjà répertoriés, mais il ne voyait rien. Il nota de se renseigner sur l'identité des personnes sur les photos, et descendit attendre le médecin légiste et l'équipe médico-légale.

— Eh bien, nous avons reçu un appel de la mairie, disait Paul-Henri à Florian Nagrand alors qu'il s'affairait à travers la porte d'entrée, portant son grand sac noir. Il paraît qu'il y avait une réunion importante ce matin et que Coulon ne s'est jamais présenté. Il n'est pas venu de toute la journée d'hier non plus, ce qu'Annette - vous connaissez Annette ? La réceptionniste de la mairie. Toujours très serviable. J'ai eu une fois un problème avec le...

— Monsour, interrompit Maron. Laissez Florian monter et faire son travail.

— Bien sûr. Je disais juste qu'Annette a donné l'alerte et donc nous sommes venus vérifier. La porte d'entrée était grande ouverte, c'est déjà un premier indice, et nous avons appelé et ainsi de suite, et, eh bien, vous verrez...

— Eh bien, pour une fois dans votre vie, vous avez appelé quand je n'étais pas en train de me mettre à table, grogna Nagrand, soufflant alors qu'il montait le long escalier menant au premier étage. Ça fait quoi, quatre mois entiers depuis le dernier meurtre ? Je commençais à penser que le village était revenu à sa tranquillité d'antan.

— L'artère carotide a été sectionnée, dit Maron juste au moment où ils arrivaient au premier étage.

Nagrand pinça les lèvres, irrité comme toujours que les gendarmes refusent de garder leurs opinions non formées pour eux-mêmes et de le laisser faire son travail en paix. Il resta silencieux un moment, regardant Coulon.

— Impressionnante mare de sang, hein ? Ça me rappelle le baron. Vous vous souvenez...

— Pas un château cette fois, mais une assez belle maison quand même, dit Maron.

— À Paris, comme vous le savez sûrement, des maisons comme celle-ci se trouvent à tous les coins de rue. Ma mère dit toujours...

— Monsour, descendez et attendez l'équipe médico-légale.

Maron attendit que Paul-Henri soit parti avant de dire à Nagrand :

— Désolé pour lui. Il n'est pas aussi stupide qu'il en a l'air, en fait, il ne sait juste pas tenir sa langue.

Nagrand laissa échapper un petit rire sifflant.

— Bon, alors, dit-il, s'accroupissant avec difficulté à côté du corps. Oui, une coupure sur le côté antérieur gauche du cou. Assez profonde. À première vue, je ne vois pas d'autres blessures, même si l'autopsie pourrait révéler autre chose. Si l'intention était de le tuer, cette entaille au cou a fait le travail plutôt efficacement. La conclusion préliminaire est un décès par perte de sang causée par un traumatisme au cou.

Avec un grognement, il se releva et s'essuya les mains sur un chiffon pris dans le sac noir.

— Maron, cette affaire ne s'annonce pas très intéressante pour moi. La prochaine fois, essayez de faire mieux, hein ?

Maron sourit tristement. Il avait appris à rester à l'écart et à laisser Nagrand et l'équipe médico-légale faire leur travail, et il commençait déjà à dresser mentalement une liste de suspects potentiels. Le premier arrêt, supposait-il, serait la mairie, alors il dit au revoir à Nagrand, laissa Paul-Henri nominalement en charge, et se rendit à pied voir qui pourrait lui dire quelque chose d'utile.

— Annette, dit-il doucement à la femme au bureau d'accueil, les yeux rivés sur son écran d'ordinateur.

Elle leva les yeux et pâlit, capable de deviner en un instant que les nouvelles n'étaient pas bonnes pour le maire.

— Tout va bien ?

— J'ai bien peur que non. Coulon est mort. Assassiné, à moins que vous n'ayez une raison de penser qu'il aurait eu envie de se trancher la gorge lui-même ?

Annette parut horrifiée.

— Désolé, dit rapidement Maron. C'était peu professionnel de ma part. Nous, à la gendarmerie, avons tendance à développer un sens de l'humour noir, peut-être pouvez-vous comprendre ? Quoi qu'il en soit, je suis *vraiment* désolé. Pourriez-vous répondre à quelques questions ? Je sais que c'est un moment difficile pour vous, mais nous devons agir rapidement. Pouvez-vous me parler des habitudes de Coulon, concernant ses heures d'arrivée au travail, de départ, ce genre de choses ?

— Oui, dit-elle, puis elle mit ses mains de chaque côté de son visage. Attendez. Puis-je... les autres devraient savoir...

— Ça ne prendra pas longtemps. Comme vous le savez peut-être, la rapidité est cruciale dans une enquête pour meurtre. Comme je l'ai dit, je suis désolé pour votre perte, Annette. La meilleure chose que vous puissiez faire pour Coulon maintenant est de nous aider à attraper son meurtrier.

Elle baissa les yeux vers le sol un moment, essayant de se ressaisir. Ce n'était pas qu'elle avait été proche de Coulon, ou même qu'elle l'aimait beaucoup. Mais il était son patron, il avait été là chaque jour ouvrable pendant près de douze ans, et elle s'était habituée à lui. L'idée que quelqu'un l'avait tué - c'était difficile à assimiler.

— Il... nous n'étions pas exactement amis. Mais il était correct au travail. Juste, même parfois généreux. Le bureau va être terriblement bouleversé.

— Je comprends, répondit Maron, essayant de ne pas laisser transparaître son impatience dans sa voix. Juste rapidement : le maire suivait-il un emploi du temps ? À quelle heure arrivait-il habituellement à la mairie ?

Annette poussa un profond soupir. Elle passa ses doigts sur son front, essayant de se concentrer.

— Il est généralement assez ponctuel, arrivant vers 9 h 30 la plupart des matins. Dernièrement... il était un peu plus irrégulier. Alors quand il n'est pas du tout venu ce matin, je n'ai pas pensé au début... est-ce que... est-ce que ça aurait fait une différence si j'avais appelé plus tôt ? Aurait-il pu être sauvé ?

Maron secoua la tête.

— Je pense qu'il est mort en quelques minutes, peut-être même en quelques secondes. Le médecin légiste sera celui qui le déterminera avec précision. Mais que vous ayez appelé hier ou aujourd'hui, cela n'aurait rien changé. Maintenant, qu'en est-il de l'après-midi ? Sortait-il pour déjeuner ? Partait-il à la même heure ?

Lentement et méthodiquement, Maron passa en revue une liste de questions avec une Annette bouleversée, notant les réponses sur le même type de bloc-notes que Dufort avait utilisé. À première vue, rien de ce que la réceptionniste disait ne semblait éclairer les événements de la veille rue Malbec. Maron craignait que l'enquête ne prenne beaucoup de temps, car il n'avait pas perdu de vue qu'un maire pouvait avoir toutes sortes d'ennemis qu'un citoyen ordinaire n'aurait pas. Lui et Monsour devraient peut-être éplucher les affaires du conseil et d'innombrables dossiers à la mairie pour découvrir qui voulait la mort du maire ; et qui sait, il pourrait bien y en avoir plus d'un.

Comme cela s'était déjà produit depuis qu'il était devenu chef, Maron ressentit un bourdonnement désagréable à l'arrière de sa tête, une anxiété qu'il ne serait pas à la hauteur cette fois-ci et que le meurtrier pourrait s'en tirer. Il ne l'avouerait jamais à personne, à peine à lui-même, mais il espérait que d'une manière ou d'une autre, l'équipe Dufort et Sutton se chargerait de l'affaire, car on ne pouvait pas demander meilleur renfort que cela.

&

LA NOUVELLE DU meurtre de Coulon se répandit dans Castillac comme un feu de forêt incontrôlable. Son fils non reconnu, Daniel, resta pendant des heures au bout de la rue de la maison de son père, observant des personnes à l'allure officielle entrer et sortir. Il vit Maron et Monsour arriver en premier et franchir la porte d'entrée ouverte. Ensuite vint Florian Nagrand avec sa sacoche noire. Daniel attendit longtemps, assez longtemps pour voir enfin une civière quitter la maison, transportant un corps recouvert.

Finalement, craignant que quelqu'un ne devienne méfiant de voir un étranger traîner dans les parages, le nouvellement demi-orphelin Daniel se dirigea vers le Café de la Place et commanda un café bien qu'il ne pût se le permettre.

Son corps était tendu, après être resté si longtemps au même endroit, et son esprit ne cessait de revenir à la même pensée : que son père avait beaucoup plus de valeur pour lui mort que vivant. Un père vivant pouvait le rejeter, comme il l'avait déjà fait. Un père vivant pouvait le renvoyer sans un centime. Mais mort ? Assurément un fils biologique avait une certaine prétention sur l'héritage, qu'il ait rencontré son père ou non ? Daniel ne connaissait pas les détails, mais il avait l'idée que le droit français en matière d'héritage était plutôt favorable aux enfants dans presque tous les cas. On ne pouvait pas simplement déshériter son fils de chair et de sang sur un coup de tête, peu importe à quel point on était un père négligent.

Daniel sourit et commanda une crème brûlée pour accompagner son café. Il se sentait expansif, presque riche, comme si l'argent remplissait déjà ses poches. Pour autant que Daniel le sache, il était l'unique héritier. Alors qu'elle fonçait vers un abîme de pauvreté absolue, sa vie venait de s'arrêter brusquement, de faire demi-tour dans la direction opposée, et se dirigeait tout droit vers cette belle demeure et tout ce qu'elle contenait. Et certainement, quiconque vivait dans une maison comme celle-là devait avoir de multiples comptes bancaires et investissements, se disait-il.

Alors qu'il attaquait sa crème brûlée avec enthousiasme, il commença à prêter attention à ce dont parlaient les autres clients. Derrière lui étaient assises deux femmes âgées, qui, bien sûr, discutaient de ce qui venait d'arriver au maire.

— J'ai entendu dire qu'il a été abattu avec une sorte de fusil automatique, dit la première femme.

— Je ne sais pas à qui tu as parlé. Quelqu'un qui invente un tas de mensonges juste pour s'amuser ! Je le tiens directement de la cousine de ma voisine, qui travaille dans le bureau d'à côté du médecin légiste : le pauvre homme a eu la gorge tranchée ! Elle n'a pas dit quelle était l'arme cependant. Je ne suis pas sûre qu'ils le sachent. Mais arrête avec tes fusils automatiques !

Daniel se pencha dans leur direction pour ne rien manquer, suçant la dernière goutte de douceur collante de sa cuillère.

— Je parie que c'était Odile, dit la première femme, baissant la voix mais pas assez pour empêcher Daniel d'entendre.

— Hm. Peut-être. Ils ont eu cette grosse dispute dans la rue il y a quelques mois. On penserait vraiment que le maire de tous les gens aurait un peu plus de contrôle de soi ! Mais pourquoi penses-tu que c'est Odile ? Elle n'a pas besoin de son argent, c'est sûr. Ses boutiques poussent partout. Et tu as essayé cette nouvelle crème pour les yeux ? Je ne sais pas ce qu'il y a dedans mais ça te rajeunit de dix ans, dit-elle, inclinant son visage comme si on la photographiait.

La première femme leva les yeux au ciel.

— Elle était *mariée* avec lui, dit-elle, comme si c'était évident.

Tu as été mariée. Ai-je besoin de te donner la version illustrée ? Qui n'a pas envie de tuer son mari de temps en temps ?

L'autre femme gloussa.

— Et c'était un *ex*-mari en plus. Qui sait ce qui aurait pu briser leur mariage et la laisser bouillonnante de vengeance ?

L'autre femme rejeta la tête en arrière et rit.

— Quelle imagination tu as ! Odile est peut-être une femme d'affaires acharnée, mais elle a toujours été parfaitement gentille chaque fois que j'ai eu affaire à elle.

— Tu veux dire quand tu étais une de ses clientes ? Bien sûr qu'elle est gentille dans ce cas. Combien d'euros as-tu gaspillés pour sa crème pour les yeux ? Cette chose est *mortellement* chère.

L'autre femme s'esclaffa. Elles continuèrent à discuter de l'affaire du maire, le manque d'informations solides ne les empêchant pas de faire des suppositions et des hypothèses sauvages sur tous les détails. Finalement, alors que Daniel était sur le point de partir, l'une d'elles mentionna Molly Sutton.

— Eh bien, tu peux ne pas l'apprécier pour quelque raison que ce soit, mais tu dois admettre qu'elle est la meilleure quand il s'agit de trouver des tueurs.

— Pas de discussion là-dessus. Tu penses que le chef Maron peut simplement l'embaucher directement ? J'avoue que je ne comprends pas vraiment les protocoles impliqués.

— Ne sois pas ridicule. Le travail du chef est de s'occuper des crimes et d'arrêter les coupables, non ? Il ne peut pas engager des personnes extérieures pour le faire, et une détective américaine de surcroît. Ce serait comme admettre qu'il est un échec total dans son travail.

Daniel écoutait attentivement. Il régla rapidement sa note et se précipita dehors dans la douce lumière du soleil de juin, déterminé à trouver quelqu'un qui pourrait l'aider à comprendre un peu le droit fiscal - et à quelle vitesse la succession d'une victime de meurtre pourrait être réglée.

❦ 22 ❦

— **B**on, alors dis-moi *tout* ce que tu sais sur lui, dit Molly à Ben, qui était venu à La Baraque après avoir passé la journée à se promener dans le village et à parler aux gens, comme à l'époque où il était chef de la gendarmerie. Je n'arrive pas à croire que quelqu'un ait tué le maire. C'est vraiment grossier de dire ça, mais je sais que tu comprendras : ça pourrait être une affaire vraiment juteuse, tu ne crois pas ?

Les yeux de Molly brillaient et elle ne pouvait s'empêcher de sourire.

— Peut-être. Impossible à dire si tôt. Et je n'ai pas besoin de te rappeler que nous n'avons aucune raison de nous en mêler.

— Mais on va le faire quand même, n'est-ce pas ? dit Molly, déconfite.

Ben haussa les épaules.

— Peut-être que Maron nous demandera de l'aide, mais honnêtement, il ne va pas vouloir. Ça ne fait pas bonne impression, le chef qui court demander de l'aide à la propriétaire américaine du gîte et à l'ancien chef pour résoudre des affaires.

— Je serais plus que ravie de le rencontrer en cachette, si c'est le problème. Je ne le fais pas pour la gloire.

Ben lui lança un regard ironique.

— Bon, peut-être un tout petit peu, admit-elle.

— Ça n'a pas d'importance. Si notre entreprise doit un jour décoller, nous avons besoin de toute la gloire possible, et du bouche-à-oreille qui va avec.

— Eh bien, on s'avance un peu. Commençons par *résoudre* l'affaire, rit Molly. Allez, parle-moi du maire. Coulon, c'est ça ? Je l'ai rencontré quelques fois mais je ne le connais pas du tout. Je l'ai vu travailler la foule lors des fêtes du village, ce genre de choses. C'était un type bien ? Tu l'aimais bien ?

Ben ouvrit une bière et rejoignit Molly sur le canapé.

— Je ne peux pas dire que c'était le cas, non. Pas que j'aie une raison particulière de ne pas l'aimer, je veux dire, rien de concret. J'ai toujours eu l'impression qu'il... était manipulateur, tu vois ce que je veux dire ? Intéressé avant tout. Oh, il prétendait s'intéresser aux besoins du village, bien sûr. Les politiciens parlent toujours bien.

— Marié ?

— Plus maintenant. Son ex-femme est Odile Dupont, qui a un magasin à Bergerac et je crois à d'autres endroits. Des trucs de beauté. Il n'avait pas de petites amies, du moins pas à ma connaissance. J'ai toujours eu l'impression que Coulon s'intéressait plus à l'argent qu'à autre chose.

— Qu'est-ce qui te fait dire ça ?

Ben réfléchit un moment. Il tendit la main et caressa le bras de Molly avant de lui prendre la main.

— Juste une impression, je suppose. Je le voyais souvent entrer et sortir de la banque. Que ce soit pour gérer son propre argent ou quelque chose en rapport avec les affaires du village, je n'en ai aucune idée. Ça me semblait juste bizarre.

— Quand Lawrence m'a appelée pour me le dire - parce que bien sûr il était au courant du meurtre avant presque tout le monde, pratiquement avant Coulon lui-même - il a dit que le corps avait été trouvé dans sa maison rue Malbec. Quelle maison est-ce - la belle avec les volets bleus ?

— Oui, dit Ben. J'ai posé quelques questions aujourd'hui dans le village - juste par curiosité, bien sûr, ajouta-t-il avec un rapide sourire. Apparemment, sa famille avait de l'argent - son grand-père a acheté cette maison, puis son père l'a eue et l'a léguée à Maxime quand il est mort il y a environ cinq ans. On ne s'enrichit pas avec un salaire de maire, c'est sûr.

— Son père gagnait beaucoup d'argent ?

— Je ne saurais dire. Mais c'est une chose que nous pourrions peut-être vérifier sans déranger Maron. Peut-être que Coulon s'est impliqué dans une affaire louche avec des personnages douteux pour compléter ses revenus, ou quelque chose comme ça.

— Lawrence a dit que la porte d'entrée était grande ouverte. Ça m'a semblé bizarre, pas toi ? Disons que Coulon a surpris un cambrioleur qui l'a tué dans un moment de panique - la dernière chose qu'on voudrait après avoir tué quelqu'un serait de laisser la porte ouverte pour attirer l'attention.

— Oui, un meurtrier avec un minimum de bon sens voudrait que cette porte soit fermée. Vraisemblablement, plus il faudrait de temps pour qu'on le trouve, mieux ce serait.

— Tu me rends nerveuse en disant « vraisemblablement ». C'est ce qui nous attire des ennuis.

— Tu as raison, chérie, dit Ben affectueusement, se rapprochant sur le canapé et passant ses mains dans ses cheveux. Est-ce que je t'ai dit aujourd'hui à quel point tu es belle, tête de carotte ?

— Non.

— Je pourrais regarder ton visage constellé de taches de rousseur toute la journée.

— Benjamin ! On a du travail à faire !

Molly n'était pas habituée à de telles remarques romantiques de la part de Ben et elle se sentait un peu déstabilisée. Elle saisit le bloc-notes avec les quelques notes de mariage dessus.

— On ne peut pas faire une liste ? Ça nous donnera au moins l'impression qu'on avance.

— J'ai bien peur que tant que nous n'aurons pas une sorte de position dans l'affaire - et par là je veux dire que quelqu'un nous engage réellement, ou que Maron ravale sa fierté et vienne frapper à notre porte - nous ne soyons pas mieux que la bande au bar de Chez Papa à faire des suppositions hasardeuses.

— Eh bien, je ne suis pas aussi résignée que toi. Je vais aller faire un tour au village et fouiner un peu, passer devant la maison, parler à qui je peux trouver, voir si je peux dénicher quelques bons tuyaux.

— Tu es la meilleure chercheuse de pépites du département, ça ne fait aucun doute, dit-il en dégageant ses cheveux emmêlés de ses yeux et en l'embrassant sur le front.

— Contente que tu le penses. Maintenant, en avant, il n'y a pas un instant à perdre !

APRÈS QUE MOLLY partit en scooter, Ben retourna au village à pied. Il n'était pas pressé. Coulon était mort et rien n'allait changer cela ; il n'avait pas non plus de craintes particulières que le meurtre représente un danger pour le reste du village, même si, pour être honnête, c'était plus un souhait qu'un fait.

Il se rendit directement à la gendarmerie et entra, ressentant ce léger sentiment de dépaysement qu'on éprouve parfois en retournant dans un endroit familier dans des circonstances différentes.

— Bonjour, Paul-Henri, dit-il au jeune officier, qui était assis à son bureau. J'entends que Castillac vient de se réveiller d'une sieste.

— On peut dire ça, dit Paul-Henri en se levant et en faisant une légère courbette, ce qui embarrassa Ben. Maxime Coulon, notre maire, comme vous vous en doutez sûrement. Le connaissiez-vous, Monsieur Dufort ?

— De vue. Maron est là, par hasard ?

— J'ai bien peur que non.

Ben attendit de voir si Paul-Henri allait développer mais il n'en fit rien.

— Très bien, veuillez lui dire que je suis passé. S'il y a quoi que ce soit que je puisse faire, faites-le-moi savoir.

Ben regarda Paul-Henri et se demanda comment quelqu'un pouvait avoir l'air si suffisant sans même dire un mot. Ils se dirent au revoir et Ben retourna dans la rue, s'arrêtant pour réfléchir à son prochain mouvement.

C'était le meurtre qui l'avait finalement chassé de sa carrière dans la gendarmerie, ou plus précisément, une mauvaise crise d'anxiété qui surgissait régulièrement pendant les enquêtes. Ce n'était pas tant que l'anxiété elle-même était si terrible (bien qu'elle fût inconfortable et profondément désagréable) ; c'était plutôt qu'il commençait, en conséquence, à douter de ses capacités, et à ressasser de manière plutôt obsessionnelle les quelques affaires non résolues dans les dossiers, pour conclure qu'il n'était tout simplement pas assez compétent pour faire ce travail. Mais il avait surmonté tout cela, grâce à un voyage autour du monde et beaucoup de réflexion, et avait lancé avec enthousiasme l'entreprise de détectives privés avec Molly - en partie dans l'espoir de compenser ces affaires non résolues (il n'en restait plus qu'une maintenant) en traduisant d'autres malfaiteurs en justice.

Le pilier du travail de détective, comme vous le dira quiconque y étant impliqué, était la tendance des gens à bavarder. Castillac était en quelque sorte un joyau à cet égard ; ses habitants adoraient cancaner les uns sur les autres, et plus d'une fois une affaire avait été sauvée de l'oubli par la volonté de quelqu'un de partager ce qu'il ou elle avait vu ou entendu.

Une villageoise en particulier, Madame Tessier dans la rue

Simenon, était connue pour avoir les meilleures informations. Pendant trois saisons par an, elle s'asseyait dehors sur une chaise pliante devant sa petite maison en pierre, parlant longuement à quiconque s'arrêtait. Et presque tout le monde s'arrêtait, car on pouvait compter sur elle pour leur donner un ou deux délicieux morceaux sur quelqu'un qu'ils connaissaient - sans malice, du moins la plupart du temps.

Juin était l'un de ses mois préférés, le temps étant si encourageant pour que tout le monde soit dehors, et lorsque Ben tourna au coin de la rue, il put la voir en bas du pâté de maisons, assise sur sa chaise en train de parler à une vieille femme appuyée sur une canne. Quand il s'approcha, elle s'écria :

— Chef ! Venez passer un peu de temps avec moi. Madame Gervais doit se précipiter pour faire ses courses et j'espère que vous pourrez répondre à quelques questions pour moi.

— Bonjour, Madame Tessier, Madame Gervais, dit Ben, faisant la bise à la ronde. J'espérais la même chose de vous, dit-il. Bien sûr, vous avez entendu...

— Oh, tout le monde a entendu. Je dois vous dire, Monsieur Dufort, que j'aimerais que vous soyez encore chef. Je ne pense pas que nous serions au milieu d'une telle vague de criminalité si vous l'étiez. Maron est très bien, je ne peux pas dire que j'ai quelque chose de concret contre lui et je n'aime pas calomnier l'homme sans raison - mais vous devez admettre que depuis votre départ, la situation à Castillac est devenue tout à fait alarmante !

Madame Gervais termina en levant sa canne et en l'agitant pour souligner ses propos. Ben soupçonnait qu'elle n'avait pas réellement besoin de la canne pour marcher mais aimait avoir un accessoire pratique.

— Quoi qu'il en soit, au revoir à vous deux, je dois filer.

Madame Gervais avait cent quatre ans, et « filer » était peut-être un peu exagéré, mais elle partit dans la rue et disparut au coin plus vite que beaucoup de villageois beaucoup plus jeunes qu'elle n'auraient pu le faire.

— Donc... dit Ben avec espoir.

— Oui. Je vais vous le dire tout de suite, je ne suis pas terriblement surprise.

Les sourcils de Ben se levèrent.

— Vraiment ?

— Maxime a toujours été... un peu louche.

— Comment ça ?

— Ma mémoire est longue, comme vous le savez. Un garçon reçoit une retenue pour avoir triché au primaire - je garde ça en tête. Ça peut sembler une petite chose pour la plupart des gens, mais pour moi, quelque chose comme ça est une marque de caractère.

— Vous ne pensez pas que parfois les gens font des erreurs ?

— Bien sûr qu'ils en font. Nous en faisons tous. Je dis simplement que la nature de ces erreurs tend à être cohérente. Ça ne me surprendrait pas du tout s'il s'avérait que Maxime était impliqué dans quelque chose d'illégal et s'est fait tuer.

— Intéressant. Des idées sur ce que cette chose illégale pourrait être ?

— Vous ne voulez pas que je fasse tout votre travail à votre place, n'est-ce pas ? dit Madame Tessier avec un sourire. Et dites-moi, comment va Molly ? L'argent lui est-il monté à la tête ?

Ben rit.

— Oui et non. C'est toujours la même Molly, c'est sûr. Mais il s'avère qu'elle est un peu dépensière, et presque tout y est passé.

— Tsss tsss, dit Madame Tessier. Je suis fière de ma frugalité. Je suis née juste avant la guerre, voyez-vous, et mon Dieu, l'argent était rare. Mes parents économisaient chaque bout de ficelle, de papier - nous réutilisions pratiquement tout au lieu de le jeter comme ils le font maintenant. Un monde différent.

— C'est vrai, c'est vrai.

— Bon, si vous n'avez rien à partager... dit Madame Tessier, feignant d'être irritée.

— Je viens de vous dire que Molly a presque dépensé sa

fortune, ce n'est pas un morceau assez savoureux pour une matinée ?

Madame Tessier rit.

— Je suppose. Avez-vous parlé à Maron ? Une idée de l'avancement de l'enquête ?

— Aucune idée pour l'instant. Une chose que je me demandais : il y a combien de temps que le mariage de Coulon s'est terminé ?

— Le premier ou le deuxième ?

— Quoi ?

— Vraiment, vous devez vous tenir au courant, chef ! Bien sûr, vous connaissez Odile Dupont, je crois que ça s'est terminé il n'y a pas longtemps, l'année dernière peut-être ? Mais il était marié bien avant, quand il était à l'université à Rennes, je crois. Un mariage éclair et un divorce éclair, d'après ce que j'ai entendu. Elle n'est même jamais revenue à Castillac avec lui.

— Hm.

— Odile le déteste, mais je suppose que ce n'est pas exactement inhabituel.

— Une raison particulière ?

— Toutes les raisons habituelles, dit Madame Tessier avec un gloussement. Oh, regardez, Monsieur Vargas, ravi de vous voir ! Venez vous asseoir un moment avec moi par cette belle journée.

Monsieur Vargas, souffrant de démence, parut confus mais vint s'asseoir sur la chaise pliante à côté de Madame Tessier.

— Je vais vous faire une tasse de thé, lui dit-elle, faisant un clin d'œil à Ben.

Ben dit au revoir et s'éloigna, perdu dans ses pensées. Le meurtrier de Coulon était-il une ex-femme en colère ? Ou bien avait-il arnaqué quelqu'un et s'était-il attiré les foudres de la mauvaise personne ? Tessier avait ouvert des perspectives de possibilités, mais n'avait rien offert de substantiel comme preuve. Les questions qui tournoyaient dans le cerveau de Ben étaient, premièrement, ce que Coulon mijotait pour se faire tuer (car comme il ne l'aimait pas, Ben était prêt à parier que le maire avait d'une manière ou d'une autre provoqué son propre meurtre), et deuxièmement, comment lui et Molly allaient-ils pouvoir se mêler de l'affaire et, point crucial, se faire payer pour cela ?

— Écoute, il ne fallait pas être un génie de l'investigation pour le comprendre, disait Maron à Monsour. La deuxième personne à qui j'ai parlé m'a dit que la fille travaillait pour Coulon depuis des années. C'est la sœur de... tu connais Julien, qui vend des poulets au marché ? Non ? Paul-Henri, tu *vas* bien au marché le samedi ? Quoi, tu manges des pizzas tous les soirs ? dit-il en secouant la tête. Oh, laisse tomber, on dirait une grand-mère. Bref, le fait est que Josette Barbeau travaille cinq jours par semaine pour Coulon depuis 2005. La famille Barbeau vit dans une ferme, loin vers Ribérac. Julien l'emmène au village chaque matin et vient la rechercher l'après-midi.

— Et tu supposes... ?

— Je ne suppose rien. Mais si Josette était dans la maison le jour du meurtre, ce qui correspondrait à son emploi du temps habituel, elle aurait pu voir ou entendre quelque chose. Ou même le faire elle-même, d'ailleurs. Allons-y, c'est une longue route jusqu'à la ferme.

— Est-ce logique que nous y allions tous les deux ? demanda Monsour, dont l'idée d'un bon moment n'incluait pas les fermes isolées avec leurs odeurs bizarres et la quasi-certitude de se retrouver avec du fumier sur les chaussures.

Maron resta immobile, essayant de décider s'il devait réprimander Monsour pour son insubordination. Il était tentant de partir sans lui ; la perspective d'un long trajet à l'écouter parler de sa mère et de ses relations parisiennes n'était pas du tout attrayante, c'était le moins qu'on puisse dire.

— Un jour, dit-il au bout d'un moment, ce serait bien si tu faisais simplement ce que je te dis, sans essayer de faire de chaque chose un sujet de discussion. Tu penses que tu peux faire ça ?

— Oui, chef, dit Monsour.

— Très bien, reste ici au village. Garde les oreilles et les yeux ouverts.

— Je pourrais aller à la mairie et parler à plus de gens là-bas ?

Maron soupira. Il ne pouvait pas être partout à la fois, après tout.

— Fais ça, dit-il finalement. Je ne serai pas de retour avant un certain temps, selon comment les choses se passent chez les Barbeau. Rien que l'aller-retour prendra près de deux heures.

Monsour s'égaya et Maron sortit pour enfourcher la moto de police, heureux d'avoir une excuse pour la conduire sur les routes de campagne isolées où il pourrait aller vite, s'éclaircir l'esprit et profiter du frisson de se pencher dans les virages serrés, le vent lui fouettant le visage.

❧ 24 ❧

Malcolm Barstow, le jeune voleur le plus prometteur de Castillac, réalisa rapidement qu'il s'était mis dans le pétrin avec ces Russes. Mais avec l'optimisme propre aux jeunes gens, il croyait qu'il trouverait un moyen de s'en sortir à un moment donné. Alors, plutôt que d'admettre son erreur et de s'en extirper sur-le-champ, il feignit l'enthousiasme pour aider les Vasiliev.

Il avait rencontré Vasily et Fedosia dimanche, quand ils l'avaient surpris en train de voler un magazine à la maison de la presse. Fedosia s'était approchée de lui et l'avait saisi par le bras, suggérant qu'ils fassent quelques pas dans une ruelle où ils pourraient parler en privé.

Malcolm avait rejeté ses cheveux bruns et raides de son visage d'un mouvement brusque de la tête, lançant un regard en coin à la femme. Il était doué pour jauger les étrangers, et celle-ci avait l'air dangereuse. Il savait d'emblée qu'elle n'allait pas le dénoncer, mais plutôt utiliser le fait d'avoir été témoin de son vol comme moyen de pression. Mais dans quel but ? Les visiteurs étrangers de Castillac étaient généralement à la recherche de sites historiques obscurs ou de fromages rares, pas d'activités illégales.

Sa curiosité était piquée, peut-être plus qu'elle n'aurait dû l'être.

Il gardait un œil sur Vasily, qui le rendait un peu nerveux, à juste titre d'ailleurs, car il avait un regard vide et était assez fort pour transformer Malcolm en bretzel s'il en avait envie. Le père de Malcolm était de nouveau en prison (pour fraude cette fois, s'étant laissé emporter en se faisant passer pour un couvreur itinérant et en encaissant des chèques sans effectuer aucun travail de toiture) et la famille serait dans une situation encore pire si Malcolm le suivait, mais d'un autre côté, sa mère, comme d'habitude, avait un besoin plutôt urgent d'argent. Fedosia lui promit une somme conséquente, alors finalement, étant donné les circonstances, elle n'eut pas besoin de beaucoup le convaincre pour qu'il accepte de les aider dans leur projet.

Au début, cela semblait être un travail assez facile. Tout ce qu'ils demandaient, c'était que Malcolm les aide à louer un bâtiment vide - d'abord en repérant le type de bâtiment qu'ils avaient en tête, puis en trouvant un faux nom crédible à utiliser sur le contrat de location, afin de ne pas attirer l'attention.

— Mais voilà, les avait prévenus Malcolm, je comprends pourquoi vous voulez le bâtiment de la rue des Chênes. C'est à l'écart, comme vous le souhaitez, et pratique par rapport à l'endroit où vous séjournez et tout ça. Mais ce que j'essaie de vous dire, c'est que si vous avez l'intention de faire quelque chose d'un peu en dehors de la loi ? Et je ne dis pas que c'est le cas ? Ce bâtiment est juste à côté de chez Molly Sutton. Et je veux vous faire savoir, les gars, que vous voudrez vous tenir aussi loin d'elle que possible. Je vous conseille de ne pas louer ce bâtiment spécifique et de changer d'endroit où séjourner, si possible. Sérieusement.

Fedosia balaya l'air d'un geste dédaigneux.

— Tu oublies, mon garçon, que nous séjournons à La Baraque. Nous y sommes depuis plus d'une semaine maintenant. Nous connaissons Molly Sutton. Elle pense que Vasily et moi sommes une paire d'étrangers stupides qui ne parlent que le russe. Et elle est facilement distraite, une tête en l'air.

— Ha, dit Malcolm à voix basse. Elle a attrapé un paquet de meurtriers depuis qu'elle s'est installée ici, je peux vous le dire.

— Qui a parlé de meurtre ? Ce n'est pas pour ça que nous sommes venus ici. Nous connaissons sa réputation. Et de toute façon, tu ne penses pas que c'est plutôt son petit ami policier qui a résolu ces affaires ?

Malcolm secoua la tête. Il n'y avait pas moyen de raisonner certaines personnes.

— Nous voulons que ce soit clair, poursuivit Fedosia, secouant rapidement la tête comme si elle avait quelque chose dans l'oreille.

Malcolm remarqua que ses cheveux platine étaient si raides qu'ils bougeaient à peine.

— La confidentialité est très importante pour nous. Si tu deviens bavard... tu le regretteras amèrement.

Même à ce moment-là, alors qu'il venait à peine de rencontrer les Vasiliev, Malcolm se réprimanda de s'être mêlé à eux. Mais l'attrait d'un argent facile et rapide s'avéra trop tentant, et il se dit que tout ce qu'il pouvait faire était d'espérer qu'ils fassent ce qu'ils avaient à faire et quittent la ville le plus vite possible.

Mais il restait curieux de savoir ce qu'ils voulaient faire de ce bâtiment. Ses sens criminels s'éveillaient chaque fois qu'il y pensait. Peut-être y avait-il plus d'argent à tirer d'eux, et ce pourrait être rapide et facile comme la grosse liasse qui garnissait sa poche tandis qu'il se dirigeait gaiement vers chez lui, anticipant le sourire soulagé sur le visage de sa mère lorsqu'il lui tendrait assez d'argent pour couvrir le loyer de leur maison délabrée pour les deux prochains mois.

Une fenêtre du couloir du rez-de-chaussée était fissurée, et plutôt que de se prélasser dans la nouvelle piscine, Molly se força à aller chez le vitrier pour une nouvelle vitre et du mastic afin de remplacer celle qui était endommagée. Cette course fut accomplie avec délice sans le moindre problème, et elle décida de passer par la pâtisserie Bujold sur le chemin du retour, juste pour dire bonjour à Edmond Nugent et jeter un œil au contenu de la vitrine.

Eh bien, elle ne se berçait guère d'illusions avec ce petit mensonge, et bientôt Edmond emballait une petite boîte blanche avec un assortiment de pâtisseries que Molly prétendait destiner à ses hôtes. Et elle partagerait, vraiment, pour autant que les hôtes soient disponibles à La Baraque et ne fassent pas la sieste ou ne soient pas partis en visite.

— Elles sont tout simplement irrésistibles, dit Molly en contemplant la vitrine. Les fraises dans cette tarte ont l'air irréelles.

— Elles ont un glaçage, tu sais, qui leur donne cet éclat, dit fièrement Edmond. Maintenant dis-moi, chérie, est-ce que tu travailles d'arrache-pied sur le meurtre du maire ? Tu sais que nous comptons sur toi pour déraciner tous les mauvais éléments ici à Castillac. Et il semble y en avoir un nombre alarmant, franchement.

— Eh bien, comme ci comme ça, répondit-elle, un peu morose. Bien sûr, Ben et moi gardons les yeux et les oreilles ouverts, mais nous n'avons été engagés par personne. Et vraiment, qui le ferait, de toute façon ? Il ne laisse pas derrière lui une famille endeuillée. Je doute que son ex-femme nous appelle.

— J'ai cru comprendre qu'elle était ravie par la nouvelle.

— Vraiment ?

Molly sentit un frisson rapide. C'était presque imperceptible, mais un frisson quand même.

— J'exagère, ne me prends pas au pied de la lettre. J'adore

Odile, c'est l'une des femmes les plus élégantes du village - rien à voir avec toi, bien sûr, Molly - et je ne veux pas insinuer qu'elle a soif de sang. Mais ce n'est un secret pour personne que quel que soit l'amour qui existait entre elle et Maxime, il est mort il y a longtemps, et s'est ensuite transformé en pur poison. Un divorce très acrimonieux.

— C'est ce que je pensais. Tu connais quelqu'un d'autre avec qui Coulon avait des différends ?

— Hmmm, dit Edmond, ravi que Molly lui pose la question. En fait, Maxime passait une grande partie de la journée à se promener dans le village en essayant de s'attirer les bonnes grâces de tout le monde. Ça marchait, dans certains cas. Pour d'autres d'entre nous, pas vraiment.

— Pas un fan ?

— Molly, il faisait ses courses chez *Fillon*, dit-il, comme si le goût du mot dans sa bouche lui donnait envie de vomir. Fillon était l'autre pâtisserie du village, qu'Edmond Nugent, très compétitif, considérait comme méprisable. Molly n'avait jamais goûté leurs produits, craignant à juste titre la colère d'Edmond s'il apprenait un jour sa déloyauté.

— Ah, dit Molly. Bon, je devrais rentrer chez moi et m'occuper de cette fenêtre. Contente de t'avoir vu.

— Toi aussi, ma chère Molly.

Elle se pencha par-dessus le comptoir pour faire la bise, se retourna rapidement et faillit heurter Daniel Coulon, qui avait réussi à entrer dans la boutique sans que la clochette ne tinte.

— Excusez-moi ! dit Molly en reculant d'un pas.

Daniel pencha la tête.

— Vous ne seriez pas Molly Sutton, par hasard ?

Molly afficha un faux sourire. Il arrivait très rarement que sa réputation la précède et cela la mettait toujours mal à l'aise, comme si ça signifiait qu'à tout moment elle allait être démasquée comme une impostrice.

— C'est bien moi, dit-elle. Qui êtes-vous ?

— Daniel Coulon.

Il se déplaça sur le côté et regarda dans la vitrine comme si la conversation était terminée, rentrant son t-shirt usé dans son jean encore plus usé.

— Pardonnez-moi d'être indiscret, mais êtes-vous parent avec le maire ? demanda Edmond.

— Je suis son fils, dit Daniel, avant d'éclater de rire.

Molly et Edmond échangèrent un regard.

— Je suis vraiment désolée pour votre perte, dit Molly.

Daniel ne dit rien, mais continua d'examiner les pâtisseries dans la vitrine. Il se lécha les lèvres, toujours en souriant.

Molly ne se souvenait pas avoir entendu qui que ce soit dire que le maire avait un fils, mais ne voyait pas comment aborder le sujet poliment. Pendant un long moment, ils restèrent tous les trois silencieux, jusqu'à ce que Molly décide que les bonnes manières pouvaient aller au diable, elle avait besoin de réponses.

— Je ne savais pas que Monsieur Coulon avait un fils, dit-elle, essayant d'adoucir l'impolitesse par un ton doux. Vous venez peut-être d'ailleurs ?

Daniel se retourna rapidement pour lui faire face, l'air furieux.

— Certaines personnes ne passent pas leur temps à parler de chaque détail de leur vie personnelle, dit-il. Ça ne veut rien dire. Certaines personnes aiment garder secrètes les choses qui leur tiennent le plus à cœur.

— Vous voulez dire que personne ne savait que vous étiez son fils ?

— Je suggère que vous ne devriez peut-être pas fourrer votre nez dans quelque chose qui ne vous concerne pas.

Il se retourna et pointa du doigt les éclairs mais ne dit rien à Edmond.

— Une dernière question, Daniel. Si ça ne vous dérange pas que je vous demande, comment saviez-vous qui j'étais ? dit-elle en prenant sa boîte de pâtisseries.

— Eh bien, dit Daniel, avec un petit rire suffisant. Je ne le savais pas. Mais j'ai entendu parler de vos exploits. Je suis sûr que n'importe qui dans le département en a entendu parler, non ? dit-il, cherchant la confirmation d'Edmond. Donc quand je l'ai entendu vous appeler Molly, le village étant assez petit, j'ai juste fait une supposition.

Molly hocha la tête.

— Eh bien, j'ai été ravie de vous rencontrer. Je suis désolée d'avoir été indiscrète, et aussi pour ce qui est arrivé à votre père.

— Ce n'est pas triste pour moi, dit Daniel. Je voudrais un éclair au caramel, s'il vous plait, dit-il à Edmond.

Molly resta bouche bée.

— Je n'ai jamais rencontré mon père, expliqua-t-il. Ma mère a épousé Monsieur Clary quand j'étais si petit que je ne m'en souviens même pas, et je l'ai toujours considéré comme mon père. Et nous vivons à Laval, loin de Castillac.

— Ah, dit Molly, soulagée qu'il se soit un peu ouvert. Vous êtes venu le rencontrer pour la première fois, alors ? demanda Molly.

Les informations arrivaient plus vite qu'elle ne pouvait les traiter. Le reste du village savait-il que Coulon avait un fils dans une autre région de France ?

Daniel mordit dans son éclair, les yeux fermés. Quand il les rouvrit, il fixa Molly comme s'il essayait de mémoriser les détails de son visage. Elle recula d'un pas, se demandant s'il avait entendu sa question.

— Tout le monde devrait pouvoir manger des éclairs, dit Daniel, souriant bizarrement comme s'il venait de faire une annonce incroyablement importante.

— Pardon ? dit Molly.

Un groupe d'écoliers entra dans la boutique, la clochette tintant comme une folle et le bruit des bavardages remplissant la petite pièce. Molly se mordit l'intérieur de la joue, souhaitant que Daniel parle davantage, mais sur le moment elle ne voyait aucun moyen de le faire parler, et regarda, impuissante, Daniel payer Edmond et quitter la pâtisserie Bujold avec un bref signe de tête en guise d'au revoir.

TROISIÈME PARTIE

Le lendemain, Maron et Monsour se rendirent ensemble à la ferme des Barbeau. Maron monta dans la voiture en soupirant, ne se réjouissant pas du tout du long trajet avec son subordonné.

— J'étais en train de parcourir les vieux dossiers, pour essayer de trouver quelque chose sur quoi travailler. Mais j'imagine que la pauvre Elizabeth Martin devra attendre, dit Monsour, en ajustant méticuleusement sa ceinture de sécurité.

— J'imagine, oui.

Maron fit crisser les pneus en passant la marche arrière, puis accéléra brusquement en avant. Il aurait trouvé une excuse pour ne pas amener Monsour, mais il voulait parler à Josette seul et aurait besoin de Monsour pour occuper la mère.

— Alors, la femme de ménage est-elle suspecte ? Josette, c'est ça ?

— Josette, oui. On n'en est qu'au premier jour de l'enquête, Paul-Henri. On n'a pas encore vraiment de liste de suspects. Au minimum, la fille avait l'opportunité, ce que je ne cesse de te répéter comme étant plus important que tout le reste. On verra ce qu'elle a à dire. Je veux que tu interroges la mère. Elle se méfie des étrangers, ou des gendarmes en tout cas - elle m'a à peine ouvert la porte hier.

— Peut-être qu'elle couvre sa fille.

Maron haussa les épaules.

— Eh bien, tiens-la à l'écart pour que je puisse parler à la fille sans son interférence. Et ne baisse pas ta garde. Elle a l'air du genre à te planter un couteau dans le dos sans y réfléchir à deux fois.

— Vous insinuez que les Barbeau sont une famille de criminels ?

Maron soupira à nouveau.

— Je voulais juste dire... ne t'accroche pas à une petite remarque pour en faire toute une histoire.

— Et une remarque comme celle que quelqu'un a faite à propos du maire la veille de sa mort, voyons voir, je l'ai dans mes notes mais je crois que c'était, je cite : « peut-être qu'il va claquer ». Suivi de ricanements.

— Qui a dit ça ?

— Quelqu'un... attendez... un concurrent politique de Coulon.

— Tu veux dire quelqu'un qui se présente au conseil ?

— C'est ça.

— Où as-tu entendu ça ?

— Eh bien, j'ai fait un petit sondage informel hier, dans l'espoir de découvrir quelque chose d'utile. Juste un peu de travail supplémentaire en dehors des heures, dit-il, incapable de résister à l'occasion de se faire bien voir par son patron.

— Qui t'a raconté cette histoire ?

— Euh, je crois que c'était... pas Madame Tessier... ah oui, je m'en souviens maintenant. J'étais près de l'école primaire, et Ada Bellard était sur le trottoir en train de parler avec Georgina Locatelli, vous vous souvenez, celle qui était femme de ménage au château. J'ai engagé la conversation. Et elles m'ont dit que quelques jours avant que le maire ne soit tué, André - *c'est* ça,

André Lebeau - avait dit que peut-être Coulon allait claquer. Il semblait même content à cette idée. Ricanant, comme je l'ai dit.

Maron mâchouilla sa lèvre inférieure, réfléchissant à tout cela.

— Probablement juste des paroles en l'air, pour essayer de faire une blague.

— Peut-être, dit Monsour, ne voulant pas que son tuyau perde de sa valeur. Mais quand même, une vision de l'avenir plutôt remarquable si c'est le cas.

— Je te l'accorde.

Ils roulèrent en silence pendant quelques kilomètres.

— Vous connaissez Lebeau ? demanda finalement Monsour.

— Non.

Il n'ajouta pas que Castillac était plein de gens qu'il ne connaissait pas.

— Je connais seulement son nom parce que je l'ai vu sur la liste électorale.

— Eh bien, apparemment son nom lui va bien. Ada et Georgina bavaient littéralement sur lui. « Si grand, si musclé », disaient-elles. Plus d'une fois.

— Difficile d'imaginer quelqu'un se faire tuer pour une élection au conseil. Les enjeux ne sont pas assez élevés.

— Peut-être qu'il n'y a pas que ça.

— De plus, si tu prévoyais de tuer quelqu'un, pourquoi l'annoncer à tout le monde dans la rue ?

— Vous m'avez répété maintes fois que très souvent, les gens qui enfreignent la loi ne sont pas les plus intelligents.

Maron acquiesça à contrecœur.

— D'accord, écoute, quand on rentrera, tu t'occupes de Lebeau. Découvre si c'était juste une remarque en passant ou quelque chose de plus significatif.

— On va fouiller la ferme ?

— Pas officiellement. Garde les yeux ouverts, cependant. L'arme du crime serait bienvenue, répondit Maron, ironiquement.

— Vous pensez que Josette l'a tué ?

—Je ne pense rien tant qu'on n'a pas de preuves. Mais on doit les chercher et les trouver d'abord, pas vrai ?

Monsour rajusta sa veste et regarda par la fenêtre, détestant silencieusement Maron pour sa condescendance.

Maron accéléra, impatient d'arriver à la ferme et de mettre de la distance entre lui et Monsour.

— Une fois, quand je n'avais pas plus de neuf ou dix ans, un homme qui vivait dans l'immeuble à côté du nôtre—

— Paul-Henri ? Si ça n'a rien à voir avec l'affaire, garde-le pour toi, d'accord ?

Monsour serra les lèvres. Il ne comprenait pas pourquoi Maron le détestait autant, mais à cet instant, le sentiment était tout à fait réciproque.

FINALEMENT, Maron s'engagea dans la courte allée de la ferme des Barbeau. La ferme était située au bord de la route, trapue et vieille, sans charme. Il y avait une grange délabrée et un poulailler à l'arrière. L'endroit ne dégageait pas tant une impression de négligence que de manque de moyens ; l'herbe était coupée, et une pile bien rangée de bois se tenait près de la porte, bien que la peinture s'écaillât et que le toit eût des sections de tuiles orange fissurées, avec des morceaux manquants.

— Souviens-toi, occupe la mère, dit Maron. Si Josette est à la maison, j'aimerais lui poser quelques questions sans que Madame Barbeau ne traîne dans les parages et ne mette son nez partout. Évidemment, je ne m'attends pas à ce que l'arme du crime traîne bien en vue, mais garde l'œil ouvert quand même. Cherche des choses qui semblent déplacées, tout ce qui pourrait avoir été subtilisé de la maison des Coulon, tu comprends ?

— Compris, dit Monsour, résigné à avoir la pire mission à chaque fois.

L'allée était vide, aucun camion en vue. Maron craignait

d'avoir encore raté Josette, mais juste au moment où il gravissait les deux marches pour frapper à la porte d'entrée, celle-ci s'ouvrit et une jolie jeune femme leur sourit.

— Bonjour, Messieurs ? dit-elle. Que puis-je faire pour vous ?

Maron sentit son irritation envers Paul-Henri fondre à l'écoute de sa voix, qui n'était pas particulièrement mélodieuse mais avait une qualité éraillée qu'il trouva instantanément séduisante. Plus encore que sa voix, cependant, il y avait le reste de sa personne ; elle portait un jean crasseux et un t-shirt, mais le jean était moulant aux bons endroits, et le t-shirt aurait pu être fait sur mesure tant il mettait en valeur sa silhouette généreuse et ses courbes. Ses cheveux châtains tombaient sur ses épaules, délicieusement ébouriffés comme si elle venait de sortir du lit.

Maron ouvrit la bouche mais aucun son n'en sortit.

Monsour fut également frappé par la beauté de Josette, mais ne perdit pas son équilibre.

— Bonjour Mademoiselle. Vous êtes Josette Barbeau ? Nous sommes les officiers Maron et Monsour de la gendarmerie de Castillac. Nous aimerions vous poser quelques questions sur le décès malheureux de votre employeur. Pourquoi ne pas sortir par cette belle journée de juin, nous pourrions parler ici ?

Monsour fit un geste vers le jardin mal entretenu comme s'il l'invitait dans un jardin serein.

— Je... oh, c'est vraiment terrible, souffla Josette, quittant rapidement la maison et fermant la porte avant que Maman ne les voie. Monsieur Coulon était très bon pour moi. Je n'arrive pas à y croire ! J'étais si triste d'apprendre la nouvelle.

Son teint s'anima et les deux hommes remarquèrent que des larmes commençaient à se former au coin de ses yeux marron foncé.

— Ça a dû être un vrai choc, murmura Maron.

Il cligna fort des yeux, essayant de bloquer la distraction de sa présence sensuelle.

— Ta mère est-elle à la maison ? Monsour, va demander à

Madame Barbeau si elle s'oppose à ce que nous jetions un coup d'œil. Josette, pourquoi ne me montrerais-tu pas la ferme, je pourrai poser mes questions pendant que nous marchons ?

— Bien sûr, officier, dit la jeune femme.

— Je suis chef, en fait, dit Maron, la première fois qu'il disait une telle chose.

Ses cils étaient épais et sombres contre sa joue quand elle baissait les yeux, remarqua-t-il. Et ses fesses, généreuses et rondes, sa taille si fine... il cligna à nouveau des yeux, se sentant presque au bord du halètement, tant elle avait un effet dramatique sur lui. C'est juste une réaction animale, se dit-il : maintenant ressaisis-toi et fais l'entretien.

— Alors, dit-il d'une voix bourrue. Parle-moi de la matinée du 13 juin, ce lundi dernier. Y avait-il quelqu'un d'autre que toi à la maison Coulon ? As-tu laissé entrer quelqu'un... des ouvriers, un livreur, n'importe qui ?

— Oh, c'est la chose étrange. Je n'étais pas là. J'ai à peine manqué un jour de travail en toutes ces années où j'ai été la femme de ménage du maire. Pas tout à fait trois ans en tout ? Quoi qu'il en soit, lundi je ne me sentais pas bien alors je n'y suis pas allée. Je suppose que c'est une chance d'une certaine manière parce qu'autrement le meurtrier m'aurait peut-être tuée aussi ! Mais d'un autre côté, peut-être que, d'une manière ou d'une autre, j'aurais pu le sauver.

Elle regarda vers les bois et une larme coula sur sa joue rosée.

— Je vois, dit Maron. Tu étais à la maison avec ta mère ? Et Julien ? Où était-il ?

— Vous connaissez mon frère ?

— Vous avez les meilleures poules.

— Merci, chef ! dit-elle, avec un sourire chaleureux. Alors voyons voir, Julien est généralement absent la plupart des matins. Il va chercher du fourrage, des choses pour la grange, je ne sais pas tout ce qu'il fait. Vous savez comment sont les hommes, ajouta-t-elle en adressant à Maron un sourire timide.

— En effet, dit Maron, presque en s'étranglant.

Il avait perdu pratiquement toute distance professionnelle, et au lieu de se préoccuper de l'affaire du maire, il pensait aux choses complètement inappropriées qu'il voulait faire avec ce témoin potentiel.

Il s'éclaircit la gorge et essaya de se remettre sur la bonne voie.

— Bon, d'accord. Voyons... pendant le temps où tu as travaillé là-bas - plus de deux ans, dis-tu ? - as-tu eu l'occasion de penser que quelqu'un avait un gros problème avec le maire pour une raison quelconque ? As-tu entendu des disputes, quelque chose comme ça ?

Josette mit un doigt sur son menton et leva les yeux au ciel. Elle tapota du doigt, et Maron le fixa, hypnotisé. Il s'approcha pour pouvoir inhaler l'odeur de son corps, non masquée par un quelconque parfum.

— Je ne pense pas, dit-elle finalement. Je me demandais si c'était un cambrioleur qui l'avait tué. Il avait beaucoup de choses de valeur dans cette maison, vous savez.

— Comme quoi ?

— Oh, des objets en argent. Beaucoup de tableaux. Il y avait même un chevalier en argent sur un cheval en argent, au troisième étage. Je lui demandais sans cesse, pourquoi ne le descendez-vous pas pour que les gens puissent le voir ? Et il répondait qu'il avait peur que quelqu'un le vole.

Elle termina avec un air de finalité, comme si cette anecdote bouclait l'affaire, et que tout ce que les gendarmes avaient à faire était de trouver le voleur qui était entré dans la maison du maire et l'avait tué.

Tout en parlant, ils s'étaient un peu éloignés de la maison, près du poulailler. Maron le désigna.

— Qu'est-ce qu'il y a là-dedans ?

— Les poules, voyons, répondit-elle, incapable de croire que quelqu'un puisse ignorer une telle chose.

— Tu travaillais à la ferme avant d'obtenir le poste chez le maire ?

Josette rit.

— J'ai travaillé à la ferme avant, pendant et après ! Vous n'êtes pas de Castillac, n'est-ce pas ? D'une grande ville quelque part ?

Maron hocha la tête.

— Ma famille est de Lille.

Il commença à dire quelque chose de plus sur son éducation, des choses qu'il n'avait jamais dites à personne, mais s'arrêta à temps.

— Et quelles sont tes tâches à la ferme ?

— Il est facile de vous parler. Je pourrais vous parler toute la journée, dit Josette. Mais qu'est-ce que mes corvées ont à voir avec le maire ?

— Je suis juste curieux. J'aimerais savoir comment tu passes tes journées.

Ils avaient dépassé le poulailler et étaient entrés dans un champ. Le soleil brillait et l'herbe du champ était d'un vert éclatant grâce à une pluie nocturne. On ressentait une profonde paix à la ferme Barbeau, avec seulement les sons bucoliques des poules qui gloussaient et d'un âne qui trottait vers eux pour briser le silence. Josette bavardait du travail à la ferme et de son amour des animaux tandis qu'ils s'approchaient d'un petit étang, où elle tomba dans le silence. Elle se tourna pour lui faire face, les yeux à nouveau embués par l'émotion, et Maron dut se faire violence pour ne pas la prendre dans ses bras et l'embrasser profondément sur la bouche.

Ce moment le mit à l'épreuve comme aucun autre depuis qu'il avait rejoint la gendarmerie, mais il réussit à résister, même si pendant un long moment il ne put former aucun mot.

PENDANT QUE MARON laissait Josette piétiner les derniers lambeaux de son objectivité professionnelle, Monsour était installé dans la ferme miteuse, en train de boire une tasse de café infect avec Madame Barbeau. Il n'était peut-être pas l'officier subalterne le plus compétent que la gendarmerie de Castillac ait jamais connu - cet honneur revenait probablement à la regrettée Thérèse Perrault - mais il estimait posséder une compétence qui s'avérait utile plus souvent qu'on ne pensait : Monsour comprenait les femmes âgées et savait comment s'y prendre avec elles.

— Alors comme ça, vous n'avez pas du tout grandi à la campagne ? Ça a dû être tellement difficile pour vous de vous adapter à la vie à la ferme, après avoir grandi à Castillac.

— Oh, ça l'a été, ça l'a été, acquiesça Madame Barbeau en fixant sur lui ses grands yeux gris. Vous savez comment est l'amour de jeunesse, dit-elle en lui adressant un clin d'œil qui le fit frissonner. Je pensais qu'Adolph était la lune et les étoiles ! Il s'est avéré n'être qu'un radin mesquin... enfin, tout ça c'est du passé, depuis longtemps. Je suppose que vous voulez savoir tout ce que je peux vous dire sur Monsieur Coulon. Mais j'ai bien peur de ne pas avoir grand-chose à vous raconter. Ma Josette était très heureuse chez le maire. Il la traitait bien, la payait à temps, ce n'était pas un employeur difficile. Elle est très bouleversée par la nouvelle, comme vous pouvez l'imaginer. Avez-vous des pistes, une idée de qui aurait pu commettre cet acte horrible ?

— Nous sommes complètement dans le noir, dit Monsour d'un ton confidentiel. Josette a-t-elle déjà mentionné quelque chose comme... quelqu'un qui serait venu se disputer avec le maire ? Vous a-t-elle parlé d'avoir surpris des coups de téléphone houleux, ou quoi que ce soit de ce genre ? Ou bien le maire parlait-il de quelqu'un de manière négative, quelqu'un avec qui il aurait eu un différend ou quelque chose dans ce goût-là ?

Il s'éloigna de Madame Barbeau et traversa lentement la grande pièce tout en parlant, scrutant les alentours à la recherche de quoi que ce soit qui puisse sembler ne serait-ce qu'un peu suspect.

— Jamais. Vous pensez que c'est une vieille rancune qui l'a fait tuer ? Je ne sais pas comment vous, les gendarmes, arrivez à avancer dans une affaire comme celle-ci. On dirait que les possibilités sont littéralement infinies. Il y a des psychopathes qui errent dans le pays, tuant des gens au hasard, on entend parler de ça de temps en temps. Ou quelqu'un aurait pu faire chanter le maire, et ils se seraient bagarrés. Et qui sait dans quel genre d'affaires il était impliqué ! Je ne dis pas que le maire était malhonnête - comme je l'ai dit, il a toujours été bon pour notre Josette, alors je ne dirai rien contre lui. Et bien sûr, il y a une ex-femme. Elle avait probablement cent raisons de le tuer. Est-ce que c'est permis... pouvez-vous me dire comment le maire a été tué ?

— La gorge tranchée.

— Aïe, dit Madame Barbeau, mais Monsour se retourna vers elle et crut voir un lent sourire se dessiner sur son visage.

— Josette était-elle très bouleversée quand elle est rentrée du travail ce jour-là ? Je crois comprendre que c'est quelqu'un qui travaillait à la mairie qui l'a trouvé. Pourquoi Josette n'était-elle pas là quand c'est arrivé, si vous le savez ? Bien sûr, si elle savait que le maire avait été attaqué, elle aurait dû nous appeler immédiatement. Mais je comprends, dit-il en lançant un regard compatissant à Madame Barbeau, que parfois, dans un moment de crise, on fuit au lieu de réfléchir clairement à ce qui doit être fait.

— Oh, ce n'était rien de tout cela. Elle était malade à la maison, dit Madame Barbeau. Je ne vois pas d'inconvénient à vous le dire, puisque vous semblez être un jeune homme convenable, je suis contente qu'elle n'ait pas été là. On ne veut jamais que sa fille soit mêlée à ce genre d'histoire.

— Bien sûr. Tout à fait compréhensible, dit Monsour en parcourant des yeux tout ce qu'il pouvait voir dans la cuisine, mais ne remarquant rien qui ne cadre pas avec l'aspect généralement délabré de la maison. Y avait-il quelqu'un d'extérieur à la famille ici ce jour-là, qui aurait pu voir Josette ?

— Vous insinuez qu'elle est suspecte ? dit Madame Barbeau en reculant de surprise.

— Non, Madame. Je pose simplement les questions habituelles et m'efforce d'avoir une corroboration pour chaque déclaration faite par toute personne liée à l'affaire. C'est la procédure standard, rien de plus.

— Eh bien, maintenant que vous le mentionnez - parlez à Rémy, le fermier bio. Il est passé ce jour-là, et lui et Josette ont passé un peu de temps ensemble dans le poulailler. Il cherche à s'agrandir et nous a demandé si nous étions intéressés pour cultiver des légumes peu communs pour lesquels il prétend qu'il y a un marché.

Monsour ne s'intéressait pas à la culture maraîchère, mais il nota de parler à Rémy. Son regard s'attarda sur un ensemble de couteaux suspendus à un fil tendu sous l'une des rares fenêtres de la cuisine, notant particulièrement le couperet. N'étant ni cuisinier ni boucher, il n'en avait jamais manié, et il devina correctement que Madame Barbeau était une experte.

Mais ce n'était pas Madame Barbeau qui avait tué le maire, à moins que cette affaire ne soit plus embrouillée qu'ils ne le pensaient, et Monsour continua d'observer.

— Vous vendez des œufs, en plus des poulets ? dit-il en voyant une grande pile de boîtes à œufs sur le comptoir de la cuisine.

— Vous n'achetez pas chez Julien ? dit Madame Barbeau, feignant d'être offensée. Oui, bien que pas autant que nous le voudrions. Ils se vendent rapidement, croyez-moi. Peut-être que maintenant que Josette a perdu son poste, nous pourrons augmenter le cheptel de pondeuses. Elle avait un temps limité, vous comprenez, quand elle était chez le maire, et j'ai bien peur de ne pas avoir autant d'heures de travail en moi par jour. L'arthrite, dit-elle en tendant ses mains noueuses pour que Monsour les voie.

— Oh, là là, dit-il en les prenant dans les siennes et en les frottant légèrement. Je suis un garçon de la ville, comme vous l'avez sans doute deviné, mais tout le monde sait que gérer une ferme demande beaucoup de mains et beaucoup d'heures !

Si son esprit n'avait pas été en train de filer dans dix directions différentes, Madame Barbeau aurait peut-être apprécié la visite de Monsour plus que tout depuis longtemps. En l'occurrence, elle était rongée par l'inquiétude à l'idée que Josette soit dehors seule avec cet autre officier, qu'elle avait pu identifier en quelques minutes la veille comme étant bien plus une force avec laquelle il fallait compter que l'excuse de gendarme sans consistance qui occupait l'espace dans sa cuisine. Josette ne saura jamais comment se débrouiller, pensa-t-elle. Et ce ne serait pas la première fois qu'une personne innocente se ferait accuser de quelque chose qu'elle n'avait pas fait.

— Je veux parler au chef, dit-elle en se dirigeant vers la porte, et malgré son arthrite, elle fut assez vive pour sortir avant que Monsour ne puisse trouver un moyen de l'arrêter.

$$\text{❧ 26 ❧}$$

Avec une certaine appréhension, Odile Dupont gara sa Peugeot récente dans l'allée de La Baraque. Après s'être garée, elle vérifia son maquillage dans le miroir sous le pare-soleil et sortit de la voiture. Un grand tas de mauvaises herbes arrachées se fanait au soleil près de la bordure de fleurs à l'avant, et la femme bien habillée le regarda d'un air renfrogné, n'étant pas du genre à tolérer le moindre désordre chez elle. Nerveusement, elle tournait une bague à sa main droite, un saphir discret mais magnifiquement taillé, flanqué de diamants.

Molly répondit rapidement au coup frappé à la porte. Les deux rousses se regardèrent un moment avec surprise.

— Bonjour ? dit enfin Molly.

Odile secoua la tête.

— Oh ! Je suis désolée, bonjour Madame, je suis Odile Dupont. L'ex-femme de Maxime Coulon ?

— Enchantée. Molly Sutton.

Elle tendit la main et elles se serrèrent la main.

— Je vous en prie, entrez. Et excusez ma tenue, j'ai travaillé dans le jardin.

Odile regarda les taches d'herbe sur le pantalon de Molly sans rien dire.

— Que puis-je faire pour vous ?

— Oui. Eh bien, peut-être. Je l'espère. Je suis désolée de vous déranger comme ça, en arrivant à l'improviste, mais d'une certaine manière, le téléphone ne semblait pas...

— Entrez, entrez, dit Molly, priant pour que l'occasion de participer à l'affaire Coulon soit peut-être juste sur le pas de sa porte. Puis-je vous offrir un café ? Un thé ?

— Non, non merci.

Elles se dirigèrent vers le salon quelque peu désordonné et s'assirent, Molly grimaçant intérieurement à la vue du pull jeté sur le dossier du canapé et de la pile désordonnée de magazines de jardinage sur le sol. Discrètement, elle attrapa un verre vide sur la table d'appoint et le poussa sous le canapé.

— Je suis vraiment désolée pour Maxime, dit Molly. Je suis moi-même divorcée, alors je comprends que c'est un peu compliqué... bien sûr, ce n'est pas parce que vous vous êtes séparés que vous souhaitiez que quelque chose de terrible arrive. Évidemment.

Bon sang, n'ai-je pas bu assez de café ce matin ? J'ai l'air d'une idiote.

— Oui, vous avez tout à fait raison, dit Odile, son visage se détendant visiblement. Je suis reconnaissante que vous ayez mis cela en mots. Notre divorce n'a pas été amical, comme n'importe qui dans le village vous le dira. Et c'est... c'est pour ça que je suis ici.

Molly croisa son regard et attendit. Elle repensa à la conversation qu'elle avait surprise entre Odile et une amie au Café de la Place, quand Odile avait dit quelque chose à propos de son mari poussé devant un train. Sûrement que ce n'était qu'une exagération, une tentative d'être amusante ?

Odile détourna le regard et joua avec sa bague en saphir.

— Voyez-vous, j'ai ma propre entreprise. Peut-être les avez-vous vues, ou en avez-vous été cliente ? Mes boutiques s'appellent

Beauté Simple, pour l'instant à Bergerac et Brive. D'autres à venir, j'espère.

— Félicitations. Je suis sûre que c'est le résultat d'un travail acharné ! En tant que personne gérant ma propre entreprise ici à La Baraque, je sais un peu ce à quoi vous êtes confrontée.

— Ah oui ? De quel type ? demanda Odile, jetant un regard dubitatif autour d'elle.

— Un gîte, dit Molly. Bien sûr, ce n'est pas aussi compliqué que ce que vous faites. Mais vous savez, il y a quand même le besoin constant de régler les problèmes, de s'inquiéter des résultats, de planifier les améliorations, tout ça. Le problème que vous rencontrez est-il lié à *Beauté Simple* ?

— En quelque sorte. Enfin, pas exactement. Laissez-moi vous expliquer. C'est juste que... dans le commerce de détail, l'image est tout. *Tout*. Le design des boutiques, les tubes et les flacons, ma façon de m'habiller - tout donne une impression aux clients, vous comprenez ? Et laissez-moi vous dire que le meurtre n'est définitivement *pas* quelque chose que je veux associer à ma marque !

Molly remarqua que les mains d'Odile tremblaient, et elle était presque certaine que ce n'était pas dû au chagrin causé par le sort de son ex-mari.

— Cette affaire avec Maxime doit être réglée immédiatement ou je crains que cela ne cause des dommages permanents. Ce genre de scandale - et je ne prétends pas avoir la moindre idée de qui l'a tué ou pourquoi, mais quelle que soit l'histoire, c'est quelque chose de terriblement sordide et bas, c'est assez évident - ce genre de scandale peut ruiner une marque. Simplement la ruiner - au point où elle ne peut pas être sauvée.

Molly retint son souffle. Elle pensa : cette femme détestait son mari. Et n'est pas désolée de sa mort.

— Heureusement, jusqu'à présent, mon entreprise a très bien marché, donc j'ai les fonds pour vous engager. Fixez votre prix, Molly. Vous venez avec les meilleures recommandations de toutes les personnes auxquelles j'ai parlé. Lapin Broussard en particulier.

— Vous connaissez Lapin ?

— Oh, la plupart d'entre nous dans le village se connaissent. Lapin et moi étions à l'école ensemble, et j'achète parfois quelque chose dans sa boutique d'antiquités. Il m'appelle quand il pense que quelque chose qui pourrait me plaire est arrivé. En tout cas, qu'en dites-vous, Molly Sutton ? Accepterez-vous l'affaire ? J'ai besoin que cette histoire soit réglée le plus vite possible. Les ventes sont déjà en baisse et si des rumeurs commencent à circuler sur certaines des disputes publiques que Maxime et moi avons eues, j'ai peur que cela ne s'aggrave.

Molly, bien sûr, accepta sans hésiter, décidant sur le coup de demander environ trente pour cent de plus que les honoraires qu'elle et Ben avaient décidés. Odile acquiesça sans hésitation et se précipita à une réunion à Bergerac à laquelle elle prétendait ne pas pouvoir manquer.

Tout cela est très curieux, pensa Molly en s'installant sur le canapé avec une tasse de café frais après que la Peugeot avait disparu dans la rue des Chênes. Pas un mot sur toutes les raisons pour lesquelles la plupart des gens veulent trouver un tueur : rien sur la justice, ou rendre le village plus sûr, ou venger le meurtre de Coulon. Les seules préoccupations d'Odile étaient les affaires et l'image de marque. Pendant un instant, Molly se demanda si engager Dufort/Sutton Investigations n'était rien de plus qu'une stratégie de relations publiques.

Puis elle sourit. Ils étaient sur l'affaire ! Et elle sortit son téléphone pour envoyer un texto à Ben avec la nouvelle.

Le trajet de retour au village se fit dans le silence. Maron était gêné par son comportement avec Josette ; même s'il n'avait rien dit ni fait d'inconvenant, il savait qu'il avait été embarrassé par ses charmes féminins.

En fait, pour être honnête, ce n'était pas exactement ses charmes. C'était sa présence animale, physique, à laquelle il avait réagi, sa silhouette et son odeur. Incapable d'imaginer qu'un homme puisse ne pas être affecté de la même manière, il eut un bref élan de pitié pour Coulon, qui l'avait dans sa maison jour après jour.

Josette affirmait qu'elle n'était pas à la maison le jour du meurtre, et il ne restait plus qu'à vérifier auprès de Rémy, et à revérifier si aucun des voisins ne l'avait vue. Peut-être que le livreur de l'épicerie aurait été dans les rues et aurait remarqué quelque chose, ou le facteur.

Un travail de terrain typique, c'était tout ce qui était nécessaire. Il accueillait d'une certaine manière le côté fastidieux de la tâche. Juste une longue liste de cases à cocher, de manière précise et minutieuse, et à la fin du processus, on avait son tueur. Bien qu'il soupçonnât que Molly Sutton opérait de manière quelque peu différente.

— Alors, qu'en avez-vous pensé ? demanda Monsour, après une bonne demi-heure de route sans parler. Vous croyez la fille ?

— Comme pour n'importe quel témoin à ce stade de l'enquête, je ne crois ni ne doute.

— Hm, dit Monsour.

Ayant des yeux sur le visage, il avait vu comment Maron avait réagi à Josette, mais sagement, il garda ses pensées pour lui cette fois.

— La mère est certainement un sacré numéro.

— Méfiante envers les étrangers, c'est sûr. Tu as obtenu quelque chose d'elle ?

— Non. Je pensais réussir à l'amadouer, quand soudain elle a dit qu'elle voulait vous parler et a foncé dehors. Je dirai ceci cependant : si Madame Barbeau avait été la femme de ménage de Coulon, je parierais un fauteuil Louis XV qu'elle serait la meurtrière.

Maron était heureux de parler de quelqu'un d'autre que Josette.

— Je t'avais dit que je sentais une tendance violente chez elle.

— Je n'arrêtais pas de jeter des coups d'œil au set de couteaux suspendus à un fil dans la cuisine, en me disant que si elle avait une raison, elle en prendrait un et me trancherait la gorge sans hésiter. Juste, vous savez, juste une impression que j'ai eue.

— Et quelle impression as-tu eue de la fille ?

Monsour haussa les épaules.

— Une jolie fille, un peu bête. Je suppose que nous devrions parler au frère dès que possible - sans doute confirmera-t-il son histoire, mais Madame Barbeau a dit que Josette ne conduit pas. Si elle était au village lundi, il l'aurait conduite.

— Et ramenée après le meurtre.

— Quand nous rentrerons, trouvons André Lebeau, dit Maron. Interrogeons-le. Il peut être un bien meilleur suspect que

Josette, étant donné qu'il était le concurrent de Coulon aux élections et comme tu l'as dit, qu'il proférait des menaces de mort.

— Même si vous avez dit que si on voulait assassiner quelqu'un, ce n'était probablement pas la meilleure idée de l'annoncer publiquement à l'avance.

— Et je crois que tu as répondu, et nous l'avons déjà remarqué à d'innombrables occasions, les criminels sont souvent des idiots. Que sais-tu d'autre sur Lebeau ?

— Pas grand-chose. C'est une grande gueule.

Monsour était ravi qu'on lui ait confié l'entretien à mener seul, et se sentait déjà protecteur de toute information. Il avait appris d'Ada Bellard et de Georgina Locatelli que l'intérêt d'André pour se présenter aux élections avait quelque chose à voir avec les intérêts des petites entreprises, mais Monsour voulait comprendre cet angle plus complètement avant d'en parler à Maron. C'était sa première vraie chance d'impressionner son patron, et il voulait frapper un grand coup.

28

— Je pensais que tu serais ravi, dit Molly en mélangeant la salade avec une vinaigrette à la moutarde tout en mettant la touche finale au déjeuner pour elle et Ben.

— Qui a dit que je ne l'étais pas ?

— Tu n'as même pas esquissé un sourire.

— Je suppose que mon esprit avait déjà pris de l'avance et fait le tour de la question.

— Quelle question ?

— Celle de la liste toujours plus longue des suspects dans cette affaire, et de l'énorme travail de terrain qu'il nous faut accomplir avant d'espérer avancer. Bien sûr que je suis très content, juste impatient de m'y mettre.

— Là, je te reconnais. À quoi ressemble la liste pour l'instant, selon toi ? Le poulet est prêt, tu peux mettre le riz dans un bol et le poser sur la table ? Et apporter les boissons.

Ben contourna le comptoir de la cuisine, embrassant Molly sur l'oreille en passant pour aller chercher le riz.

— Sans ordre particulier : son fils, si Daniel est vraiment son fils. Aussi, je m'intéresse à l'angle bancaire... Je n'ai pas grand-chose à part le fait que Coulon semblait aller à la banque inhabituellement souvent, mais en général, tu sais combien de fois l'argent s'avère être le motif d'un meurtre. En tout cas, c'est là-dessus que je vais continuer à creuser pour l'instant. Monsieur Lachance à la banque n'a pas été très coopératif, invoquant le secret bancaire, mais je fais peut-être des progrès avec son assistante. Il y a Josette la femme de ménage, bien sûr. Et je pense qu'on ne peut pas non plus écarter notre cliente de la liste.

— Oui, j'ai eu la même idée. Je me demande si ce serait terrible pour les affaires si on finissait par faire arrêter notre propre cliente ?

— Ça pourrait certainement avoir un effet dissuasif, du moins pour les criminels qui voudraient nous engager, dit Ben d'un ton pince-sans-rire.

— À propos de Josette, j'ai passé quelques coups de fil ce matin, impatiente de commencer. Il s'avère que Rémy était à la ferme des Barbeau le jour du meurtre, et il corrobore l'histoire de Josette qui dit qu'elle était malade chez elle ce jour-là.

— Rémy et les Barbeau ? Je n'aurais pas pensé qu'ils auraient quelque chose à voir ensemble.

— Quelque chose à propos de poulets AOC et de légumes bizarres pour lesquels il n'a pas assez de place ? Tu connais Rémy, en deux secondes il était parti à parler de composition du sol, de drainage, et de tout le tintamarre autour des nouvelles règles de l'UE pour la certification bio. Bref, il dit qu'il lui a parlé à la ferme le jour du meurtre, donc c'est une personne de moins à surveiller. Je vais quand même l'interroger au cas où elle aurait quelque chose à nous dire sur les fréquentations du maire, ses habitudes, tout ça.

— D'accord, bien, continue. Dis-m'en plus sur ta rencontre avec Daniel Coulon.

— Il était un peu étrange, dit Molly.

— Son père vient d'être assassiné.

— C'est vrai. *Si* c'est vraiment le fils de Coulon. Je suppose que ce ne serait pas tellement orthodoxe de demander à Maron de lui faire passer un test ADN ? On devrait appeler Nagrand et lui demander de prélever des cellules de Coulon, ou c'est trop tard pour ça ?

— Pas trop tard, je ne pense pas. Mais pour éviter de demander une faveur à Maron, que dirais-tu de contacter la mère de Daniel - la première ex-femme de Coulon - et voir si elle peut éclaircir la situation familiale. Qui sait ce que tu pourrais obtenir d'elle.

— J'espère que tu aimes le citron. Cette sauce va te retourner la bouche.

— J'adore le citron, en fait - tu as oublié à quel point Frances m'a contaminé avec son addiction à la limonade fraîche ?

— Ah oui. Je suis... parfois pas très douée pour... je me laisse distraire...

— Par les meurtres, plutôt que par les goûts de ton petit ami ?

— On pourrait dire ça comme ça.

— Excellent. Ça sera bon pour les affaires.

Ils se sourirent, un sourire chaleureux et plein d'affection, puis se mirent à manger.

— Donc Daniel était un peu bizarre, comme je l'ai dit. Il avait l'air... pauvre. Il n'a exprimé aucune tristesse pour son père, mais peut-être que le fait qu'ils ne se connaissaient pas explique ça ? Il y avait définitivement quelque chose de froid chez lui. Mais plus que ça - il zigzaguait dans tous les sens, une minute il ricanait, la suivante il était sur la défensive. Je ne sais pas si c'était des sautes d'humeur instantanées ou s'il cachait quelque chose. Mais il était clairement bizarre d'une manière ou d'une autre.

— Hmmm.

— Je pensais, s'il est aussi pauvre qu'il en a l'air, il pourrait y avoir un angle financier.

— D'accord. Mais il ne faut pas partir du principe que si quelqu'un n'est pas aisé, c'est automatiquement un candidat au meurtre.

— Ce n'est pas ce que je voulais dire. Il était *bizarre*, Ben. Non seulement pas affligé, mais il semblait presque heureux de la mort.

— D'accord. Attendons d'avoir des nouvelles de la mère de Daniel avant d'aller trop loin. Elle pourrait dire qu'il n'y a pas de fils et que ce type est un escroc ou quelque chose comme ça.

Molly acquiesça, mâchant pensivement et réfléchissant à Daniel. Elle se fit une note mentale de demander à Edmond quelle avait été son impression du jeune homme.

— Bon, on établit nos premières étapes ? dit Ben.

Molly hocha la tête.

—Je pensais aller à la ferme des Barbeau demain matin, parler à Josette, et avoir son point de vue sur Coulon ainsi que sur les personnes qui sont venues à la maison ces derniers mois.

— Tu veux de la compagnie ?

— Bien sûr. Mais peut-être que tu devrais suivre une autre piste. Tu peux revoir cette assistante de la banque ? Parler à Odile, peut-être ? Tu la connais ?

—Je la connaissais. On était à l'école ensemble, jusqu'au lycée. Elle a toujours été futée, à gagner des concours de maths et tout ça. Pas surprenant qu'elle ait si bien réussi ; c'est une de ces personnes dont on peut dire très tôt qu'elles accompliront quelque chose.

— Mais tu ne connaissais pas Coulon ?

— Il est un peu plus âgé. Tu sais comment c'est avec les enfants, quelques années peuvent faire une grande différence. Je savais vaguement qui il était, mais on n'était pas amis ni dans les mêmes classes. Et il n'était certainement pas une de ces personnes qui ont le succès écrit sur leur front. C'était plutôt un... un moins que rien. C'est le peu dont je me souviens de lui, en tout cas. Pas quelqu'un qu'on avait envie de fréquenter.

— Tu as appris quelque chose lors de ta promenade dans le village ?

— Non. Même Tessier n'avait rien d'intéressant.

— Et concernant la méthode du meurtre ? Je sais qu'on parle

toujours de moyens, motifs et opportunités, donc je suppose que ça rentre un peu dans les moyens... Ce que je me demande, c'est quelle circonstance, ou personnalité, amène à trancher une gorge ? Est-ce un crime d'impulsion, ou quelque chose de planifié ? Quelle force faudrait-il ?

Dufort lui sourit.

— C'est un plaisir de te voir à l'œuvre, chérie.

— Oh, dit Molly en rougissant légèrement.

Ben avait été tellement rempli de compliments dernièrement que ça la mettait un peu mal à l'aise.

— Pour répondre, je ne suis pas sûr qu'on puisse dire grand-chose de définitif. Ça pourrait être un acte impulsif ou non - évidemment, ça aiderait d'avoir l'arme du crime. Dans ce cas, je penche plutôt pour un acte prémédité, car dans la chambre d'amis, qu'est-ce qui serait à portée de main pour trancher une gorge ? Les couteaux étaient probablement dans la cuisine. Les chambres d'amis n'ont généralement pas grand-chose en matière d'armes, n'est-ce pas ?

— Il faut qu'on entre dans cette maison pour le découvrir.

Ils mangèrent rapidement, impatients de se mettre en route. Ils laissèrent la vaisselle dans l'évier, s'embrassèrent pour se dire au revoir, et partirent chacun de leur côté, Molly pour le long trajet jusqu'à la ferme des Barbeau, et Ben à la gendarmerie pour voir s'il pouvait trouver Maron et organiser une visite de la maison du maire, avant de retourner à la banque.

Les propriétaires de Dufort/Sutton Investigations se sentaient pleins d'énergie et de confiance en ce beau jeudi de juin, pas assez complaisants pour penser que le meurtre était presque résolu, mais ils avaient esquissé les étapes pour y parvenir, et bientôt le dernier mal à menacer Castillac serait arrêté, donnant un coup de pouce bienvenu à leur entreprise.

Ils n'avaient aucune idée, pas encore, que l'affaire du maire allait devenir beaucoup plus compliquée - et dangereuse - dans très peu de temps.

29

L'air était doux et chaud, le ciel d'un bleu intense lorsque Molly démarra son scooter pour se rendre à la ferme des Barbeau. Un long trajet en solo était le moment idéal pour réfléchir clairement, pensa Molly en filant dans la rue des Chênes, s'éloignant du village et prenant un virage serré. Mais l'affaire était si récente qu'il n'y avait pas grand-chose à méditer. Le maire avait été tué au deuxième étage de sa maison, dans la chambre d'amis. L'endroit exact importait-il ? À quelle fréquence irait-on dans une chambre d'amis si personne n'y séjournait ? Était-il en train de préparer la chambre pour quelqu'un - Daniel Coulon, par exemple ?

Elle se fit une note mentale de demander à quelqu'un à la mairie si Coulon avait un agenda qu'ils pourraient consulter, et de demander à Ben s'il y avait un moyen d'accéder à ses relevés téléphoniques.

N'ayant pas grand-chose d'autre à considérer, Molly passa le reste des quarante-cinq minutes de trajet à faire une liste mentale pour la fête de mariage de Frances : elle avait besoin de contenants pour les fleurs, car il y aurait *forcément* des fleurs, quoi qu'en dise Frances. Une longue nappe en lin, d'un blanc immaculé, qui serait si jolie avec des pétales éparpillés dessus. La nourriture - oh, que pourrait-elle bien préparer d'extraordinaire sans pour autant passer trop de temps loin de la nouvelle affaire ?

En approchant, Molly commença à ralentir à chaque ferme, cherchant parfois en vain les numéros des maisons, mais elle reconnut le camion de Julien garé à côté d'une ancienne maison en pierre avec quelques dépendances éparpillées derrière, et s'engagea dans l'allée. Elle sourit intérieurement, ayant découvert qu'elle avait une mémoire sans effort, presque photographique, en ce qui concernait les voitures et les camions, ce qui était plutôt surprenant puisqu'elle ne s'y intéressait pas particulièrement.

La ferme était calme, à l'exception d'un coq qui chantait sans cesse quelque part derrière la maison. Molly s'approcha de la porte d'entrée et frappa fort plusieurs fois, espérant que Julien viendrait ouvrir, puisqu'elle le connaissait et l'appréciait.

Mais au lieu de cela, la porte s'entrouvrit à peine, pas assez pour que Molly puisse voir autre chose qu'une fine bande de visage et de vêtements sombres en dessous.

— Que voulez-vous ? demanda une voix.

Molly fut au moins soulagée que l'accent de la femme ne soit pas inhabituel et qu'elle puisse la comprendre sans difficulté.

— Pardon, dit Molly, puis elle utilisa ce qu'elle avait découvert être les mots magiques quand elle voulait obtenir l'aide de quelqu'un en France :

— Excusez-moi de vous déranger, mais j'ai besoin d'aide.

La porte ne bougea pas.

— Je m'appelle Molly Sutton, j'habite à Castillac. Ben Dufort, l'ancien chef de la gendarmerie, est mon partenaire.

Elle fit une pause, c'était la première fois qu'elle se présentait ainsi, et elle pensa que cela sonnait comme si elle parlait d'un petit ami.

— Je veux dire, lui et moi avons un service d'enquête. Nous enquêtons sur l'affaire du maire et j'aimerais parler à Josette.

Elle était sur le point de demander si Josette était là, mais se retint, ne voulant pas donner à la femme une échappatoire facile.

La porte ne bougea pas et la femme ne parla pas. Molly changea de position, attendant, et juste au moment où elle allait essayer de dire quelque chose de rassurant, la porte s'ouvrit grand.

— Bonjour, Molly, dit la vieille femme en souriant. Je suis Alicia Barbeau, la mère de Josette. Bien sûr, vos exploits sont célèbres, même aussi loin du village que nous le sommes ici. J'ai grandi à Castillac, en fait, mais nous menons une vie plus simple, vous comprenez, à la campagne. Debout avec le soleil, travail physique toute la journée. Pas beaucoup de temps libre pour suivre ce qui se passe au village, ou ailleurs d'ailleurs.

— Je comprends. Je n'ai jamais fait de travail agricole moi-même, ayant grandi à Boston, mais je suis très reconnaissante pour votre dur labeur. J'en bénéficie directement - je suis une cliente de longue date de Julien. Vos poulets sont incroyables et j'essaie d'en avoir un tous les samedis. Et vos œufs ! Oh, ce sont les meilleurs qui soient. Je ne peux pas vous dire combien de doubles jaunes j'ai eus ! Et ils sont du plus beau orange profond. Une de mes couleurs préférées.

Madame Barbeau fut déconcertée par ce flot de paroles, n'étant pas habituée à être en présence d'Américains qui partageaient parfois leurs opinions personnelles quelques secondes seulement après avoir fait connaissance.

— Si vous voulez bien attendre ici un moment, je vais dire à Josette que vous êtes là. Elle est dans sa chambre, où elle passe beaucoup de temps ces jours-ci, j'en ai peur. La mort de son employeur l'a durement frappée, surtout qu'elle a été si soudaine et violente.

Molly hocha la tête. Elle écouta la vieille femme monter lentement les escaliers, puis entendit des murmures entre la mère et la fille. Quelques instants plus tard, une jeune femme descendit, sa démarche ne semblant pas lugubre à Molly, mais plutôt légère et énergique. Molly se souvenait à quel point elle était jolie, et tendit la main pour la serrer.

— Contente de te revoir, dit Molly, je suis vraiment désolée pour ce qui s'est passé. Tu dois te sentir plutôt secouée.

Josette hocha la tête et serra la main de Molly.

— Voulez-vous une tasse de thé ? Ou de café ? demanda Madame Barbeau.

Molly espérait que la vieille femme partirait faire un peu de ce travail physique constant dont elle avait parlé, mais elle ne montrait aucun signe de vouloir bouger.

— Un café serait parfait, dit Molly. Ensuite, peut-être pourrions-nous faire un tour, tu pourrais me montrer la ferme ? dit-elle à Josette.

— C'est ce que le chef voulait faire aussi, dit Josette.

— Ah, Maron est venu ici ?

Molly n'était pas surprise mais cherchait à voir la réaction de Josette à la visite du gendarme.

Josette se contenta de hocher la tête.

Madame Barbeau s'affairait dans la cuisine comme si elle préparait un grand festin.

— Je me demande - puisque je suis née et que j'ai grandi à Castillac, voyez-vous, et que je ne me suis éloignée que jusqu'ici - ce qui pousse une personne à changer de pays ? Je ne veux pas être impolie, mais n'est-ce pas un peu radical ? Est-ce que vous fuyez quelque chose ?

— Peut-être, dit Molly en riant. Un mauvais mariage en faisait partie. Mais principalement, j'ai déménagé ici parce que j'aime tellement la France. La première fois que je suis venue, j'étais adolescente, et j'ai eu l'impression - je sais que ça va paraître ringard - mais j'ai eu l'impression de rentrer chez moi. Puis pendant des années, j'ai en quelque sorte enfoui ce sentiment, et j'ai continué ma vie américaine. Quand tout s'est effondré, et la rupture du mariage n'était pas la seule chose, j'étais aussi insatisfaite dans mon travail... eh bien, il m'a semblé que le moment de rentrer chez moi était enfin arrivé.

Madame Barbeau et Josette regardaient Molly avec de grands yeux.

— Je sais, je sais, en France, on considère qu'il est étrange, peut-être impoli, d'en dire autant quand on vient de se rencontrer. Mais vous avez demandé, dit Molly en riant, tout en prenant la tasse de café que lui tendait Madame Barbeau.

La tasse était en porcelaine fine, avec une ébréchure sur le bord, un motif doré fané et un crochet délicat.

— Veuillez m'excuser d'avoir posé la question, dit Madame Barbeau en se redressant. J'aurais aimé que Josette ait quelque chose à vous dire sur les événements concernant le maire. Bien sûr, nous serions heureuses de faire avancer la cause de la justice si nous le pouvions. Mais malheureusement, comme vous l'avez peut-être entendu de vos amis de la gendarmerie, Josette s'est réveillée ce matin-là avec un mauvais mal de tête et n'est pas allée travailler ce jour-là. Elle n'est donc pas en mesure de fournir le moindre témoignage sur qui est entré dans la maison le matin du meurtre du maire.

— Je suppose que c'était une chance pour toi, dit Molly avec un petit sourire à Josette.

Josette se détendit un peu. Elle sortit ses mains des poches de son jean et sourit en retour :

— Ouais, je préfère être loin quand des meurtriers rôdent !

— Tu peux me faire visiter ? Comme tu n'étais pas là lundi, je n'ai pas beaucoup de questions, mais j'aimerais voir où sont élevés ces délicieux poulets, si ça ne te dérange pas de faire faire le tour à une fille de la ville ?

Madame Barbeau resta immobile, et Molly pensa qu'elle ressemblait un peu à une chouette lorsqu'elle cligna de ses grands yeux gris et tourna la tête pour faire face à sa fille.

— Vas-y, Josette, dit-elle. Je vais finir dans la cuisine et nettoyer l'étage. Ensuite, il faut qu'on s'assoie avec Julien pour parler de l'agrandissement du poulailler.

— Oui, Maman, dit Josette en soupirant.

— Julien est dans les parages ? demanda Molly tandis qu'elle et Josette quittaient la maison. On est devenus amis, à force de se rencontrer au marché semaine après semaine.

— C'est ce qu'il m'a dit, répondit Josette. Vous êtes un peu célèbre, vous savez. À résoudre toutes ces affaires et tout.

— Bah, dit Molly, à la fois flattée et gênée.

Elles contournèrent la grange délabrée et sortirent du champ de vision de la maison. Molly se sentit soulagée d'être à l'air libre, loin du regard pénétrant de Madame Barbeau.

— Ça te dérange de répondre à quelques questions sur Coulon, quel genre d'homme c'était, ce genre de choses ? Ce sera peut-être plus facile sans ta mère qui écoute ? Je sais qu'à ton âge, je voulais être aussi loin que possible de ma mère.

Josette gloussa.

— Oh, je ne sais pas. C'est ce que le chef voulait savoir aussi. Coulon était un patron, vous voyez ? Il me disait quoi faire et quand le faire.

— Tu ne dirais pas que vous étiez devenus amis, au fil des années où tu as travaillé pour lui ?

— Non, dit Josette.

Elle se pencha et ramassa une gousse, que Molly ne reconnut pas, et commença à l'émietter.

— Qu'est-ce qu'ont dit les gens de la mairie ? C'étaient ses amis ?

— Je ne leur ai pas encore parlé. Je suis venue te voir en premier parce que j'espérais vraiment que tu avais été là ce matin-là, et que tu avais peut-être vu quelque chose.

— Non, dit Josette. Vous ne pensez pas que c'était un voleur ou quelque chose comme ça ?

— Peut-être, dit Molly. Tu as une idée de qui aurait pu être en colère contre Coulon pour une raison ou une autre ? Son ex-femme venait-elle parfois ?

— Il ne me parlait pas de tout ça. Et il n'avait jamais d'invités. C'était un peu du gâchis, avec cette grande maison. De toute façon, avec moi c'était juste « astique ça » et « passe l'aspirateur là ». C'est à peu près tout.

— Tu l'aimais bien ? En tant que personne ?

Josette ne savait pas quoi répondre, alors elle haussa simplement les épaules.

Elles n'allèrent pas jusqu'à l'étang. Josette fit entrer Molly dans le poulailler, espérant qu'elle ne regarderait pas dans les chevrons et ne verrait pas le sac en plastique coincé entre les solives. Et après un rapide coup d'œil aux alentours et un coup d'œil dans la grange, Molly remercia Josette, lui dit au revoir et remonta sur son scooter.

Les Vasiliev avaient pris un petit-déjeuner tranquille dans le pigeonnier - comme tous les hôtes de Molly, ils avaient eux aussi découvert la pâtisserie Bujold et étaient devenus accros aux croissants aux amandes - et se préparaient à sortir.

— Vérifie si son scooter est là, dit Fedosia en russe, coiffant ses cheveux platine raides et essayant de les faire boucler autour de la brosse.

— Je l'ai déjà vue partir il y a environ dix minutes. Elle est partie dans l'autre sens, loin du village. Avec un peu de chance, elle sera absente un bon moment.

— Bah, dit Fedosia en jetant la brosse sur la table de la salle à manger d'un geste théâtral. Mademoiselle Sutton me fait rire. Alors comme ça, elle est une détective de premier plan dans ce trou perdu, et alors ? Elle est le cadet de nos soucis.

— J'aimerais bien vous voir vous battre toutes les deux, dit Vasily avec un soudain sourire.

— Tu veux voir tout le monde se battre.

Fedosia leva les yeux au ciel.

— Allez, allons au labo, on a beaucoup de travail pour tout installer.

Vasily plissa les yeux vers elle mais ne dit rien. Il ramassa une grande boîte en carton et la suivit par la porte, la claquant avec son pied et se dépêchant de rattraper sa femme.

— Tu sais qu'elle a quitté son mari. Divorcé. Je sais que c'est courant, on pourrait dire que c'est une chose de tous les jours maintenant, surtout en Amérique. Mais pour moi ? Pour moi, ça veut dire que tu n'as aucune loyauté. Aucune fierté. Aucune force.

Fedosia marchait deux pas devant son mari et ne vit pas son expression d'approbation.

À environ cent mètres dans la rue des Chênes, après La Baraque et un peu en retrait de la route, se trouvait un petit bâtiment en pierre. On ne savait pas clairement quelle avait été sa fonction d'origine ; ces dernières années, il avait servi d'abri à outils et de garage, après quoi il était resté vide pendant plusieurs années. Il était d'un seul étage avec une seule pièce, avec une petite fenêtre sur chaque mur. Le toit en tuiles orange était en bon état, bien que des vignes aient poussé et soient sur le point de s'infiltrer entre les tuiles si elles n'étaient pas bientôt taillées. Les Vasiliev, par l'intermédiaire de Malcolm Barstow, avaient réussi à négocier un loyer très avantageux. Et compte tenu des revenus qu'ils espéraient tirer des produits de leur laboratoire, ils s'attendaient à réaliser un profit substantiel, quoique illégal, dans un court laps de temps.

Tôt ce matin-là, plusieurs camions étaient arrivés, un du port de Marseille et un autre de Lille. Dirigés et payés par Fedosia, les chauffeurs avaient déposé de nombreuses boîtes à l'intérieur du petit bâtiment ; elle dit à Vasily de se mettre au travail pour les déballer. Il ouvrit des boîtes contenant de petites fioles en verre avec des bouchons bleus, et les plaça soigneusement en rangées sur un côté. Des boîtes de gants en latex, d'étiquettes, et des bouteilles en plastique d'alcool benzylique et de benzoate de benzyle. Une boîte de béchers en verre. De grands bidons en plastique d'huile de pépins de raisin. Et dans une plus petite boîte, des enveloppes de poudre jaunâtre avec des étiquettes en chinois. Méticuleusement et avec plaisir, Vasily disposa tous ses nouveaux jouets sur les deux tables que Malcolm Barstow avait apportées de quelque part, pendant que Fedosia balayait le sol.

Quand ils eurent fait tout ce qu'ils pouvaient, Vasily prit Fedosia par les épaules et la poussa contre le mur, grognant dans son cou avant de l'embrasser.

— Pas maintenant, aboya-t-elle. Il faut qu'on sorte d'ici avant que Sutton ne revienne.

— Je croyais que tu ne t'inquiétais pas d'elle. Qu'est-il arrivé à déloyale et faible, et je crois que tu as mentionné stupide ?

Fedosia balaya ses propos d'un geste.

— Ne prends pas tout au pied de la lettre, Vasily. Ce n'est pas parce que je n'ai pas une haute opinion d'elle que nous devrions être imprudents. Elle pourrait avoir de la chance, tu sais ? Surveille de près Molly Sutton, mon chéri, ajouta-t-elle, abandonnant soudain son aspect abrasif pour ronronner à son mari. De très près. Nous avons fait beaucoup trop d'efforts pour laisser quelqu'un comme elle tout gâcher.

Une lueur dangereuse scintilla dans les yeux de Vasily, et il esquissa un lent sourire en contemplant toutes les façons dont il pourrait empêcher Molly Sutton de se mettre en travers de leur chemin.

❧ 30 ❧

Molly avait renoncé à Frances, qui trouvait impossible de choisir une date de mariage vu son hésitation constante à seulement aller jusqu'au bout de la cérémonie. Maintenant qu'elle et Ben avaient une affaire, elle devait savoir ce que le couple avait décidé, espérant secrètement que le mariage serait annulé - mais seulement jusqu'à ce que le tueur soit attrapé. Molly entra Chez Papa quand elle était sûre que Frances était chez elle en train de travailler sur un jingle, pour voir si Nico fixerait une date.

— Que dirais-tu de dans deux semaines ? Tu peux tout organiser aussi vite ? dit-il, empli d'un doux espoir.

— Euh...

Nico parut abattu, et Molly fut tellement charmée par sa ferveur à épouser sa meilleure amie divorcée deux fois qu'elle accepta sans hésiter.

— D'accord, oui, bien sûr que je peux tout organiser. Ce n'est qu'un mariage, pas vrai ? Pas le couronnement d'un monarque ?

— Ton esprit va dans des endroits étranges, dit Nico en souriant. Je suis désolé si je te force la main. Mais Frances...

— Je sais. Elle est nerveuse à propos de tout ça, soyons honnêtes. Mais Nico, tu devrais savoir ceci : elle n'est pas nerveuse à propos de *toi*. C'est simplement qu'elle a fait des erreurs avant et ne veut rien faire qui gâcherait les choses entre vous deux. Parce qu'elle est si heureuse.

— C'est vrai. Je m'en rends compte. Je crois. Et je t'avoue, Molls, que d'être dans cette position de vouloir désespérément me marier ? Je ne m'attendais jamais à être là. Je n'y avais jamais vraiment pensé, en fait.

— Frances...

— Ouais, dit Nico d'un air rêveur. Elle est unique, c'est sûr.

— Un tout petit problème avec la date...

Les sourcils de Nico se levèrent et il arrêta de ranger les verres sous le bar.

— Habituellement, les mariages sont le samedi. Mais comme tu le sais, dans le business des gîtes, le samedi est le jour de changement et dans deux semaines j'aurai des locataires qui partent, de nouveaux qui arrivent, du nettoyage à faire... ce serait gênant d'organiser un mariage en même temps. Tu penses qu'on pourrait le faire le vendredi soir à la place ?

— On peut le faire lundi matin à sept heures si tu veux, je m'en fiche.

— Excellent ! Très bien alors ! Je vais m'y mettre tout de suite. Si tu as des idées particulières, des pensées sur la fête - la nourriture, la décoration, n'importe quoi - envoie-moi juste un message. Je sais que Frances ne veut pas que ce soit tout en dentelle et fleuri donc je vais simplement opter pour quelque chose de simple si ça te va.

Ils se dirent au revoir et Molly retourna dans la lumineuse journée de juin, faisant mentalement une liste - une longue liste - de tout ce qu'elle devrait faire cette semaine pour préparer le grand jour de ses amis. Et à côté de cette liste, il y en avait une autre, plutôt plus intéressante à son avis, de ce qui devait être fait pour l'enquête sur le meurtre de Coulon. Avec culpabilité, elle mit le mariage de côté, traversa quelques rues jusqu'à la rue Malbec, et frappa aux portes des maisons de chaque côté de celle du maire.

Une vieille dame vivait dans la maison de droite. Elle s'excusa de ne pas pouvoir aider, expliquant que sa santé n'était pas bonne et qu'elle passait la plupart de son temps à dormir, et n'avait rien vu ni entendu le jour du meurtre ou n'importe quel autre jour, d'ailleurs.

Pas de réponse à la maison de l'autre côté, et il y avait assez de poussière et de saleté sur le perron pour que Molly devine correctement que personne n'y vivait actuellement.

La mairie était juste au bout de la rue, alors elle y alla pour parler à certaines des personnes qui avaient travaillé pour Coulon afin de voir ce qu'elles avaient à dire sur lui et les gens qu'il connaissait.

Le bâtiment du XIXe siècle qui abritait la mairie était impressionnant, avec beaucoup de décorations majestueuses et ornementées à l'extérieur. La journée s'était réchauffée, mais quand Molly entra à l'intérieur, les pièces étaient agréablement fraîches grâce aux murs épais. Elle s'approcha d'Annette, la réceptionniste, qu'elle avait rencontrée lors de précédentes visites pour diverses recherches. Elle ne pouvait s'empêcher de penser avec affection à sa première vraie affaire, et comment l'indice révélateur de ce qui s'était passé avait été trouvé parmi les archives poussiéreuses ici à la mairie. L'endroit lui était cher, en privé, pour cette raison.

— Bonjour, Annette, dit Molly, espérant qu'elle n'était pas trop occupée pour discuter.

— Ah, bonjour, Molly. Je vous attendais.

Annette était petite, compacte et alerte, sans un cheveu qui dépassait. Comme un roitelet, pensa Molly, en prenant un crayon dans un mug sur le comptoir pour avoir quelque chose à tripoter. Elle ne connaissait pas bien Annette et n'était pas sûre de comment l'encourager à s'ouvrir. Trois femmes étaient assises à des bureaux, deux face à face et la troisième sur le côté. Leurs yeux étaient rivés sur les écrans d'ordinateur mais Molly avait le sentiment qu'elles écoutaient de toutes leurs forces.

— Avez-vous un peu de temps pour parler ? Serait-ce mieux de se rencontrer après les heures de travail ?

— Oh non, rit Annette, nous ne sommes pas occupées. Depuis que le maire... depuis... ces derniers jours c'est comme un tombeau ici... oh, mon Dieu, je ne voulais pas dire...

Molly tendit le bras par-dessus le comptoir et toucha légèrement son bras.

— Je comprends, croyez-moi. Ça doit être un peu effrayant, d'avoir ce genre de violence si près de chez soi. Sans doute êtes-vous très intéressée à ce que le meurtrier du maire soit traduit en justice. Bien sûr, je ne veux pas insinuer que quelqu'un d'autre est en danger, rien de tel.

Annette hocha la tête. Son expression était totalement neutre et Molly fit une pause, se mordant la lèvre, réfléchissant à ce qu'elle allait demander.

— Pouvez-vous me donner, juste en général, une idée de comment étaient les choses ici à la mairie, dans les semaines avant que le maire ne soit tué ?

Annette haussa les épaules.

— Rien d'extraordinaire, vraiment.

— Juste beaucoup de travail supplémentaire, dit l'une des femmes derrière elle. Excusez-moi, je n'ai pas pu m'empêcher d'entendre. Je suis Claudine Brosset. Bien sûr, la paperasse est le sang vital de la mairie ! Mais le mois dernier, nous étions absolument submergées de demandes de permis. Qui aurait cru que Castillac était rempli de tant d'entrepreneurs cherchant à ouvrir des entreprises ?

Annette rit, mais le son était cassant et sans humour.

— Merci, Claudine, dit-elle, sous-entendant que Claudine devrait se rasseoir et se taire.

Molly suivit cet échange avec intérêt, se souvenant de ses jours de travail de bureau et des lourdes politiques d'entreprise qui pouvaient être plus difficiles à gérer que le travail lui-même.

— J'espère que Castillac ne deviendra pas trop animé, dit-elle.

Je suppose que ce n'est pas génial pour les affaires, mais j'aime que ce soit un peu endormi.

Elle regarda rapidement Annette et les autres, espérant ne pas les avoir offensées.

— La plupart des gens qui demandent des permis ne gagneront jamais d'argent, même s'ils ouvrent leurs boutiques, dit Annette.

— Je me souviens avoir entendu parler d'un taux d'échec élevé pour les petites entreprises, aux États-Unis aussi.

— Il n'y a rien de mal à essayer, dit Claudine, se levant à nouveau de son siège.

Annette lui lança un regard et elle se rassit.

Molly essaya de ramener la conversation sur le maire, mais ses tentatives échouèrent. Les femmes à la mairie voulaient parler du pourcentage de rejets de permis, qui avait été anormalement élevé toute l'année. Elles voulaient parler du meilleur endroit où aller déjeuner. Et surtout, elles voulaient parler d'André Lebeau et de leur espoir qu'il devienne leur nouveau maire.

Toutes exprimèrent leur tristesse face à ce qui était arrivé à Coulon, et convinrent qu'il avait été un homme décent pour lequel travailler, car il leur accordait beaucoup de liberté et n'était pas sévère lorsque quelqu'un commettait une erreur. Elles semblaient tout à fait compétentes pour gérer la mairie par elles-mêmes, et plus intéressées par leurs perspectives d'un nouveau patron que par la découverte de l'assassin de Coulon, pensa Molly en rentrant chez elle, l'enquête sur le meurtre ayant complètement chassé le mariage de Frances et Nico de son esprit.

Était-ce simplement une façade, et y avait-il plus en jeu qu'elles ne voulaient bien l'admettre ?

Et où était donc cet André Lebeau ? Il semblait avoir un effet enivrant sur tout le village, et il était temps que Molly découvre ce qui causait toute cette agitation.

Elle attendit que Julien et Josette soient partis à un festival de musique à Bergerac, un événement que Madame Barbeau aurait adoré dans sa jeunesse mais qui ne l'intéressait plus guère maintenant.

Et puis, une autre raison plus puissante la retenait à la ferme ce jour-là. Visiblement, Josette, manquant du plus élémentaire bon sens, croyait que l'affaire Coulon était déjà loin derrière elle et qu'elle n'avait plus rien à craindre. Mais sa mère n'avait pas une telle confiance. Elle, Josette, Julien - ils étaient tous suspects, étant si étroitement liés au maire, et les jours et semaines à venir allaient être très dangereux pour toute la famille.

Les gendarmes eux-mêmes ne l'inquiétaient pas particulièrement - c'était une paire de bras cassés, n'importe qui pouvait le voir. Mais Molly Sutton, c'était une tout autre affaire. Et Madame Barbeau n'allait pas rester les bras croisés pendant que Sutton et Dufort fouinaient là où ils n'étaient pas les bienvenus, essayant de redorer leur blason avec une nouvelle arrestation.

Madame Barbeau pouvait voir toute l'histoire se dérouler : comment Sutton ciblerait Josette parce que l'Américaine était jalouse de la beauté de sa fille, puis assemblerait lentement un dossier jusqu'à ce qu'elle et Dufort puissent passer les menottes aux jolis poignets de Josette... et Madame Barbeau n'avait aucune idée de ce qu'elle pourrait faire pour les arrêter. Ils pourraient tout aussi facilement trouver des prétextes pour arrêter Julien, ou elle-même... il fallait les arrêter.

C'était tout - *il fallait les arrêter.*

Josette était partie ce matin-là sans même faire les corvées matinales, comme si toute responsabilité s'était magiquement envolée de ses épaules juste parce qu'elle n'avait plus de travail chez le maire. En grommelant, Madame Barbeau prit un panier et alla ramasser les œufs. Sur le chemin du poulailler, elle s'arrêta un moment et regarda autour d'elle la ferme - délabrée, jonchée de fumier d'âne, un coq se pavanant, un corbeau dépenaillé venant des bois. Elle pressa une main contre le bas de son dos. La fureur envers son mari pour l'avoir amenée dans cet endroit était toujours vive, et elle le maudit à voix basse bien qu'il fût mort depuis de nombreuses années.

Ses doigts lui faisaient mal quand elle ouvrit le loquet du poulailler. Les volatiles se précipitèrent autour d'elle à la recherche de grains, mais elle n'avait rien apporté, ni restes de table ni maïs, et ils s'éloignèrent bientôt à nouveau. Elle respirait légèrement par la bouche pour éviter l'odeur âcre, car le nettoyage de la litière était une autre corvée que Josette avait repoussée. Quatre-vingts poules pondeuses, plus ou moins, un mélange de différentes races puisque Julien achetait généralement ce qu'ils avaient au marché quand il était temps de renouveler le cheptel. Josette les avait laissées sortir pour fourrager, ce que Madame Barbeau lui avait demandé de faire puisque cela donnait des œufs de meilleure qualité et réduisait les coûts d'alimentation, mais elle avait également négligé cette tâche ces derniers temps.

Lentement, elle se déplaça le long de la rangée de pondoirs, ramassant les œufs encore chauds et les plaçant délicatement dans le panier. À la fin, le panier était lourd et elle était sur le point de s'étouffer d'avoir inhalé des plumes égarées et l'air chargé d'ammoniaque.

Mais alors, lentement, comme si son esprit tirait sur un fil et défaisait un pull, Madame Barbeau eut une idée. Peut-être que ce sera une chance que Josette m'ait laissé les œufs ce matin, pensa-t-elle avec un large sourire, se déplaçant plus rapidement une fois qu'elle eut verrouillé la porte du poulailler et qu'elle claudiquait vers la ferme. Une fois à l'intérieur, elle posa soigneusement les œufs et regarda sous l'évier de la cuisine où elle gardait des bricoles qui n'étaient pas souvent utilisées. Elle sortit une boîte étroite et vérifia à l'intérieur pour s'assurer que toutes les aiguilles de petit calibre n'avaient pas été utilisées. Puis, se déplaçant lentement mais régulièrement, elle retourna dehors au jardin d'herbes aromatiques, qui débordait maintenant de l'abondance de juin.

L'estragon avait la taille d'un petit buisson, la ciboulette prospérait en plusieurs touffes saines. Derrière le cerfeuil, Madame Barbeau trouva ce qu'elle cherchait : de la belladone, qu'elle avait fait pousser comme expérience, ayant entendu dire que cela pouvait aider contre la toux et la fièvre. Des recherches plus approfondies, cependant, dans un vieux tome que son mari avait laissé derrière lui, expliquaient que la ligne entre soulager ces conditions et tuer le patient était plutôt mince, et Madame Barbeau avait laissé le projet de côté. Elle toussa, se rappelant la maladie qui l'avait amenée à trouver des graines de belladone en premier lieu. Les plantes poussaient bien, les feuilles émeraude épaisses et saines, avec d'abondantes baies noires en dessous. Elle en cueillit une poignée et les ramena dans la cuisine, où elle écrasa les baies empoisonnées en une pâte, puis ajouta une petite quantité d'huile de tournesol.

Combien de temps faudrait-il pour que le poison s'infiltre dans l'huile, se demanda-t-elle ? Elle décida d'attendre jusqu'au matin, le timing parfait pour le marché de demain, quand elle enverrait

Julien avec un petit cadeau très spécial pour l'une de ses clientes les plus fidèles et célèbres.

❧

Madame Barbeau était si excitée par son plan qu'elle pouvait à peine dormir. Juste avant l'aube, elle se leva et mit de l'eau à chauffer pour le café, puis fouilla sous l'évier à la recherche d'une bougie. Il y eut un moment d'agitation quand elle ne put trouver d'allumettes, on était en juin et ce n'était pas la saison pour allumer des feux (et, de manière agaçante, son briquet était introuvable), mais finalement après beaucoup de jurons murmurés, elle trouva une boîte d'allumettes moisie dans un tiroir, alluma la bougie et attendit que la cire fonde.

En moins d'une minute, elle put faire tomber une seule goutte de cire sur un œuf. Elle souffla la bougie. Elle voulait l'aiguille ensuite, mais - la boîte était là il y a une minute, où diable avait-elle bien pu passer ?

Dix autres minutes s'évaporèrent tandis qu'elle fouillait le comptoir de la cuisine vingt fois, cognant finalement son pied contre la boîte d'aiguilles sur le sol, et réalisant qu'elle avait dû la renverser sans s'en apercevoir. Elle avait acheté les aiguilles des années auparavant quand... était-ce pour l'âne ? Ou peut-être cette chèvre pour laquelle Josette avait insisté ? Quoi qu'il en soit, un animal avait été malade et avait eu besoin d'injections régulières de médicaments, et le vétérinaire lui avait vendu cette boîte d'aiguilles pour qu'elle puisse administrer les piqûres là-bas à la ferme sans qu'il ait à venir tous les jours. Les aiguilles étaient de calibre dix-huit, très fines, et elle espérait pouvoir faire passer la pointe à travers la coquille d'œuf sans la fissurer.

Lentement, elle aspira plusieurs centimètres d'huile infusée à la belladone. Elle tint la seringue à la lumière, le soleil commençant à peine à luire d'un rose rosé à travers la fenêtre est. Et puis, avec une concentration totale, aussi soigneusement qu'elle n'avait jamais rien fait, elle tint l'œuf d'une main et plaça la pointe de l'aiguille dans la goutte de cire encore molle, et poussa.

Elle entendit un petit *poc*, et l'aiguille était passée. Le cœur battant, Madame Barbeau poussa le piston puis retira rapidement l'aiguille.

Pas de fissure.

Elle attendit un moment, puis enleva la goutte de cire. Tenant l'œuf à la lumière, elle le tourna dans tous les sens, mais à ses yeux, qui étaient encore perçants, l'œuf ressemblait à n'importe quel autre œuf, sans marque, fissure ou décoloration qui aurait pu révéler quoi que ce soit de différent, à part le minuscule trou où l'aiguille était passée. Prenant la bougie, elle laissa tomber une autre goutte de cire sur l'œuf, directement sur le trou presque invisible, et sans attendre qu'elle durcisse, elle essuya la cire avec son doigt, ne voulant qu'une infime quantité pour boucher le trou.

Parfait. C'était un bel œuf, pensa-t-elle, admirant sa couleur brun foncé, son poids dans sa main, son pouvoir. Le deuxième crime de Molly avait été de venir fouiner autour de la ferme, à la recherche de preuves qui ne la concernaient pas. Son premier ? S'installer à Castillac, le village de Madame Barbeau, s'y faire des amis, ne pas s'échiner jour après jour sur une ferme mais faire du shopping pour de jolies robes et aller d'un événement social à l'autre. (Madame Barbeau avait une vision plutôt biaisée de la façon dont Molly passait ses journées, Molly étant plus susceptible d'être vêtue d'un pantalon de survêtement effroyable avec de la terre sous les ongles à cause du jardinage que de porter une robe et d'aller à des soirées thés chics.)

Josette et Julien étaient rentrés très tard, mais c'était jour de marché et il était temps pour eux de se lever et de se rendre à Castillac pour s'installer. Madame Barbeau les tira du lit et leur prépara des toasts et du café, réutilisant le marc de café qu'elle avait utilisé pour sa propre tasse. Après qu'ils eurent mangé, elle prit Julien à part avant qu'il n'aille charger le camion.

— Je veux que tu fasses quelque chose, Julien. C'est très

important que tu le fasses correctement. Important pour notre Josette, tu comprends ?

— Non, Maman. De quoi parles-tu ? Laisse-moi partir, je dois charger le camion...

— Julien ! Écoute-moi ! Tu aimes ta sœur, n'est-ce pas ?

— Bien sûr, Maman, dit-il avec impatience.

— Prends cette boîte d'œufs, dit-elle, ayant emballé tous les œufs elle-même ce matin-là, bien que ce fût habituellement le travail de Josette. Regarde, je l'ai marquée d'un petit cœur, ici dans le coin. Molly Sutton est une cliente régulière, n'est-ce pas ? Ou n'était-ce que du bavardage l'autre jour ?

— Ouais, c'est une habituée. Un poulet entier, une douzaine d'œufs, chaque semaine si elle arrive à temps.

— Excellent. Tout ce que je te demande, c'est de t'assurer que c'est cette boîte d'œufs qu'elle obtient. Simple. N'importe quel idiot pourrait y arriver. Si elle est en retard, garde-les et attends-la. Ne les donne à personne d'autre. Tu comprends, Julien ? Tu ne vas pas faire l'imbécile ?

Julien s'était depuis longtemps blindé contre les insultes de sa mère et il ne broncha pas à celle-ci.

— Pourquoi, Maman ? Qu'est-ce qui est si spécial dans cette boîte ?

— Rien dont tu doives t'inquiéter, dit-elle. Fais-le simplement. Pour Josette.

Elle ne lui parla pas de la belladone parce qu'elle craignait qu'il ne jette les œufs à la poubelle. Ou peut-être était-il même capable de la dénoncer aux gendarmes. N'ayant jamais reculé devant les vérités peu flatteuses, Madame Barbeau comprenait que son fils pourrait ne pas être digne de confiance en ce qui concernait son dévouement envers elle, mais elle savait qu'il ferait n'importe quoi pour protéger sa sœur. Madame Barbeau était confiante qu'il ferait ce qu'on lui disait.

Mais au dernier moment, après que Josette et Julien se furent précipités pour charger le camion, Madame Barbeau décida qu'elle les accompagnerait au village pour s'assurer que Julien s'acquitterait de sa tâche. Elle ne pouvait pas risquer de ne pas savoir.

Josette monta à l'arrière pour que Madame Barbeau puisse avoir le siège dans la cabine, où elle passa le trajet à bouder sur l'ingratitude de ses enfants, ne consacrant qu'un peu de temps à imaginer la délicieuse perspective de Molly Sutton se tordant sur le sol après avoir ingéré un œuf très spécial.

$$\maltese \quad 32 \quad \maltese$$

Maron avait traîné des pieds pour laisser Ben et Molly entrer dans la maison du maire pour jeter un coup d'œil, ce qui n'était pas une surprise pour Ben. Il était bien conscient des sentiments ambivalents de Maron envers leur implication, craignant que l'ancien chef ne trouve un indice que les gendarmes auraient manqué. Ce fut donc seulement samedi que cela fut arrangé. Monsour rencontra l'équipe Dufort et Sutton au 1 rue Malbec à sept heures, disant qu'il reviendrait dans une heure pour verrouiller à nouveau.

— Merci d'être venu, on apprécie, dit Ben. Vous avez des petites informations à nous lâcher ? demanda-t-il avec un sourire, surtout pour voir Monsour se raidir de ressentiment, ce qu'il fit promptement.

— Vous entendre dire cela...

— Je sais, je sais, je plaisantais, dit Ben, en posant sa main sur la porte d'entrée vert brillant et en la poussant.

Monsour fila sur le trottoir et Ben et Molly entrèrent dans la maison du maire pour la première fois.

Ils s'arrêtèrent dans le vestibule et regardèrent autour d'eux, s'imprégnant de l'ambiance du lieu. C'était peu décoré, et ce qui l'était semblait démodé. Probablement que la mère de Coulon avait choisi les rideaux et accroché les tableaux, et qu'il avait tout laissé tel quel, mais la maison donnait un peu l'impression d'entrer dans une capsule temporelle d'il y a trente ou quarante ans.

— On n'a pas beaucoup de temps. Je prends l'étage pendant que tu fais le rez-de-chaussée ? dit Molly.

Ben acquiesça et se dirigea vers la cuisine, qui était propre et ordonnée, tout rangé. Le réfrigérateur contenait une quantité minimale de légumes, trois bouteilles de vin local, et un gros morceau de beurre dans une boîte. Dans la porte se trouvaient plusieurs variétés de confiture, Bonne Maman avec le couvercle à carreaux vichy.

Quittant la cuisine, il inspecta les salons et la salle à manger, qui semblaient à peine utilisés. Pas surprenant pour un célibataire, bien que peut-être étrange pour un maire, dont on pourrait s'attendre à ce qu'il organise quelques événements sociaux dans sa maison, considérant à quel point elle était belle. Rapidement, Ben sortit et entra dans le petit atelier, mais ne vit rien d'intéressant. Rentrant par la porte de derrière, il rejoignit Molly à l'étage. Au premier étage, il y avait trois chambres, une appartenant clairement à Coulon, une vide, et l'autre une chambre d'amis avec une grande tache sombre sur le tapis.

Ben resta un long moment les yeux fixés sur la tache. Il ne priait pas exactement, mais rendait hommage à l'homme qui était mort là. Il n'avait pas vraiment connu Coulon (et leur connaissance limitée n'avait jamais laissé penser qu'il l'apprécierait) mais néanmoins, il regrettait sa mort et était fervent de capturer son assassin.

Quand il leva les yeux et commença à fouiller la pièce, il sentit une sorte d'hyper-conscience l'envahir, une sensation physique qui ralentissait le temps et intensifiait tous ses sens ; c'était presque désagréable, et à une époque cela lui avait causé beaucoup d'anxiété, mais avec un changement de perspective, il considérait maintenant cette sensation comme l'un des meilleurs outils de son métier. Au fond, Ben voulait comprendre les gens. Il voulait percevoir à travers leurs choix, même négligents et irréfléchis, ce qu'ils ressentaient et croyaient vraiment, et donc comment ils agiraient. Et c'était ainsi qu'il se rapprochait de plus en plus de la vérité.

Molly, pendant ce temps, avait utilisé ses pouvoirs d'imagination, essayant de visualiser le meurtre qui avait eu lieu dans cette pièce si récemment. La chambre était propre et bien rangée. Le couvre-lit semblait frais et la pile d'oreillers dans des taies en dentelle était intacte. Elle savait qu'il était peu probable que l'arme du crime soit encore dans la pièce après que Maron, Monsour et l'équipe médico-légale y soient passés, mais néanmoins elle se mit à quatre pattes et regarda sous le lit, et ouvrit tous les tiroirs de la commode et de l'armoire. Elle et Ben ne trouvèrent ni couteau, ni lame, rien d'assez tranchant pour trancher une gorge.

Ils montèrent au deuxième étage mais les pièces étaient pour la plupart vides. Un chevalier en argent sur un cheval en argent était exposé sur le palier de l'escalier ; il était exempt de poussière mais semblait un peu solitaire là où personne ne le verrait à part la femme de ménage.

De retour en bas dans la chambre de Coulon. Ben resta un long moment, pensant que les gens passaient probablement plus de temps dans leur chambre que n'importe où ailleurs, et qu'il semblerait raisonnable d'y trouver quelque chose d'intéressant - une expression de personnalité, si rien de plus concret que cela. Mais Coulon avait été ordonné dans ses habitudes et il n'y avait pas de désordre à fouiller, pas de lettres nulle part que Ben ou Molly puissent trouver, pas même de notes griffonnées ou de papiers ou de listes. Juste un tableau laid au mur au-dessus de son lit, une sculpture de cygne, et des vêtements soigneusement suspendus dans l'armoire. Un roman à la couverture usée sur la table de chevet.

— À l'école, je pensais qu'il était un peu un moins que rien, dit

Ben. Surprenant, vraiment, qu'il ait réussi à se faire élire maire toutes ces années. Et cette maison... c'est la maison de quelqu'un qui soit se cache, soit n'a aucune personnalité.

— Est-ce qu'il glorifiait ses parents, est-ce pour cela que la maison donne l'impression que tout est inchangé depuis les années 1970 ?

— Peut-être était-il simplement désintéressé par son environnement, et portait son attention ailleurs ?

Et si c'était le cas, pensa Molly, où ?

Elle devait l'admettre, un samedi sans changement à gérer était plutôt agréable. Après la recherche infructueuse dans la maison de Coulon, Molly sauta sur le scooter pour se rendre directement à la pâtisserie Bujold, mais le moteur toussa et cala. Elle le redémarra et il reprit, à contrecœur, mais Molly écarta mentalement toute inquiétude que son bien-aimé puisse demander à sa façon mécanique une journée au spa chez le garagiste. Il y avait des croissants aux amandes à considérer et leurs gloires, et elle se délectait du vent qui fouettait ses cheveux alors qu'elle filait dans les rues étroites, l'estomac gargouillant, même si elle rencontra rapidement une grande foule et décida de se garer et de marcher le reste du chemin.

En juin, le marché prenait vraiment de l'ampleur, avec tant de produits locaux proposés ainsi que des touristes pour les acheter. Castillac, dans l'ensemble, ne voyait pas beaucoup de visiteurs autrement. Ce jour de marché particulier, Molly vit de nombreux visages inconnus en se frayant un chemin à travers la place vers la boulangerie. Elle se demanda brièvement s'il était possible que le maire ait eu la terrible malchance d'être tué par un étranger au hasard. Elle et Ben avaient tendance à écarter cette possibilité dans leurs enquêtes, mais peut-être que c'était une erreur. Il y *avait* des sociopathes qui tuaient des étrangers sans raison, même si ce n'était pas aussi courant que la plupart des gens semblaient le penser. Quelqu'un aurait pu sonner à sa porte et parler pour entrer, et l'expédier avant qu'il n'ait eu le temps de devenir méfiant. Une femme très probablement, pensa-t-elle, se souvenant que le corps avait été trouvé dans une chambre, et se demandant à quel point Coulon aurait pu être sensible à une étrangère séduisante.

Elle était tellement perdue dans ses pensées qu'elle heurta un jeune garçon qui faisait la queue pour acheter une bande dessinée à la maison de la presse, la file s'étant étendue jusque sur le trottoir.

— Oh là là, je suis vraiment désolée ! dit-elle. Tu es... Gilbert ! Quelle belle surprise de te rencontrer ! Enfin... je t'ai *vraiment* heurté, mais je veux dire, c'est si agréable de te voir ! Comment vas-tu ?

Gilbert souriait.

— Bonjour, Madame Sutton, dit-il poliment. Vous travaillez sur l'affaire du maire ?

— Tu peux y compter, dit Molly sur le ton de la confidence. Je ne sais pas si tu as entendu que Ben Dufort et moi avons maintenant notre propre agence d'investigation ?

— Bien sûr que je le sais, tout le monde est au courant !

Molly était sur le point de dire que quand il serait un peu plus âgé, ils pourraient peut-être l'embaucher pour faire quelques petits boulots de temps en temps, mais sa mère, la redoutable Madame Renaud, apparut et posa fermement une main sur l'épaule de Gilbert.

— Bonjour Madame Sutton, dit-elle d'une voix glaciale.

Les deux femmes s'étaient rencontrées lors d'une autre affaire, et la mère du garçon n'appréciait guère Molly, ni quiconque s'approchait trop de son Gilbert.

— Bonjour Madame Renaud. Quelle belle journée de juin ! C'est un plaisir de vous voir tous les deux.

Les Renaud s'éloignèrent dans la foule, Gilbert tournant la tête pour regarder Molly tandis que sa mère l'entraînait.

Molly aperçut Manette et se précipita pour lui dire bonjour, repoussant à peine l'envie de se procurer un croissant aux amandes pour quelques instants de plus. Le visage de Manette était rose et souriant alors qu'elle déposait une tête de laitue dans le sac en paille d'un client après l'avoir pesée. Molly vérifia l'état de son ventre et put voir, avec des sentiments mitigés, le gonflement de la grossesse inattendue de son amie.

— Comment vas-tu ? demanda-t-elle, tandis qu'elles s'embrassaient sur les joues.

— Ça ne devient pas plus facile avec l'âge, c'est sûr ! rit Manette, et Molly hocha la tête, pensant à son prochain anniversaire.

Quarante ans. *Quarante ans !* Elle savait que ce n'était pas vraiment vieux - elle avait des amis beaucoup plus âgés qui étaient très actifs et occupés par mille choses.

Mais pour avoir son propre bébé ? Quarante ans paraissait *vieux*.

— Eh bien, tu as l'air rayonnante, dit-elle à son amie. Ça doit bien t'aller.

— Tu enquêtes sur l'affaire ? demanda Manette, se penchant pour que personne ne puisse écouter.

— Tu sais bien, dit Molly avec un sourire. Écoute, je file à la pâtisserie Bujold - si je n'ai pas de café dans les cinq prochaines minutes, je risque de m'évanouir sur place.

— Compris. Va, va ! dit Manette, et elle se tourna vers l'homme qui était le suivant dans la file.

Molly marcha rapidement en direction de la boulangerie, et en évitant les gens qu'elle connaissait, elle était sur le point de quitter le marché quand elle aperçut Julien Barbeau. Autant faire cet arrêt avant qu'il ne soit à court de poulet, pensa-t-elle.

— Julien ! Contente de vous avoir attrapé. Comment vas-tu ? Josette tient le coup ?

— Bonjour, Molly, dit Julien.

Il souriait largement et un peu bêtement, ayant ouvert une bière en s'installant tôt le matin et continuant à boire alors que ses clients commençaient à arriver.

— Elle va bien. C'est moi qui ressens le stress, vous savez ?

Il gloussa de façon contagieuse et Molly se joignit à lui.

— Désolé d'avoir manqué votre visite l'autre jour. J'ai entendu dire que vous travaillez sur l'affaire Coulon.

— Les nouvelles voyagent vite, dit-elle, à moitié pour elle-même.

— Comme d'habitude ?

— S'il vous plait, dit Molly, se sentant soudain défaillir par manque de caféine et de sucre. Julien mit un poulet entier emballé dans le sac de Molly, et plaça soigneusement une boîte d'œufs par-dessus.

— Oh, vous avez dessiné un petit cœur dessus, dit Molly. C'est une jolie touche.

C'était l'un de ses défauts en tant que propriétaire de gîte, pensa-t-elle, de ne pas faire assez de petits gestes comme celui-là. Ils pouvaient vraiment permettre aux gens de se sentir spéciaux sans beaucoup d'effort, et son esprit ne semblait pas aller dans cette direction. Se promettant de faire mieux, elle tendit quelques billets et fit un signe d'au revoir.

— Mes amitiés à Josette et à votre mère, lança-t-elle par-dessus son épaule, marchant rapidement puis se mettant à trotter, désespérée d'atteindre la boutique de Nugent et la nourriture vitale qu'elle contenait, ne remarquant à aucun moment la silhouette sombre de Madame Barbeau, qui était assise à l'ombre d'un arbre derrière des caisses, en train de l'observer très atten-tivement.

❦   33   ❦

Ben attendait Molly devant Chez Papa. Il n'était pas surpris que le marché ait pris plus de temps que prévu - en juin, c'était presque toujours le cas, car tout le village y était et les conversations pouvaient s'éterniser - et Ben avait bavardé avec de nombreux amis avant de voir une Molly survoltée arriver à grands pas, balançant son sac en paille ainsi qu'un grand sac en papier blanc de la pâtisserie Bujold.

Ils s'embrassèrent sur les joues, puis sur les lèvres, tous deux souriants et heureux de se revoir.

— Ouf, ça a pris une éternité, dit Molly. J'ai parlé à une dizaine de personnes, mais je n'ai obtenu que deux petits bouts d'information qui pourraient être utiles pour l'affaire. J'aurais aimé qu'on trouve quelque chose dans la maison.

— Pareil. Maron et les autres ont été minutieux, je suppose. Quels sont ces petits bouts d'information ?

— Eh bien, j'ai croisé le gars qui conduit l'ambulance, j'ai oublié son nom mais je l'ai rencontré l'année dernière pendant l'affaire Desrosiers. Bref, il a emmené le corps de Coulon à la morgue mardi. Et il m'a dit qu'il avait remarqué un type qui traînait dans la rue tout le temps où l'ambulance était là. Sa description correspond exactement à celle de Daniel, jusqu'à la couleur de sa chemise.

— Bon travail, dit Ben. Et il y a autre chose ?

— Oui. Ce Lebeau semble avoir pas mal agité certaines femmes du village, et apparemment c'est un type plutôt agressif.

— Agressif ? Qui t'a dit ça ?

— Le gamin qui aide Manette à décharger le camion depuis qu'elle est enceinte. Je crois que c'est un cousin ? Bref, j'allais partir pour venir ici quand Manette m'a appelée pour me dire que le cousin - Geoff - avait quelque chose à me raconter. Geoff s'entraîne dans une salle de sport au sud du village ? Je ne savais même pas qu'on en avait une.

— J'y vais parfois.

— Ah, vraiment ? dit Molly en haussant les sourcils de façon comique et en lui pressant le biceps.

— En fait, je me demandais... c'est vrai que je n'y vais pas si souvent, mais je n'y ai jamais vu Lebeau, pas une seule fois.

— Peut-être qu'il s'entraîne chez lui ?

— Peut-être. Mais pour quelqu'un avec sa physionomie, ça fait beaucoup d'équipement à acheter. En plus, une partie du but est de se montrer, tu sais ? Les types bodybuildés à la salle passent pas mal de temps à se pavaner devant les miroirs.

— Oui, je peux imaginer ça. Je ne suis pas vraiment du genre salle de sport moi-même, mais je te crois sur parole.

— Alors continue, qu'est-ce que le cousin de Manette avait à dire ?

— Que Lebeau était venu vers lui dans la rue et avait commencé à l'embêter, disant qu'il avait besoin d'un vrai entraîneur pour lui montrer comment s'entraîner parce que quoi qu'il fasse, ça ne marchait pas. Évidemment très étrange venant d'un type au hasard que Geoff n'avait jamais rencontré mais juste croisé dans la rue. Bref, le cousin a répliqué et Lebeau l'a poussé assez fort. Ils ont failli se battre mais ils avaient tous les deux des amis qui les ont séparés et Lebeau est parti.

Ben secouait la tête.

— Et ce type se présente au conseil municipal ?

— Je sais. Manette m'a dit qu'elle l'avait entendu parler et qu'il semblait assez raisonnable. Elle était d'accord avec beaucoup de ce qu'il disait. Mais son tempérament... il n'a pas l'air d'être quelqu'un qu'on veut voir en charge de quoi que ce soit. J'espérais le voir au marché, essayer de lui poser quelques questions, mais il n'y était pas.

Ben hocha la tête.

— D'accord, écoute, je sais qu'on devait déjeuner ensemble, mais je pense que je vais profiter de l'occasion d'un village bondé pour parler à plus de gens. Jusqu'à présent, personne que j'ai pu trouver n'a vu Josette ou Julien à Castillac le jour du meurtre, mais j'aimerais entendre ce que Rémy a à dire avant de l'écarter. Et j'aimerais beaucoup rencontrer Lebeau aussi, s'il se montre.

— Tu veux que je vienne avec toi ?

Ben réfléchit.

— Bien sûr, toujours, dit-il avec un rapide sourire. Mais tu as un poulet à mettre au frigo, et sûrement plein de choses à faire à La Baraque. Juste pour vérifier, je vais frapper à toutes les portes de la rue du maire, faire un tour à la fin du marché en cherchant Lebeau, et te rejoindre chez toi ?

Ils s'embrassèrent à nouveau, longuement, et Molly partit chercher son scooter. Elle pensait, pour une fois, non pas à Coulon ou au meurtrier de Coulon, ou au mariage de Frances et Nico, mais à savoir si elle devait demander à Ben s'il voulait emménager à La Baraque.

Mais pourquoi potentiellement gâcher quelque chose quand ça se passe si bien ? pensa-t-elle, faisant écho à Frances sans s'en rendre compte.

Le scooter démarra sans problème et elle ramena le poulet et la boîte d'œufs avec le petit cœur rouge à la maison et les mit au réfrigérateur, puis se mit à réfléchir à sa prochaine étape.

❧

LE CROISSANT aux amandes du matin n'étant plus qu'un lointain souvenir, Molly mangea une énorme salade parsemée de nombreuses sardines et de quelques pommes de terre restantes, et avec une énergie renouvelée, se mit à attaquer les mauvaises herbes de la bordure avant. Elle mit des écouteurs et écouta du blues, atteignant rapidement cet état presque bienheureux où ses mains étaient occupées et productives mais son esprit vagabondait partout, principalement dans la direction du meurtre de Coulon.

L'opportunité, pensa-t-elle. L'opportunité d'abord, les moyens ensuite, le mobile en dernier. Soit le meurtrier est quelqu'un que Coulon connaissait et a invité à l'intérieur de la maison, soit quelqu'un qui a réussi à entrer en parlant. Parce que si l'entrée avait été forcée, il était peu probable que le meurtre aurait eu lieu à l'étage, surtout qu'il n'y avait aucun désordre au rez-de-chaussée, aucun signe de lutte.

Dans quelle catégorie Daniel Coulon se trouverait-il, se demanda-t-elle, se rappelant d'appeler la mère de Daniel pour voir ce qu'elle pourrait avoir à dire. S'il était vrai que Coulon n'avait jamais rencontré son fils - cela pouvait être entièrement la faute du maire, ou tout aussi facilement celle de la mère. La mère de Daniel donnerait par définition un point de vue biaisé, mais bien sûr, malheureusement pour le maire, c'était le seul disponible. Si vous n'aviez jamais rencontré votre père, pourriez-vous être assez en colère pour le tuer ? Probablement, pensa Molly, même si le chemin pour y arriver était d'avoir passé longtemps à blâmer votre père absent pour tout ce qui avait mal tourné dans votre vie. Et certainement si sa mort signifiait que vous hériteriez d'une somme d'argent significative.

Bon sang, les gens tuent pour presque rien, pensa-t-elle avec un haussement d'épaules résigné. Daniel ne manque certainement pas de mobile. Mais on ne peut pas le placer dans la maison, du moins pas encore. Peut-être que Ben aura de la chance quand il interrogera les voisins.

Molly creusa la terre avec sa truelle, essayant d'arracher toutes les racines de cette mauvaise herbe toxique qu'elle n'arrivait jamais à éradiquer, tentant d'imaginer les minutes précédant le meurtre. Quelqu'un avait frappé à la porte le matin, avant que Coulon ne parte pour la mairie. Y avait-il eu une dispute, un différend qui était devenu violent, les surprenant tous les deux ? Molly n'arrivait pas à comprendre pourquoi Coulon aurait invité quelqu'un avec qui il ne s'entendait pas au deuxième étage, donc ce scénario semblait peu probable.

Ainsi, raisonna-t-elle, Coulon n'avait peut-être pas réalisé ce que le meurtrier avait en tête. Ils auraient pu monter ensemble, parlant de tout et de rien, Coulon étant complètement inconscient. Était-il possible d'être à ce point naïf... de ne pas remarquer que la personne à côté de vous voulait vous tuer ?

Quelqu'un séjournait-il chez lui, un ami d'une autre époque de sa vie, de l'université de Rennes par exemple ? Et cet invité était-il venu préparé, avec un couteau caché dans sa veste, prêt à régler un vieux compte dont Coulon avait peut-être oublié l'existence ?

Elle essaya à nouveau de visualiser le déroulement du meurtre, mais l'image refusait de se préciser. Finalement, Molly en eut assez de désherber et rentra chercher une boisson fraîche. Aucun signe de Ben. Elle lui envoya un message pour savoir quand il pourrait arriver, se sentant affamée et impatiente de commencer le dîner.

Une autre heure passa sans nouvelles, et Molly alla nerveusement au réfrigérateur pour sortir les œufs, ayant prévu un soufflé pour le dîner. Elle râpa du fromage puis mit un artichaut dans le cuit-vapeur, s'attendant à ce que Ben envoie un message d'une minute à l'autre... puis, brusquement, elle l'envoya au diable, remit le carton d'œufs dans le frigo, éteignit la cuisinière et se dirigea vers Chez Papa. Elle avait passé des heures seule et elle avait envie de compagnie, d'un kir avec des amis et de rire un peu.

Alors qu'elle dirigeait son scooter vers la rue des Chênes, elle ne prêta pas attention à Bobo, qui se tenait au bout de l'allée en train d'aboyer après l'homme qui apparut dans la pénombre du soir à vélo, suivant Molly à une distance calculée pour l'empêcher de remarquer sa présence. Bobo n'avait jamais apprécié Vasily dès le début, étant meilleure juge de caractère que l'humaine avec laquelle elle vivait.

Chez Papa était bondé et Molly pouvait entendre des éclats de rire provenant de l'intérieur alors qu'elle garait son scooter devant, sous une guirlande de lumières scintillantes accrochée à un arbre chétif.

— Molly ! s'écria un chœur de voix lorsqu'elle entra.

— C'est exactement ce dont j'avais besoin, dit-elle en souriant, se glissant sur le seul tabouret restant à côté de Lawrence.

— Je suis heureux de te voir, ma chère. Je ne te cache pas que même si je suis content que les choses semblent aller si bien entre Ben et toi, cela signifie que je ne te vois pas autant qu'avant. Et il me faut beaucoup de volonté pour ne pas bouder.

Molly embrassa son ami sur les deux joues.

— Tu sais, Ben est plutôt casanier. Même si je ne sais pas où il est en ce moment. Je l'attendais pour dîner...

— Sa perte, notre gain, dit Lawrence, faisant signe à Nico qu'il voulait un autre Negroni. Dis-moi, comment avance l'enquête ?

— Mmm, comme ci comme ça. On a été engagés, comme tu l'as sûrement entendu, mais c'est à peu près tout. Pas de réel progrès pour l'instant, même si on a quelques pistes faibles à suivre. Laisse-moi te demander quelque chose : si tu étais sur le point d'être assassiné par quelqu'un que tu connais, penses-tu que tu te rendrais compte que tu es en danger ? Genre, si vous n'étiez pas réellement en train de vous disputer, mais que la personne avait des raisons de vouloir te tuer, tu penses que tu serais capable de le sentir ?

— Ça dépend de beaucoup de choses. Le meurtrier est-il un sociopathe qui n'a aucun sentiment pour les autres ? Ils peuvent très bien dissimuler leurs intentions, à ce qu'il paraît.

— J'imagine que j'ai l'air de blâmer la victime. C'est juste que je ne vois pas comment ça aurait pu se passer autrement - la maison ne montrait aucun signe de lutte, pourtant le corps a été trouvé au premier étage.

— Et on est certain qu'il a été tué au premier étage, pas déplacé là plus tard ?

— Oh oui. Il y aurait eu du sang partout s'il avait été déplacé.

— Beurk.

— Désolée. Donc le meurtrier était un invité de Coulon, n'est-ce pas, pas quelqu'un qui est entré dans la maison par effraction ? N'est-ce pas la seule possibilité ?

— N'avait-il pas une femme de ménage ? La jolie Josette Barbeau, si je ne me trompe pas ?

— Oui. Elle était chez elle, malade, le jour du meurtre. Trois personnes le confirment, et nous n'avons trouvé personne qui l'aurait vue à Castillac ce jour-là. Nous n'avons pas non plus trouvé de mobile pour qu'elle tue son patron, alors qu'apparemment elle avait vraiment besoin de ce travail. Tout le monde à la mairie rapporte que c'était un bon employeur.

Lawrence haussa les épaules.

— Alors je n'ai rien. Bien sûr, j'ai la plus grande confiance en toi, dit-il en lui tapotant le genou.

— Tu es en train de me traiter avec condescendance ? lança-t-elle.

— Molly ! Bien sûr que non !

— Désolée, dit Molly, et elle le pensait. Je suis... je suppose que je suis un peu à cran. Tout ce qu'on a, c'est un tas de rien qui ne mène nulle part. Souvent, quand je suis sur une affaire, j'ai cette... c'est difficile à décrire... j'ai cette sorte de sensation de picotement, quand je suis sur la bonne voie. C'est comme... ce sentiment de confiance que même si je ne sais pas encore ce qui s'est passé, je vais le savoir.

— Et tu n'as pas cette sensation cette fois-ci ?

— Non. Pas vraiment.

— Bonsoir, Molly, dit Nico, en posant un kir devant elle. Des frites ?

— Bien sûr, dit-elle. Où est Frances ?

Nico se contenta de secouer la tête et de détourner le regard. Ouh là, pensa Molly.

— J'imagine que tu n'as pas ignoré la possibilité que ce soit ta cliente qui l'ait tué ? demanda Lawrence.

— Eh bien, bien sûr que non, dit Molly, réalisant avec un pincement au cœur qu'au fond d'elle-même, elle avait complètement cru Odile, s'identifiant peut-être trop à elle en tant que divorcée.

L'hypothèse mortelle refait surface, pensa-t-elle avec amertume.

— Je suppose qu'il n'y a aucune chance que ce soit un suicide ? demanda Lawrence.

— Je... eh bien, ça ne m'était jamais venu à l'esprit. Je suppose qu'on devrait l'envisager. Les gens se tranchent-ils vraiment la gorge ?

— Les gens font *n'importe quoi*, ma chère Molly, tu devrais le savoir mieux que quiconque.

Lawrence pivota sur son tabouret et aperçut quelqu'un dehors sur le trottoir qui regardait à l'intérieur, mais la silhouette recula hors de vue et Lawrence n'y prêta pas attention.

— Alors, tu as entendu la dernière nouvelle ? À propos de Lapin ?

— Non !

— Lui et Anne-Marie se sont mariés en secret. Notre cher ami est maintenant un homme marié.

— Tu plaisantes ! Incroyable ! Comment le sais-tu ?

— Il m'a envoyé une carte postale. Ils sont allés tous les deux à Poitiers pour un grand marché aux puces, et je suppose que c'était une décision spontanée. Évidemment, il est difficile de tirer beaucoup d'une carte postale, mais j'en déduis qu'ils sont follement heureux.

Molly hocha la tête en souriant, mais intérieurement, elle commençait à s'énerver. L'affaire semblait obstinément fermée et tout ce dont les gens voulaient parler, c'était de mariages. Elle regarda Nico, qui écoutait des gens à l'autre bout du bar. Son expression était abattue et il avait l'air triste ; pas besoin d'être un as détective pour deviner que la cause en était Frances. Avec un soupir, elle l'appela.

— Hé Nico ! Viens me parler une seconde.

— Oui, Madame, dit-il, essayant de paraître comique et échouant.

— Tu veux parler des détails du mariage ? Je sais que tu as dit que tout t'allait, mais comme Frances est, euh, peu coopérative, ça me laisse aux commandes. Je serais beaucoup plus à l'aise en suivant tes directives sur le type de célébration que tu veux plutôt qu'en prenant ces décisions moi-même.

Nico hocha la tête mais ne dit rien.

— Et si tu m'aidais avec le menu ? Je pensais qu'on ferait un dîner. C'est tellement agréable d'être tous assis ensemble à une longue table, tu sais ? Les conversations sont meilleures que lorsque tout le monde se mélange et mange des amuse-bouche

Nico réussit à esquisser un sourire peu convaincant.

— Il va y avoir un mariage, n'est-ce pas ? dit Molly, laissant transparaître un peu plus d'exaspération dans sa voix qu'elle n'aurait peut-être dû.

Les yeux de Nico brillèrent et il haussa les épaules. Molly se sentit instantanément mal.

— Bon, écoute, je vais lui parler. Je suis sûre que quoi que ce soit... ce ne sera rien. Elle est... tu sais, la plupart du temps, les choses qu'on aime chez quelqu'un sont exactement celles qui nous rendent fous. Frances ne suit pas le chemin attendu, Nico. Elle sort des sentiers battus. Et on l'aime pour ça ! Et donc...

Molly prit une grande gorgée de son kir, se sentant à la fois désolée pour ses amis et ayant envie de les sermonner en même temps.

— Je pense que je vais rentrer, dit-elle finalement.

— Tu n'as même pas encore eu tes frites !

Molly haussa les épaules.

— Je ne sais pas, soudain je n'en ai plus envie. Je pense que j'ai besoin d'aller me coucher tôt avec un bon livre.

Elle embrassa Nico et Lawrence pour leur dire au revoir, et sortit. Le scooter toussota, toussota encore, et le moteur ne démarra pas.

— Putain de merde, dit-elle à voix basse.

Vasily Vasiliev se pencha hors de la ruelle à côté de Chez Papa, les yeux fixés sur Molly. Il faisait sombre, il était caché dans l'ombre, et Molly n'avait aucune idée qu'elle était observée.

Au quatrième essai, le moteur démarra et elle s'élança à travers les rues tranquilles du village en direction de chez elle, avec Vasily sur son vélo pas loin derrière.

❦ 35 ❦

— **B**onjour, Annette, dit Monsour en entrant dans la mairie, le lundi matin à la première heure.

— Bonjour, Paul-Henri. J'espère que vous avez des nouvelles ?

— On verra. Les gens semblent penser que les enquêtes sur les meurtres se déroulent comme ça, dit-il en claquant des doigts. Mais habituellement, elles prennent du temps et de la patience. Ce n'est pas comme si nous avions une longue file de témoins, ajouta-t-il sur la défensive.

Monsour jeta un coup d'œil autour du bureau pendant un moment, remarquant les deux femmes qui travaillaient aux bureaux derrière Annette. Elles semblaient occupées, mais tendaient sans doute l'oreille pour entendre chaque mot.

— J'ai encore quelques questions à vous poser. Y a-t-il un endroit privé où nous pourrions parler, ou est-ce que vous préférez sortir ?

Annette semblait déstabilisée. Elle regarda derrière elle, puis prit une profonde inspiration.

— Peut-être que nous devrions sortir, dit-elle.

Une fois dans la rue, elle demanda :

— Est-ce que... c'est normal ? Je ne suis pas dans le pétrin, n'est-ce pas ?

— Pas que je sache, dit Monsour avec un léger sourire. J'ai juste quelques questions à vous poser. Vous avez probablement passé plus de temps avec Coulon que quiconque, donc ce n'est pas du tout inhabituel que vous soyez la personne qui puisse éclaircir certaines choses.

Annette pâlit.

— Plus de temps ? Je suppose que techniquement c'est correct. Mais Paul-Henri, ce n'est pas comme si lui et moi étions collés l'un à l'autre à la mairie. Je suis derrière le bureau d'accueil et il était dans son bureau la plupart du temps.

Monsour soupira.

— Vous n'êtes pas soupçonnée, Annette. Mais vos protestations continuelles commencent à vous faire paraître comme si vous aviez quelque chose à cacher.

Du coin de l'œil, il la vit blêmir et sourit intérieurement.

— Bon, alors. Premièrement, je me demande si quelqu'un prétendant être le fils de Coulon est déjà venu à la mairie ?

— Un fils ? Coulon n'avait pas de fils, pas que je sache.

— Un jeune homme vient d'arriver dans le village, il dit s'appeler Daniel Coulon. L'histoire est qu'ils étaient en froid, et que Daniel est venu pour essayer de recoller les morceaux.

Annette pensa à quel point ses collègues, deux commères invétérées, seraient excitées par ce morceau d'information.

— C'est nouveau pour moi, haussa-t-elle les épaules.

— Très bien. Ensuite, je veux en savoir plus sur le processus d'octroi des permis d'exploitation. Pouvez-vous me dire comment ça fonctionne ?

Annette déglutit difficilement. Elle passa plusieurs fois ses cheveux courts derrière ses oreilles et lissa le devant de sa robe. Monsour était en alerte, les oreilles dressées.

— D'accord, écoutez, dit lentement Annette. Je savais que ce n'était pas correct, mais le maire était explicite sur la façon dont il voulait que ce soit géré et... et peut-être que j'aurais dû lui tenir tête davantage. Je n'ai jamais pensé...

Monsour fut surpris d'avoir touché quelque chose si facilement mais le cacha bien.

— Continuez, dit-il.

— Je ne suis pas sûre. Je veux dire, je ne peux pas vous donner un enregistrement de conversations compromettantes ou quoi que ce soit pour le prouver. Et cette histoire avec sa femme, je veux dire son ex-femme, eh bien, c'était juste la cerise sur le gâteau, si vous voyez ce que je veux dire.

— Non, Madame, je ne vois pas. Est-ce que vous pourriez commencer par le début ?

Ils tournèrent au coin et, sans le vouloir, s'engagèrent dans la rue Malbec.

Annette passa à nouveau la main dans ses cheveux et essaya d'empêcher sa voix de trembler.

— D'accord. Désolée. Je suis juste... toute cette affaire me rend vraiment nerveuse. Vous devez comprendre, ce n'est pas comme si votre patron se faisait tuer tous les jours, n'est-ce pas ? Les choses à la mairie sont toujours si... si ordinaires, vous savez ? Nous recevons quelques demandes pour ceci ou cela, nous aidons les nouveaux arrivants dans la région, nous remplissons des formulaires. Beaucoup de formulaires. Nous—

— Vous n'avez pas besoin d'expliquer toute l'étendue de ce que fait la mairie. Je comprends qu'elle aide Castillac à fonctionner sans accroc. Ce que je veux savoir c'est—

— Oui, oui, d'accord.

Elle prit une autre profonde inspiration, et Paul-Henri lutta contre son impatience, enfonçant ses mains dans ses poches et se mordant la lèvre.

— Je ne peux pas en être sûre, mais je pense que le maire subissait une certaine pression. De la part des grandes surfaces à l'extérieur du village.

— Vous voulez dire à l'est ? Le Mega-Mart et tout ça ?

— Oui. Le maire a eu plusieurs réunions avec des représentants de ces entreprises, celles qui sont toutes le long de cette route - l'énorme magasin de bricolage, le supermarché, et quelques autres. Dans son bureau, porte fermée, ce qui n'était pas inédit mais un peu inhabituel. C'est juste après l'une de ces réunions qu'il nous a dit d'arrêter de donner des permis aux petites entreprises.

— Ce qui signifie que si quelqu'un voulait ouvrir une boutique, il n'en aurait pas été capable ?

— C'est ça. Évidemment, toute petite entreprise qui réussit va prendre des bénéfices aux grandes surfaces. Ces endroits sont comme des requins voraces, et ils ne sont pas satisfaits d'avoir une partie du commerce local, ils veulent tout.

— Est-ce que vous avez entendu quelque chose, lu des notes ou des rapports, quoi que ce soit pour étayer cette affirmation ? Ou est-ce qu'il s'agit juste de votre opinion personnelle ?

— Comme je l'ai dit, je ne peux pas prouver qu'il y a un lien. Je n'étais pas aux réunions donc je ne sais pas ce qui s'est dit. Je n'ai aucune idée de comment ils ont obtenu l'accord de Coulon, non plus - ça aurait pu être la carotte ou le bâton, si vous voulez mon avis. Et, pour information, nous n'avons presque pas émis de rejets de demandes. Coulon ne nous a pas dit de refuser catégoriquement qui que ce soit. Juste de continuer à prendre les demandes pour les petites entreprises et de les mettre au bas de la pile. Tout autre travail, aussi anodin soit-il, passait en premier. Et donc ce qui s'est passé dans la plupart des cas, je crois, c'est que les gens ont simplement abandonné. Vous comprenez comment ça se passe - si vous faites des plans pour ouvrir une boutique, vous ne pouvez pas rester là à vous tourner les pouces indéfiniment. L'argent de l'investissement est prêt, et vous avez besoin d'une décision. Et donc finalement, s'ils n'en obtiennent pas, ils passent à autre chose.

Monsour réfléchissait intensément. Était-il possible qu'un

propriétaire de magasin potentiel mécontent ait tué le maire par frustration et colère ?

— Et comment les demandeurs ont-ils réagi à ce traitement ? Est-ce que l'un d'entre eux est venu à la mairie pour confronter Coulon ?

Annette baissa les yeux vers ses pieds tandis qu'ils marchaient rapidement le long du trottoir, s'approchant de la maison Coulon.

— Odile Dupont. Son ex-femme.

Monsour sourit, puis le réprima.

— Que s'est-il passé exactement ? Avec autant de détails que possible, s'il vous plait.

— Je n'aime pas... Je suis peut-être la seule personne à Castillac qui n'aime pas colporter des ragots. Ce que je me suis toujours dit être une très bonne chose, car ayant travaillé si long-temps à la mairie, je connais des choses privées sur les affaires de beaucoup de gens. Parfois des choses qu'ils ne voudraient pas voir rendues publiques. Alors ça me met mal à l'aise de parler d'Odile, quand ce n'est pas comme si je savais...

— Annette. Je ne vous demande pas de colporter des ragots. Un homme a été tué et j'essaie de rassembler des preuves pour que nous puissions découvrir qui l'a fait et traduire cette personne en justice. Il n'y a pas de lien direct entre vos remarques d'au-jourd'hui et Odile croupissant en prison. Vous devez me donner les faits et me faire confiance pour les utiliser honorablement.

Annette regarda Monsour dans les yeux et poussa un léger gémissement.

— D'accord, dit-elle doucement. Juste la semaine dernière, la semaine avant... avant qu'il ne soit tué... Odile est entrée dans la mairie, et bon sang, elle était furieuse. Elle a claqué la porte, l'air renfrogné, et a exigé de voir le maire. Quand j'ai essayé de lui dire qu'il était en réunion, elle m'a ignorée et est entrée directement dans son bureau. Cette porte a claqué aussi, j'ai entendu des cris, un fracas qui s'est avéré plus tard être un cendrier jeté contre le mur, et puis - peut-être cinq minutes plus tard ? - elle est ressortie, le visage en feu, m'a lancé un regard noir et est partie.

— Y avait-il une raison pour laquelle elle était en colère contre vous ?

— Pas contre moi, non. J'ai supposé qu'elle était furieuse contre le maire parce que sa demande de permis n'avait toujours pas abouti. Elle a ouvert des boutiques dans d'autres villes et en veut une ici aussi. Des produits de beauté, vous savez. Trop chers pour moi, mais j'ai des amies qui jurent par sa crème pour le visage.

— Et le maire avait-il dit quelque chose de spécifique concernant la demande d'Odile ?

Annette lança à Monsour un regard d'agonie.

— Je dois vraiment y retourner. Sans maire, le bureau est un peu en désordre et je ne pense pas exagérer en disant que je maintiens un peu les choses ensemble.

Monsour, faisant preuve d'une patience inhabituelle, attendit sans rien dire.

— Oui, dit finalement Annette. Il nous a dit de nous assurer que son permis n'arrive jamais en haut de la pile.

Sur ce, elle dit au revoir et se mit à trottiner. Monsour resta là, à écouter le bruit de ses talons heurtant le trottoir, pensant qu'il était heureux de ne pas avoir d'ex-femmes, et se sentant extrêmement satisfait de la façon dont l'entretien s'était déroulé.

❧ 36 ❧

Ben suivait un chemin d'investigation similaire à celui de Monsour, et avait fait un petit jogging dans la fraîcheur matinale avant de quitter son appartement dans sa Renault grinçante. Après s'être garé sur le vaste parking du Mega-Mart, il commença à envoyer un texto à Molly mais décida finalement de l'appeler.

— J'espère que je ne te réveille pas, dit-il, sa voix sonnant plus séductrice que professionnelle.

— Pas du tout ! protesta Molly, le téléphone l'ayant arrachée d'un profond sommeil dans lequel elle rêvait qu'elle courait sur une route déserte, terrifiée mais silencieuse.

Elle secoua rapidement la tête pour chasser le rêve et se réveiller.

— Je suis sur le parking du Mega-Mart. Je vais entrer et chercher un responsable ou, avec un peu de chance, quelqu'un de plus haut placé, dit-il.

Molly se redressa sur un coude et essaya de repousser ses cheveux bouclés de son visage.

— Pour quoi faire ?

— J'ai glané quelques informations dans le village hier.

Monsieur Clément, qui habite en face de ce café dans la rue Picasso, celui qui est généralement presque vide ? Il m'a dit que Coulon et l'un des patrons du Mega-Mart s'y rencontraient régulièrement. Clément l'a remarqué parce qu'il trouvait étrange qu'ils aillent là-bas alors que la mairie est si proche du Café de la Place. Il a dit qu'il trouvait ça louche.

— Comment savait-il qui était l'autre homme ?

— Eh bien, il ne le sait pas exactement. Tout ce qu'il m'a dit, c'est qu'il le reconnaissait du Mega-Mart. Apparemment, Monsieur Clément est un adepte. Il m'a dit que je pourrais avoir un tuyau d'arrosage pour presque rien si je me dépêchais d'y aller avant la fin des soldes.

— Ces magasins sont en train de tuer les commerces du village, dit Molly, complètement réveillée maintenant qu'elle avait quelque chose à se mettre sous la dent.

— Ce n'est pas une nouveauté pour moi, chérie. La France a fait beaucoup d'efforts pour garder ces grands magasins hors de vue au moins. Mais évidemment, on ne peut pas forcer les gens à faire leurs courses à certains endroits plutôt qu'à d'autres.

— Est-ce que du scotch moins cher vaut la peine de perdre la vie de village ? s'écria-t-elle en sautant du lit.

Bobo aboya et accourut pour participer à l'excitation.

Ben rit.

— Molly, j'y vais maintenant, je vais essayer de trouver le type que Clément m'a décrit. Comment se présente ta journée ?

— Je vais appeler la mère de Daniel.

— Excellent. On se voit pour dîner.

Molly posa son téléphone et se laissa retomber sur les oreillers, souhaitant qu'un génie apparaisse à son chevet avec une énorme tasse de café fumant. Elle n'avait pas eu le temps de rassembler ses pensées que quelqu'un frappa à la porte de la terrasse, et Bobo fila hors de la pièce en aboyant.

— Wesley ! Bonjour ! dit-elle en arrivant aux portes-fenêtres quelques instants plus tard, décoiffée mais habillée. Vous avez perdu votre clé ?

Il la regarda fixement.

— Pourquoi penseriez-vous cela ?

— Vous venez de frapper à la porte ?

— Oh, ça, dit Wesley en se redressant.

Il mesurait au moins un mètre quatre-vingt-dix et dominait Molly de toute sa hauteur.

— Je voulais vous parler et je me sentais mal à l'aise de frapper à la porte de votre chambre.

Molly retint un sourire. Il y avait quelque chose d'émouvant chez Wesley ; sa maladresse et ses bonnes intentions se combinaient pour la rendre assez attachée à lui.

— Je pense vraiment que vous devriez le savoir : j'ai vu quelqu'un qui vous suivait, dit-il.

— Hein ?

— Eh bien, je voyage seul, comme vous le savez. Je n'ai personne pour me distraire, et je pense que cela m'a rendu beaucoup plus sensible à mon environnement. Et j'y étais déjà assez sensible.

— Oui, dit Molly, vous l'êtes certainement.

— J'étais un peu « dans une mauvaise passe » - une expression maritime, comme vous le savez probablement, décrivant un navigateur qui se trouve « au creux de la vague » plutôt qu'à la crête de la vague, qui symbolise l'élan et l'énergie - et donc j'ai passé plus de temps dans ma chambre que je ne l'aurais fait autrement, parfois juste à regarder par la fenêtre et à laisser mes pensées vagabonder. Et c'est ainsi que plusieurs fois je vous ai vue, Molly. Dans le jardin, et en train de partir vers le village. Et ces deux fois, un homme était caché, à vous observer.

— Depuis où ?

L'esprit de Molly était partagé entre l'envie de rejeter ce que Wesley disait et le sentiment d'effroi qu'on ressent quand on sent que quelqu'un qui vous met en garde a de bonnes raisons de le faire.

— Vous avez vu qui c'était ?

— J'ai bien peur que non, même si, bien sûr, étant donné que je ne suis pas d'ici, il est peu probable que ce soit quelqu'un que je reconnaîtrais de toute façon. Quand vous étiez dans le jardin, il se tenait dans les buissons entre La Baraque et votre voisin. Immobile comme une statue, en train d'observer. Pour autant que je puisse en juger - malheureusement je n'ai pas emporté mes jumelles, ce sont des Bushnells et j'en suis très satisfait - comme je le disais, les yeux de cette personne étaient rivés sur vous. Enfin, pour être précis, je ne pouvais pas voir ses yeux. Mais son corps était tourné vers vous et il est resté là, sans bouger, pendant un bon moment. J'étais assez certain qu'il essayait de rester caché pour pouvoir vous observer.

— Pourquoi n'êtes-vous pas sorti pour me le dire ?

— Je... Je suis désolé de dire que je ne peux pas répondre à cela. Ça ne m'est pas venu à l'esprit. Je suis désolé, Molly, rétrospectivement, c'est ce que j'aurais dû faire. J'ai continué à surveiller jusqu'à ce que vous rentriez et que je considère que vous étiez en sécurité, puisqu'il ne vous a pas suivie mais s'est plutôt fondu dans les buissons jusqu'à ce que je ne puisse plus le voir.

— Oh, ne vous en faites pas, je vais bien. Et... vous dites qu'il l'a fait à nouveau ? C'est définitivement un homme ?

— Oui, un homme. La deuxième fois - que j'ai vue, bien sûr il y en a peut-être eu d'autres et je dirais que c'est probable - c'était samedi soir. Je regardais par hasard par ma fenêtre juste au moment où la nuit tombait. Je vous ai vue monter sur votre scooter et tourner dans la rue vers le village. Il a sauté sur un vélo et vous a suivie.

— Peut-être qu'il allait simplement faire un tour ?

— La nuit ? Et pourquoi avait-il un vélo caché dans les buissons à côté de la route, comme s'il avait prévu à l'avance de vous attendre là ?

La première pensée de Molly : le harceleur était-il Daniel Coulon ? Elle avait décidé lors de leur première rencontre qu'il n'était pas fiable, mais ce n'était qu'après avoir entendu ce que Wesley avait à dire qu'elle réalisa à quel point elle se méfiait de lui.

— J'ai besoin de café, dit-elle. Je peux vous proposer quelque chose ? Du thé ?

Elle mit la cafetière sous le robinet et la remplit.

— Et... merci. Cette affaire sur laquelle je travaille, je n'ai pas vraiment d'emprise dessus pour le moment, mais honnêtement, je ne pense pas qu'il y ait quoi que ce soit de dangereux là-dedans. Je ne vois aucune raison pour laquelle quelqu'un voudrait me suivre. Ma vie n'est vraiment pas si palpitante.

— J'ai pensé quelque chose d'assez similaire en regardant l'homme vous observer dans le parterre de fleurs. Le jardinage est bien sûr une activité très saine, mais je ne le caractériserais pas comme un sport de spectateurs.

— Non, dit Molly, perplexe, ne remarquant pas que Wesley avait sous-entendu que sa vie était ennuyeuse.

— Bien, je voulais juste vous en informer. Pas besoin de thé. J'ai l'intention de marcher jusqu'au village et de là, aller jusqu'aux vignobles Sallière. Même si je bois rarement de l'alcool, comme vous le savez, le processus de fabrication du vin est assez intéressant. Et il y a aussi tout un jargon à collecter.

— Amusez-vous bien, Wesley ! Dites bonjour aux propriétaires pour moi, si vous les voyez. C'est un jeune couple, je ne me souviens pas de leurs noms à l'instant même. Je ne les connais pas bien, mais ils ont l'air charmants.

Avec son pas pesant, Wesley disparut dans sa chambre à l'étage pour préparer son excursion, et Molly, distraite, sortit à nouveau la boîte d'œufs du réfrigérateur, cette fois trop préoccupée pour remarquer le petit cœur rouge dessiné dans le coin du carton. Daniel avait mentionné le nom de famille de sa mère et la ville où elle vivait, et elle espérait que ce serait suffisant pour trouver son numéro de téléphone. Mentalement, elle répéta l'appel, espérant que la femme ne serait pas en colère de recevoir un appel d'une inconnue lui posant beaucoup de questions personnelles sur son passé.

Bobo s'était lovée sur les pieds de Molly, rendant la préparation du petit-déjeuner plus difficile qu'elle n'aurait dû l'être.

— Allez, ma fille, marmonna Molly en prenant deux œufs du carton et en les cassant dans un bol. Lève-toi, tu me bloques !

Bobo grogna et s'éloigna en gardant les yeux fixés sur Molly.

Molly posa le fouet. Jetant un coup d'œil à sa montre, elle décida d'appeler la mère de Daniel avant de cuire l'omelette. Ce n'était pas une leçon qu'elle avait apprise tôt dans sa vie, mais à près de quarante ans, Molly savait que si on redoutait une tâche, il valait mieux s'en débarrasser tout de suite. Elle prit un café et s'assit sur le canapé, réfléchissant à la façon de trouver le numéro de la femme, puis se leva d'un bond et alla à son ordinateur. En quelques minutes, elle avait une liste de quatre Clary qui vivaient à Laval, non loin de Rennes où Coulon avait fait ses études.

Se préparant mentalement, car passer des appels en français n'était toujours pas son activité préférée, elle parcourut les noms sur la liste un par un, demandant à chaque personne qui répondait si elle avait un fils nommé Daniel. Les deux premières dirent non, l'une avec irritation.

Après une sonnerie, la troisième femme répondit :

— Allô ?

— Oui, bonjour Madame Clary, je suis Molly Sutton. J'habite à Castillac, dans la Dordogne. Je me demandais si vous aviez un fils nommé Daniel ?

Une pause.

— Puis-je savoir pourquoi vous appelez ? Daniel a-t-il des ennuis ?

Bingo, pensa Molly avec soulagement.

— Non, je ne pense pas. Il ne vous a pas appelée ces derniers jours ?

— Si, il l'a fait. Pourquoi est-ce que *vous* m'appelez ?

— Euh, donc euh, je suis désolée, c'est gênant, quelqu'un vous a-t-il informée au sujet de votre ex-mari, Maxime Coulon ?

— Qu'est-ce qu'il y a à son sujet ? Nous sommes séparés depuis longtemps et nous ne nous parlons pas.

— C'est ce que je comprends. Mais avez-vous... Je suis vraiment désolée d'être celle qui vous l'annonce, mais... il s'avère que Maxime Coulon est décédé. Il a été assassiné lundi dernier, il y a une semaine.

Molly crut entendre un ricanement, mais n'en était pas sûre. Cela semblait tellement déplacé qu'elle frissonna.

— En fait, dit Molly, je suis détective privée, et j'ai été engagée par la deuxième femme de Maxime - maintenant son ex - pour essayer de découvrir ce qui s'est passé. Je sais que cela vient de nulle part, mais j'aimerais vous poser quelques questions si vous le voulez bien ?

— Des questions ? Vous ne pensez pas que j'ai quelque chose à voir avec ça ? Je suis en Bretagne, bon sang. Ou alors, vous suspectez Daniel, c'est ça ?

— Oh non, dit Molly, mentant à moitié. C'est juste que j'essaie de mieux comprendre Maxime, c'est tout. Daniel ne vous a pas appelée pour vous parler du meurtre ?

— Si, en fait. C'est un bon garçon.

Étrange de dire ça d'un jeune homme, pensa Molly. Les gens sont bizarres.

— La nouvelle vous a-t-elle choquée ?

— Oui et non.

Molly attendit, mais Madame Clary n'ajouta rien de plus.

— Est-ce que vous pourriez développer un peu ? Je ne le connaissais pas personnellement, même si Castillac est assez petit. Était-il le genre d'homme... que les gens pourraient... vouloir assassiner ? Oh désolée, c'est terriblement vague. Ce que j'essaie de demander c'est... certaines personnes irritent vraiment les autres. Ça ne semble pas probable que Coulon ait été comme ça, parce qu'il a été élu maire et a servi pendant tant d'années, donc sa personnalité devait être...

Molly secoua la tête. Elle aurait dû préparer une liste de questions à l'avance. Elle était en train de complètement gâcher cet appel téléphonique.

— Vous n'avez pas été en contact avec Maxime depuis avant la naissance de Daniel ?

— C'est exact, dit Noelle. Puis sa voix s'adoucit. Écoutez, je suis désolée pour ce qui s'est passé, mais vous devez comprendre que ce chapitre de ma vie s'est terminé il y a si longtemps que je me souviens à peine de lui. Maxime et moi - nous pensions être tombés amoureux, mais c'était une amourette, vous comprenez ? Nous étions euphoriques d'avoir quitté la maison de nos parents, d'être à l'université, de nous sentir adultes. C'était fini en quelques mois. Comme un rhume qui traîne, ajouta-t-elle avec un reniflement. Ennuyeux sur le moment, mais vite oublié. J'ai élevé Daniel toute seule et je me suis remariée quand il était encore un petit garçon. J'ai essayé de dire à Daniel que remuer le passé ne ferait de bien à personne, et qu'il ne devait pas s'attendre à de l'aide de la part de Maxime.

— Daniel a-t-il besoin d'aide ?

— Oh, vous savez. Certaines personnes ont plus de mal que d'autres à trouver leur voie.

— Sans doute, dit Molly.

— Écoutez, je dois raccrocher maintenant. Quelqu'un est à la porte.

— Serait-il possible... commença Molly, mais Madame Clary avait déjà raccroché.

Je me demande quel genre d'aide Daniel cherchait, pensa Molly. Était-ce seulement de l'argent, ou autre chose ? Elle retourna dans la cuisine et battit les œufs, puis sortit dans le jardin pour cueillir un peu d'estragon et de ciboulette à ajouter. Au lieu de les hacher, elle émietta les herbes avec ses doigts, pensant tout le temps à Maxime Coulon, un homme qui ne se cachait pas et qui s'avérait plutôt mystérieux.

Elle devait découvrir où Daniel logeait et voir s'il accepterait de lui parler. On l'avait vu près de la maison du maire après la découverte du corps, il avait un mobile... dans l'ensemble, un suspect assez prometteur, bien qu'elle soit curieuse de savoir ce que Ben pourrait découvrir au Mega-Mart.

Molly pouvait faire une omelette les yeux fermés, elle l'avait fait tant de fois. Elle fit glisser le demi-cercle jaune brillant dans une assiette, le saupoudra généreusement de sel et de poivre, et l'emporta sur la terrasse pour en profiter avec un verre de rosé frais. Se souvenant de l'avertissement de Wesley Addison, elle regarda autour d'elle pour voir si quelqu'un se cachait dans les buissons à proximité, mais ne vit rien d'autre qu'un roitelet en train de sautiller dans les branches.

Par la fenêtre au bout du salon de Molly, partiellement couverte par une viorne envahissante qui lui offrait une certaine protection, Vasily avait observé Molly travailler sur son ordinateur puis préparer son petit-déjeuner. Il avait découvert qu'il aimait beaucoup traquer la détective, et préférait faire cela plutôt que la longue liste de choses que Fedosia lui avait ordonné de faire. Il imaginait à quel point Molly serait effrayée s'il l'attrapait et lui tordait le bras derrière le dos. Imaginer son expression apeurée et suppliante lui procurait du plaisir.

— Vasily ! siffla Fedosia, en route vers le pigeonnier. Décroche-toi de Sutton et occupe-toi des affaires !

Elle passa son chemin en marmonnant. Vasily soupira et sortit de la viorne, en faisant un large détour comme s'il allait se promener dans la prairie. Une fois hors de vue de la maison principale, il se dirigea droit vers le petit bâtiment loué où leur opération était en cours. Il sortit la clé de sa poche et l'inséra dans la serrure rouillée, jurant lorsqu'elle ne s'ouvrit pas immédiatement. Après beaucoup de secousses et plus de jurons, il réussit à ouvrir la porte et à entrer.

Tout était prêt. Tout l'équipement et les matières premières pour fabriquer les stéroïdes, et une grande boîte d'aiguilles puisque Fedosia avait eu l'idée brillante de vendre les doses déjà chargées dans une seringue. Il devait lui reconnaître qu'elle était un génie de l'organisation et de la planification. Ils formaient une bonne équipe, pensa-t-il en hochant la tête alors qu'il prenait un bécher puis un flacon en verre avec un bouchon en caoutchouc, les retournant avant de les reposer.

Malcolm Barstow devait le rejoindre ici, et jusqu'à présent, le gamin avait accompli tout ce qu'on lui avait demandé de faire. Vasily regarda sa montre, impatient. Il commença à se demander à quelle heure Molly Sutton se déshabillait le soir, et comment il pourrait s'assurer d'être en surveillance à ce moment-là.

Il entendit un bruissement dehors par la fenêtre et regarda. Malcolm se frayait un chemin à travers des broussailles sur le côté du bâtiment et donna ensuite trois coups secs à la porte.

— Entre, dit Vasily. Tu es presque en retard.

Malcolm se contenta de secouer la tête, pensant qu'il faudrait être fou pour être en retard avec les Vasiliev. Il savait que s'il les contrariait, ils se débarrasseraient de lui sans la moindre hésitation. Il ne se demandait pas comment il le savait ; même si sa jeune vie avait été remplie d'autant de criminalité que possible, il n'avait jamais eu affaire à des gens comme les Vasiliev auparavant. Mais Malcolm avait une façon aiguë de jauger les autres, et donc malgré son manque d'expérience, il ne se trompait pas sur ses partenaires commerciaux actuels.

— D'accord, écoute, j'étais content de vous être utile. Mais j'ai un autre projet en cours qui prend la plupart de mon temps, dit Malcolm, ne voulant pas paraître trop docile.

— Tu crois que tes projets m'intéressent ? rit Vasily. Ton projet sera ici même dans cette pièce, au moins pour le mois prochain. Peut-être qu'après ça - six semaines, peut-être deux mois - on pourra parler de former quelqu'un pour te remplacer. Mais pour l'instant ? C'est tout à toi, mon ami. J'ai confiance que tu réussiras bien.

— Réussir à quoi ? dit Malcolm, son moral en train de s'effondrer.

— Ce n'est pas compliqué. Il y a des gens qui veulent un produit, et nous voulons le leur vendre. Malheureusement pour eux, le produit n'est pas légal. Mais heureusement pour nous, n'est-ce pas ? dit-il en donnant une tape dans le dos de Malcolm. Fedosia dit que la marge bénéficiaire est très, très bonne. Et comparé à l'héroïne, la cocaïne, tout ça ? Beaucoup moins de risques. Pas de souci avec les chiens renifleurs aux frontières, et une longue liste d'autres maux de tête.

Malcolm attendit, son esprit cherchant frénétiquement une issue même s'il n'avait toujours aucune idée de ce qu'on lui ordonnait de faire.

— Ce sont juste des stéroïdes, tout simplement, dit fièrement Vasily. Pour les bodybuilders. Ils sont sûrs et efficaces, c'est idiot qu'ils soient illégaux, mais nous allons en profiter, d'accord ?

Encore une fois, il donna une tape dans le dos de Malcolm, souriant quand le garçon trébucha en avant et fronça les sourcils.

— Crois-moi, tu auras une part de ce profit. Pas une grosse part, rit-il, mais assez pour te rendre heureux. Ton job, mon ami, est de travailler ici, à assembler le produit. Tu seras comme un chef dans ta propre cuisine ! Nous fournirons les ingrédients, et tu feras le gâteau.

— Comment allez-vous distribuer ? Qui trouve vos acheteurs ?

— Laisse-nous nous en occuper, petit. Tout est prévu.

Malcolm réfléchit. C'était ridicule de faire ça à peine à deux pas de la maison de Molly Sutton, il le savait très bien. Mais de l'autre côté il y avait... Vasily. Et l'argent. Leurs regards se croisèrent et se maintinrent un moment. Malcolm déglutit.

— Très bien alors, mon pote, par quoi je commence ?

APRÈS LE DÉJEUNER, Molly alla dans sa chambre et lut pendant plus d'une heure. Elle était tellement absorbée par son livre qu'elle ne remarqua pas quand Bobo se faufila sur le lit et se blottit à côté d'elle. Finalement, avec un soupir satisfait, elle posa le livre sur sa table de chevet.

— Allez, Bobo, tu veux aller te promener ?

Bobo bondit, extatique à cette suggestion, faisant rire Molly.

— Ce n'est pas comme si tu ne pouvais pas aller courir dans les bois toute seule quand tu veux, dit-elle.

Une bonne longue promenade aidait presque toujours Molly à clarifier ses pensées, et elle voulait repenser soigneusement à sa conversation avec la mère de Daniel avant d'en parler à Ben. Daniel était troublé, elle n'avait pas besoin d'être une experte pour le voir - ses changements d'humeur rapides quand elle lui parlait à la boulangerie allaient au-delà d'une simple excentricité. Il avait traîné rue Malbec, donc il savait clairement où vivait le maire. Et bien sûr, il y avait la petite affaire d'un gros héritage. Bien que, dans un souci d'objectivité, elle résistât à cette idée, Molly ne pouvait s'empêcher de sentir que l'affaire Coulon était pratiquement réglée.

Elle était en train de lacer ses bottes sur la terrasse quand Wesley Addison arriva d'un pas lourd.

— Je croyais que vous étiez parti au vignoble ? dit-elle.

— Oui. Eh bien, euh...

Molly attendit mais Wesley semblait inhabituellement à court de mots.

— Eh bien, c'est normal de changer d'avis. Je le fais tout le temps ! lui sourit-elle.

— J'ai simplement pensé qu'il n'était pas correct de vous laisser ici toute seule. Attendez-vous que Monsieur Dufort revienne à un moment donné ?

— Oh, c'est très gentil. Vraiment. Mais je ne sais pas, Wesley - vous ne pensez pas que cette personne pourrait simplement être un voisin curieux, ou quelque chose comme ça ? Je veux dire, il n'aurait pas forcément à être quelqu'un de dangereux, non ?

— On n'a pas besoin d'être certain pour exercer une précaution raisonnable, dit-il d'un ton raide.

— Oui, eh bien, peut-être que vous avez raison. J'attends Ben plus tard dans l'après-midi. Je vais faire une promenade maintenant, et je veillerai à bien fermer la maison et à rester vigilante une fois de retour. Allez au vignoble, Wesley - je serai prudente, je vous le promets.

— Je ne pense pas qu'une promenade en solitaire soit bien avisée. Cet homme pourrait être juste sous notre nez, en train d'écouter cette conversation même. Dans l'attente de vous voir vous éloigner de la maison. Est-ce que vous avez votre téléphone portable ?

— Oui. Et Bobo...

— Vous savez parfaitement bien que votre chien se roulerait probablement sur le dos pour demander des caresses si un étranger s'approchait de vous. Profitez de votre animal de compagnie autant que vous le souhaitez, Molly, mais ne vous faites pas d'illusions...

— D'accord, d'accord, j'ai compris. Allez, on y va !

Il faisait grand jour et elle ne pouvait pas avoir peur de chaque ombre. Elle fit un signe de la main et siffla. Bobo jaillit de sous la table et disparut dans les bois, tandis que Molly suivait la lisière de la prairie, songeant qu'elle allait jeter un coup d'œil à cette grange en ruine qu'elle voulait faire réparer par le brillant maçon, Pierre Gault. Elle marcha pendant quelques minutes sans penser à rien, écoutant simplement le bruit de Bobo dans les sous-bois, le chant des oiseaux et le murmure des feuilles des arbres dans la légère brise, tout en restant à moitié attentive à tout bruit derrière elle.

Le soleil était fort mais il ne faisait pas humide, et Molly examina soigneusement la vieille grange, en essayant de décider s'il valait la peine d'investir ce qui restait de son aubaine financière. Cela lui donnerait au moins six ou sept lits supplémentaires pour son activité de gîte, mais si Dufort/Sutton Investigations prenait vraiment son envol, ce serait peut-être plus un obstacle qu'une aide. Il était difficile de prédire l'avenir, c'était certain, pensa-t-elle en dépassant la limite de sa propriété et en continuant à marcher vers le nord, s'éloignant du village.

Durant tout ce temps, elle n'oublia pas ce que Wesley Addison lui avait dit, et prit soin de regarder autour d'elle, se retournant rapidement pour vérifier les alentours, alerte et sur ses gardes.

Bobo poussa un petit jappement et fila hors des bois en direction d'un petit bâtiment au bord de la route, puis disparut tout aussi rapidement dans les bois. Molly ressentit ce petit picotement de curiosité qu'elle aimait tant et s'approcha, contournant le bâtiment, et elle aperçut une bicyclette à moitié cachée dans les buissons de l'autre côté.

Elle n'osa pas frapper, étant seule et n'ayant aucune idée de qui pouvait se trouver à l'intérieur. Mais elle s'approcha discrètement de la fenêtre, en faisant le moins de bruit possible, et jeta un coup d'œil à l'intérieur.

Une ampoule nue pendait du plafond. Beaucoup de cartons, une table avec un tas d'objets qu'elle ne pouvait pas identifier à cette distance, et c'était tout. Pas de lit, pas de vêtements... ce n'était clairement pas une habitation, et pourtant il s'y passait quelque chose.

Un autre jappement de Bobo et Molly continua à marcher, se dirigeant vers un endroit où les maisons étaient rares et la forêt dense. Mais elle resta alerte, tenant sa promesse faite à Wesley Addison, et siffla plusieurs fois Bobo pour la garder près d'elle, estimant que sa chienne bien-aimée avait plus de potentiel comme gardienne que son hôte.

❧ 38 ❧

Ce soir-là, le temps était parfait pour une fête. Les dames du comité d'embellissement du village organisaient un dîner pour collecter des fonds pour les projets de l'année, et une grande partie du village était attendue. Tout le personnel de Dufort/Sutton Investigations prévoyait certainement d'y être, les yeux et les oreilles grands ouverts. Ben voulait voir Paul-Henri et le sonder sur une éventuelle collaboration pour faire plus de comptabilité judiciaire, cette fois concernant Mega-Mart et le défunt maire. Molly espérait trouver Daniel. Ben était rentré si tard qu'ils avaient à peine eu le temps de se doucher et de se préparer avant la fête, sans avoir pu discuter des événements et des découvertes de la journée.

Ben se gara dans une rue latérale et ils marchèrent jusqu'à la place, main dans la main, tous deux perdus dans leurs pensées. D'autres, amis et étrangers, marchaient dans la même direction. Des hirondelles volaient au-dessus de leurs têtes, et Molly respira le parfum des roses qui débordaient d'une clôture arrière.

— Juste rapidement, avant qu'on arrive, dit-elle, assez doucement pour que les autres fêtards ne puissent pas entendre. J'ai parlé à la mère de Daniel aujourd'hui. On n'a pas parlé longtemps. Elle n'était pas amicale au début, mais elle s'est finalement un peu ouverte. La seule chose intéressante que j'ai obtenue, c'est qu'elle a laissé entendre que Daniel était venu chercher son père parce qu'il avait besoin d'aide.

— Quel genre d'aide ?

— Elle ne l'a pas dit. J'ai un peu insisté mais elle est restée vague. Même si... il n'y a qu'à le regarder pour voir qu'il a besoin d'argent. Ça a du sens qu'il demande à son père qui est aisé, non ? Et peut-être... peut-être que Coulon a dit non. Et Daniel a pensé qu'il pourrait avoir l'argent, *tout* l'argent, peu importe ce que son père disait.

Ben glissa son bras autour de la taille de Molly et la serra contre lui.

— Il y a peut-être quelque chose là. Bon travail. Et j'ai plein de choses à te raconter sur Mega-Mart, dit-il, mais profitons d'abord de notre dîner. Mes nouvelles seront ton dessert, ajouta-t-il avec un sourire.

Elle savait que c'était extrêmement stupide, mais elle ne pouvait s'empêcher de vouloir que *son* suspect soit le coupable, comme si elle et Ben étaient en compétition. Et donc elle espérait - de manière puérile, elle en était bien consciente - que ce que Ben avait à lui dire ne serait pas grand-chose. Pleine de culpabilité, elle se pencha et l'embrassa sur la joue juste au moment où ils atteignaient la place. Deux rangées de tables s'étendaient d'un bout à l'autre, offrant des places pour près de trois cents villageois, tous dehors pour profiter de la douce soirée claire et de la compagnie des uns et des autres.

— Bon sang, dit Molly, les longues tables lui rappelant que le mariage de Nico et Frances était dans *trois jours*.

Elle l'avait tellement relégué au second plan qu'il risquait d'être complètement oublié. Puis elle eut un hoquet de surprise.

— Regarde qui voilà !

Ben suivit son doigt pointé pour voir Lapin, déjà assis avec une assiette pleine de nourriture, une fourchette dans une main et l'autre tenant la main d'Anne-Marie.

— Lapin ! dit Molly. Je ne sais pas si je dois te féliciter ou te gifler !

— Molly, ma chère ! Je n'ai aucune idée de pourquoi tu voudrais me gifler.

— Parce que tu t'es enfui pour te marier et que tu nous as privés de venir à ton mariage !

Anne-Marie gloussa.

— Je croyais que tu m'avais dit quelque chose comme « les couples doivent faire ce qui leur convient », ou un truc du genre. Eh bien, c'est exactement ce que nous avons fait. N'est-ce pas, chérie ? dit-il, en regardant Anne-Marie avec une expression que Molly n'avait jamais vue sur le visage de Lapin auparavant.

Ce n'était ni lascif, ni blagueur, ni satirique, mais tendre et aimant.

— Je ne fais que plaisanter, dit Molly. Et félicitations à toi, Anne-Marie. Je sais que vous serez très heureux ensemble.

Elle sentit alors quelque chose se nouer dans sa gorge, et recula pour que Ben puisse leur parler.

Le mariage. Tout ce sujet me coupe l'appétit, pensa-t-elle.

Une acclamation s'éleva près de la statue et ils se tournèrent tous pour regarder.

— C'est André Lebeau, dit Lapin en levant les yeux au ciel. Sans doute en train de parader et de se pavaner comme il le fait toujours. Je ne me gêne pas pour dire que j'en ai assez de ce type. S'il gagne une place au conseil, on va tous le regretter.

Ils pouvaient voir la tête de Lebeau dépasser d'une foule d'admirateurs, et entendre leurs rires et leurs conversations excitées sans pouvoir distinguer ce que quiconque disait.

— On va chercher des assiettes ? demanda Ben à Molly.

— Oui, allons-y, je meurs de faim tout à coup. Qu'est-ce qu'on sert ?

Elle baissa les yeux sur l'assiette de Lapin et vit un tas de quelque chose qu'elle ne pouvait identifier et une longue saucisse.

— Tu bois du cidre ? demanda-t-elle à Lapin.

— Oui, et il est excellent. Rapportez de la moutarde quand vous reviendrez.

Molly acquiesça et suivit Ben alors qu'il se frayait un chemin à travers la foule.

— Je vais chercher des tickets, tu attends dans la file ?

— D'accord, dit-elle, jetant des regards tout autour à la recherche de Daniel.

Je suppose qu'il ne peut sûrement pas se permettre le repas, pensa-t-elle, ou peut-être qu'il s'inquiète de ne connaître personne. Il était évidemment prématuré de le confronter dans tous les cas, mais elle ressentait une pression irrésistible de confirmer ses soupçons sur Daniel avant que Ben ne puisse lui dire ce qu'il avait découvert chez Mega-Mart.

— Molly ! cria quelqu'un.

Molly se retourna pour voir les visages souriants de ses locataires du gîte, Emily et Nancy.

— Oh ! Je suis contente de vous voir ici. Vous êtes devenues des figures du village, rit-elle. Vous êtes sûres de ne pas vouloir simplement déménager ici une bonne fois pour toutes ?

— Ne me tentez pas, dit Nancy. On veut vraiment profiter à fond de ces derniers jours. Va nous chercher plus de cidre, Emily !

— On va devoir aller à l'hôpital pour s'en remettre, dit Emily, allant joyeusement chercher le cidre.

— Je vais me mettre dans la file pour la nourriture. Peut-être qu'on se verra plus tard ?

— J'ai entendu dire qu'il y aura de la danse, dit Nancy, en sautillant et remuant les hanches.

Molly rit et continua d'avancer, scrutant la foule, ne perdant pas espoir que Daniel puisse être quelque part dans la foule.

Derrière Molly, à environ cinq mètres et se fondant dans la

foule, se trouvait Vasily Vasiliev, en train de la suivre discrètement alors qu'elle se déplaçait lentement à travers la foule. Et derrière Vasily se dressait la grande et maladroite silhouette de Wesley Addison.

Ben obtint les tickets et rejoignit Molly dans la file.

— Ce n'est pas un très bon endroit pour avoir une conversation, dit-il, car ils étaient constamment interrompus par des amis qui voulaient parler du mariage de Frances et Nico, des dernières absurdités politiques, ou du nouveau fromage de Leda Vidal. Mais je veux te donner juste les grandes lignes de ce que j'ai découvert... oui, bonsoir à vous, Madame Gervais !

Il se pencha pour embrasser ses joues ridées, prenant ses deux mains dans les siennes et les serrant.

— Comment vous sentez-vous ce soir ?

— En pleine forme, lui dit la vieille dame. Bonsoir, Molly. Comment avance l'enquête ?

— Plutôt bien, en fait, je pense que je pourrais être...

Mais Madame Gervais fut emportée par la foule avec plusieurs de ses amies, et Molly et Ben eurent enfin un moment libre pour se parler.

— Bon, voilà un hors d'œuvre pour commencer, dit Ben. Je suis presque certain que Coulon recevait des pots-de-vin de Mega-Mart et probablement de plusieurs autres grandes enseignes, en échange de l'élimination des petits commerces du village.

— C'est scandaleux !

— Oui. Corrompu, cupide, on peut le qualifier de bien des façons. Je vais approcher Monsour - il peut accéder aux comptes bancaires de Coulon et je pense qu'il s'y connaît en comptabilité. Si j'ai raison, je crois que ça ne prendra pas longtemps à prouver.

— Je dois avouer que je me sens un peu bête. Annette m'a parlé de l'histoire des permis l'autre jour, et je n'ai pas pensé... Je ne voyais pas le lien avec le meurtre... Comment as-tu obtenu quoi que ce soit de Mega-Mart ?

— J'y suis allé en sortant l'artillerie lourde. J'ai fait semblant qu'on les tenait et que le seul moyen d'alléger leur peine était de coopérer, sur-le-champ, sans seconde chance.

— Ouah !

Molly était impressionnée.

— Mais alors... c'est juste une question annexe ou tu penses que les pots-de-vin ont un lien avec son meurtre ?

Ben lança un regard à Molly.

— Je ne pense pas que découvrir une activité criminelle menée par une victime de meurtre soit une « question annexe ».

— Moi non plus ! Ce n'est pas ce que je voulais dire. Mais écoute, je pense vraiment que Daniel...

— Madame Sutton, Monsieur Dufort, dit une voix officielle derrière eux.

Molly et Ben se retournèrent pour découvrir Paul-Henri Monsour, tenant une assiette avec une énorme saucisse lovée dessus.

— Je sais que ce n'est ni le moment ni l'endroit idéal, mais j'aimerais vous dire un mot à tous les deux, si je peux ?

— Oui, bien sûr, dit Ben. J'ai aussi quelque chose à discuter avec vous. Et si nous prenions nos assiettes pour vous rejoindre ? Vous pouvez nous garder des places ?

Paul-Henri acquiesça et Ben et Molly avancèrent dans la file.

— C'est vrai que la corruption de Coulon ne désigne pas automatiquement une personne comme son meurtrier, dit Ben à l'oreille de Molly. Mais tu dois admettre que ça ouvre tout un champ de possibilités. Quelqu'un d'autre était-il impliqué ? Qu'en est-il de Monsieur Lachance, le banquier de Coulon ? Si les sommes étaient assez importantes, il aurait fallu une sorte de blanchiment d'argent. Peut-être que lui ou quelqu'un d'autre pensait que Coulon était en train de se retirer ou allait parler aux autorités, et a décidé de le faire taire ?

— Eh bien, dit Molly, essayant de ne pas paraître réticente, tu as raison, ça pourrait mener dans beaucoup de directions. Mais à ce stade, ces possibilités sont plutôt vagues, non ? Alors qu'avec Daniel, on a quelqu'un qui a été vu près de la scène, qui a un mobile énorme, et qui est un peu dérangé, par-dessus le marché !

— Que veux-tu dire par « un peu dérangé » ?

— Eh bien, comme je l'ai dit, il zigzaguait. Il semblait en colère, puis presque amical, puis - en parlant du meurtre de son père - presque euphorique. Je te le dis, ce n'était pas normal !

Ben hocha la tête, entendant ce qu'elle disait mais ressentant aussi une certaine obstination concernant sa propre découverte et souhaitant que Molly soit plus excitée par celle-ci. Enfin, ils atteignirent le stand de saucisses et leurs assiettes furent remplies. Molly ajouta une montagne de frites parce qu'elle ne pouvait jamais dire non aux frites, et ils partirent à la recherche de Monsour, s'arrêtant pour saluer encore plus d'amis et de connaissances en chemin.

Un petit groupe monta sur la scène improvisée et commença à jouer des gigues irlandaises, et les enfants se pressèrent autour, les mains en l'air et les jambes volant. Pendant un instant, Molly resta immobile et regarda autour d'elle son village bien-aimé, tous ces gens qu'elle appréciait assis ensemble pour un repas, éclairés par des guirlandes de lumières féeriques, sous le ciel bleu sombre. Elle sentit l'émotion monter et dut retenir ses larmes, tellement elle était heureuse d'être là, dans cet endroit, avec Ben juste derrière elle et sa meilleure amie Frances quelque part en train de faire des bêtises, sans aucun doute. Mais en regardant autour d'elle, elle ne vit pas Daniel et s'inquiéta qu'il ait quitté la ville avant qu'elle n'ait une autre chance de lui parler.

— Comment est la saucisse ? demanda Ben à Paul-Henri, qui en avait mangé la moitié avant qu'ils ne s'installent sur leurs chaises.

Tous les trois parlèrent de viande grillée et de frites pendant une minute ou deux avant d'entrer dans le vif du sujet.

Molly, pour sa part, était concentrée pour le moment sur la nourriture. Le meurtre était grave, et le résoudre était d'une importance cruciale. Mais une fille avait besoin de se sustenter, pensait-elle en coupant l'extérieur parfaitement croustillant de la saucisse après l'avoir généreusement tartinée de moutarde. Si elle devait se rendre en Bretagne pour interroger Daniel, c'était ce qu'elle devrait faire. Constance pourrait gérer les choses pendant son absence. Et le mariage de Frances et Nico... eh bien, tout se passerait bien d'une manière ou d'une autre.

— Je voulais vous parler à tous les deux par courtoisie professionnelle, dit Monsour. Nous ne sommes pas tout à fait au moment de rédiger un mandat, quelques détails restent à régler, et comme vous le savez bien, la collecte de certains types de preuves peut être d'une lenteur exaspérante...

— Oui ? interrompit Ben. Sur qui avez-vous des soupçons ?

— Votre cliente, Odile Dupont.

— Quoi ? dit Molly, se penchant en avant et oubliant ses frites. Odile est innocente ! Vous ne pouvez pas arrêter les gens sans raison !

Monsour sourit et coupa le dernier morceau de sa saucisse en deux.

— Le mobile est multiple, dit-il avec préciosité. Non seulement il y avait beaucoup de rancœur concernant le divorce, mais Coulon lui nuisait activement financièrement. Il avait donné l'instruction aux employés de la mairie de ne pas examiner sa demande de licence commerciale. Odile, voyez-vous, gère une chaîne de salons de beauté. Je peux vous dire qu'à Paris, ce genre d'établissement fait un chiffre d'affaires sérieux...

— Nous le savons, Paul-Henri, nous le savons, dit Ben. Nous sommes au courant de la situation avec les permis dont vous parlez, mais nous en avons tiré une conclusion différente sur qui est impliqué.

— D'autres personnes étaient-elles dans le bureau de Coulon la semaine précédant son meurtre, à jeter des cendriers et proférer toutes sortes de menaces ? Parce que votre cliente y était, dit Monsour.

Molly et Ben se regardèrent. Il semblait qu'Odile avait omis quelques détails dans sa version de l'histoire, et comment allaient-ils ralentir Monsour pendant qu'ils cherchaient le véritable meurtrier ?

Ou pour une fois, les gendarmes avaient-ils devancé Molly dans la découverte de la vérité ?

Le lendemain matin, Molly se précipita tôt au village avec deux objectifs en tête : barrer quelques courses de mariage de sa liste et trouver Daniel Coulon s'il était encore en ville. Elle traversa la place en scrutant les alentours, mais ne le vit pas, puis descendit la rue Malbec au cas où il traînerait encore autour de la maison de son père. Toujours aucun signe de lui.

Elle et Ben avaient décidé de ne pas dire à Odile à quel point les gendarmes étaient près de l'arrêter, estimant que cette nouvelle pourrait exercer sur elle une pression suffisante pour qu'elle fasse quelque chose qu'elle ne devrait pas - prendre la fuite, faire une scène, n'importe quoi d'autre que d'aller simplement travailler tous les jours et de ne pas jeter de cendriers sur qui que ce soit. Tout ce que Dufort/Sutton pouvait faire pour protéger leur cliente était d'essayer d'offrir aux gendarmes d'autres pistes, tout aussi convaincantes, pour gagner du temps.

Était-il possible que le mariage de Nico et Frances n'ait lieu que dans deux jours ? Comment était-ce même possible ? Elle ne se sentait absolument pas prête, même si en passant en revue les éléments de sa liste, la situation n'était pas complètement désespérée. Le menu était assez simple, juste des steaks grillés et les légumes qui auraient l'air le plus frais ce jour-là, sautés au beurre. Une salade, bien sûr. Edmond Nugent apportait le pain et préparait le gâteau, et elle avait arrangé pour que les steaks, les légumes et l'alcool soient livrés vendredi matin, donc c'était ça de fait. Elle avait déjà les tables, les nappes, les couverts, les verres, tous achetés pour le concours de Chef du Monde qu'elle avait organisé en hiver. À moins qu'elle n'ait oublié quelque chose de crucial, tout ce qu'elle avait à faire ce matin-là était de voir Madame Langevin pour les fleurs. Le timing s'était avéré terrible, mais elle pouvait difficilement blâmer Frances et Nico pour ça, ni le maire d'ailleurs.

Mais d'abord, *un café*. Elle se gara devant la pâtisserie Bujold et entra, faisant un signe à Edmond alors qu'il parlait à un autre client.

— Eh bien, bonjour, Malcolm, dit Molly, quand le garçon se retourna pour voir qui entrait dans la boutique. Ça fait plaisir de te revoir.

— Bonjour, dit-il, avant de se retourner.

Ses cheveux un peu longs étaient légèrement emmêlés et sa chemise ne semblait pas fraîche. Molly se demanda comment les choses se passaient à la maison, incapable d'imaginer ce que devait être la vie de famille quand votre père était en prison.

— Comment va ta famille ? demanda-t-elle, refusant d'abandonner l'idée de l'engager dans la conversation.

Malcolm tourna son visage vers elle mais pas son corps, et haussa les épaules.

— Bien, je suppose, dit-il en marmonnant.

Hm, pensa-t-elle. Il est certainement contrarié par quelque chose.

Malcolm acheta une coupe fantaisie à plusieurs couches recouverte d'amandes concassées avec une plume rouge plantée sur le dessus. Molly l'admira et rit lorsque le garçon y plongea immédiatement sa cuillère et commença à manger, mais ne put obtenir davantage de réaction de sa part.

— C'est un habitué ? demanda-t-elle, une fois Malcolm parti.

— Il n'est presque jamais venu. D'habitude, il n'a pas les moyens, dit Edmond à voix basse, en se penchant par-dessus le comptoir. Au moins ici, la vitrine l'empêche de partir avec la moitié de la marchandise.

— Écoute, le gars à qui je parlais l'autre jour ? Le fils de Coulon ? Tu l'as vu dans les parages depuis ?

— Oui, en fait. Drôle que tu en parles juste après Malcolm Barstow. Donc ce gars, Daniel, c'est son nom, il est venu hier, ou peut-être avant-hier, et a commandé deux éclairs au caramel. Je les ai mis dans une boîte et je me suis absenté juste une seconde, j'ai dû réceptionner une livraison à l'arrière, mais ce n'était pas plus d'une minute. Je suis revenu et Daniel avait englouti un éclair et était en train d'attaquer le deuxième. Un comportement glouton, dit Edmond en secouant la tête. Mais le pire, c'est qu'il n'avait pas l'argent pour payer. Il m'a juste souri, en disant qu'il reviendrait un jour avec l'argent. Sans préciser quand.

— Tu as appelé les gendarmes ?

— Pour deux éclairs ? Non. Ça n'en vaut pas la peine. Je ne pense pas qu'il reviendra, cependant. Il est probablement parti arnaquer le suivant... peut-être qu'il ira chez Fillon, ajouta-t-il avec satisfaction.

— Il est évident qu'il est dans une situation difficile, dit Molly, argumentant en fait avec Ben, pas avec Edmond.

— Je n'arrive pas à ressentir beaucoup de sympathie, dit Edmond avec un reniflement.

— Il n'a pas dit où il logeait par hasard, ou autre chose dans ce genre-là ?

— Non. Mais vu son allure, je ne serais pas surpris d'apprendre qu'il dort dehors.

Molly partit en trombe, n'oubliant pas son petit sac de pâtisseries, voulant en finir avec la fleuriste pour pouvoir retourner à La Baraque avant que tout le monde ne soit levé. La fête s'était terminée très tard et Ben et les locataires faisaient tous la grasse matinée, donc elle pensait pouvoir caser Madame Langevin entre deux, tant qu'elles ne s'emballaient pas en parlant.

La boutique n'était pas officiellement ouverte, mais Molly pouvait voir Madame Langevin à l'intérieur en train de trier une énorme brassée de roses sur une table en acier inoxydable. Molly frappa à la porte et fit un signe de la main, son esprit passant de Daniel à Odile, à Mega-Mart et au mariage, comme dans un flipper malmené sur le point de faire des étincelles.

— Je me demandais si j'allais avoir de vos nouvelles, dit Madame Langevin avec un sourire en ouvrant la porte. Le mariage est ce vendredi. On s'y prend un peu tard, non ?

Molly secoua la tête.

— Je sais, c'est entièrement ma faute. J'aurais dû appeler il y a des semaines. C'est juste que Ben et moi sommes sur l'affaire Coulon et ça a pris tout notre temps.

Elle fit une pause.

— Et vous savez, juste entre nous, Frances a tellement oscillé à propos de tout ça que ça ne m'a jamais vraiment semblé réel. J'ai dû aller voir Nico pour avoir une date. Bien sûr, quand j'ai accepté, je n'avais aucune idée...

— Dites-moi, vous pensez que Frances... n'est pas enthousiaste à propos du mariage ? Nico est venu ici plusieurs fois pour lui acheter des fleurs - vous vous souvenez de l'épisode de la piqûre d'abeille ?

Molly hocha la tête, les yeux écarquillés.

— Oh oui, effrayant.

— Eh bien, il n'y a aucun doute dans mon esprit que Nico est absolument fou de Frances. Mais peut-être que c'est un peu à sens unique ?

— Non, non, je ne pense pas. Elle est tout aussi folle de lui, j'en suis certaine. C'est plutôt une résistance à la formalité. Quoi qu'il en soit, je suis désolée d'être brève, mais je suis terriblement pressée. Ça vous dérangerait de préparer quelque chose de simple et de l'apporter vendredi, en début d'après-midi je suppose ? Un petit bouquet pour Frances, pas trop chargé mais simple, et peut-être quelques arrangements pour la table ? Ce ne sera pas une affaire chic, juste une cérémonie rapide et un petit dîner entre amis.

— Pas de danse disco cette fois ?

— Pas cette fois, rit Molly. Envoyez-moi simplement la facture. Et merci !

Cela étant réglé, sur le chemin du retour, Molly pensa qu'elle devrait probablement appeler Odile et lui faire un point sur leur avancement. Ils n'avaient pas besoin de lui parler de toutes les pistes qu'ils suivaient, mais elle se doutait bien que lorsque quelqu'un payait autant qu'Odile allait le faire, cette personne voudrait avoir l'impression d'être dans la confidence. Mais pouvait-elle faire cela sans lui parler des soupçons de Monsour ?

Trop de choses, trop de choses, il faut que je m'assoie et que je fasse une liste avant que ma tête ne s'envole dans le ciel, pensa-t-elle en prenant un virage serré dans l'allée et en espérant que tout le monde dormait encore.

Bobo l'accueillit avec des aboiements frénétiques, et Molly entra par la porte de la terrasse pour trouver Ben en train de se verser une tasse de café, l'air encore endormi après cette nuit tardive.

Ben et Molly s'embrassèrent chaleureusement, bien qu'elle sentît encore une once de ce sentiment de compétition qui subsistait.

— Désolé de vous déranger, tonna Wesley depuis le couloir. Bonjour ! Je crains de ne pas être habitué à ces horaires irréguliers. Je me demandais si cela vous dérangerait de me préparer un petit-déjeuner copieux, Molly ? Je me sens plutôt vidé.

— Je signe aussi pour ça, dit Ben avec un sourire malicieux.

— D'accord, des œufs et du bacon, ça vous va ? J'ai fait le plein de caféine, et voici des croissants à grignoter si vous vous sentez défaillir.

Elle posa le sac blanc de la pâtisserie Bujold sur la table et sortit les œufs du réfrigérateur.

— Brouillés, ça vous convient ?

— Je préfère les œufs au plat, mais je peux suivre le mouvement, dit Wesley. C'est une expression intéressante, « suivre le mouvement ». Ça fait réfléchir sur le type de mouvement dont il est question, n'est-ce pas ?

Molly écoutait Wesley divaguer d'une oreille distraite, tout en pensant à retourner directement au village après le petit-déjeuner et à couvrir chaque centimètre carré jusqu'à ce qu'elle trouve Daniel Coulon. Elle ne faisait donc pas attention lorsque le chat roux sauta sur le plan de travail de la cuisine alors qu'elle allait chercher le beurre, et quand elle se retourna, le chat la surprit, elle sursauta, et il s'envola du comptoir en trombe, renversant la boîte d'œufs par terre.

— Et merde, marmonna Molly, en ouvrant la boîte d'œufs de chez Barbeau dans l'espoir que quelque chose puisse être sauvé. Mais il restait dix œufs, et chacun d'entre eux était complètement brisé et se répandait sur le sol.

QUATRIÈME PARTIE

❧ 40 ❧

Madame Barbeau s'était alitée, les genoux en feu. Elle avait demandé à Josette de lui apporter juste un bol de soupe pour le déjeuner et avait passé l'après-midi à somnoler, sa chambre emplie de l'odeur pénétrante de l'onguent qu'elle avait préparé pour soulager ses articulations.

Après avoir préparé et apporté la soupe, Josette profitait de cette journée ensoleillée en errant autour de la ferme sans rien faire. Elle se rappela la chèvre qu'elle avait eue enfant et envisagea de dépenser ses économies pour en acheter une autre. Elle traversa la prairie jusqu'au petit étang et s'y tint, regardant les poissons remonter à la surface, l'esprit vide.

Oh, Josie, se dit Julien en la voyant là. Elle était si belle, si belle avec un alarmant déficit de bon sens, pensa-t-il en traversant la prairie pour la rejoindre.

— Écoute, j'ai réfléchi, dit-il. On a déjà parlé d'aller en Amérique, pas vrai ?

Josette hocha la tête.

— Pourquoi on n'irait pas tout simplement, nous tirer d'ici ! Je sais qu'on n'a pas beaucoup d'argent, mais on en a assez pour les billets d'avion et les dépenses courantes pendant quelques mois. On pourra trouver du travail une fois là-bas.

Josette regarda son frère avec gratitude.

— Tu imagines ? poursuivit-il. Fini avec ses sujets de prédilection ? Fini les débats sur la nourriture du restaurant, ou notre père, ou tout ça ?

— Tu veux vraiment dire un nouveau départ ?

— Totalement nouveau, dit Julien avec un sourire.

Mais ensuite, il baissa les yeux vers ses pieds, réalisant combien d'obstacles ils auraient à surmonter.

— Bien sûr, il faudra d'abord obtenir des passeports, dit-il.

Mais ils avaient l'argent. Il voulait tellement ce nouveau départ, pour eux deux, qu'il pouvait presque le goûter.

— Écoute, je vais m'occuper des demandes de passeports. Peut-être qu'on pourra payer un supplément pour qu'ils les fassent en urgence. Et ne t'inquiète pas pour les poules, Maman peut se débrouiller toute seule mieux qu'elle ne le laisse croire.

— L'Amérique me fait un peu peur, dit Josette.

Ils restèrent sans parler, à fixer l'eau. Julien se pencha et ramassa une poignée de cailloux qu'il se mit à lancer dans l'étang.

— Mais pas au point de ne pas pouvoir y aller avec toi, dit-elle doucement, et son frère poussa un cri de joie.

— Je me marie dans deux jours, Molls. *Deux !*

— Je sais. Prends l'extrémité là et on soulève à trois. Un, deux, trois !

Molly sortit à reculons de la remise en tenant l'extrémité d'une des tables, et Frances gémit et se plaignit tout en transportant son bout, jusqu'à ce que finalement, avec un peu plus d'hystérie mineure de la part de Frances, elles aient installé trois tables dans la cour là où elles les voulaient, en une longue rangée.

— Je suis folle de ne pas avoir prévu de musique ? Toutes les bonnes fêtes ont de la danse.

— Rien n'empêche qui que ce soit. Une danse impromptue peut éclater à tout moment, dit Molly patiemment. Je peux brancher de la musique et on pourra se déchaîner sur l'herbe. Facile.

— Est-ce que je fais une terrible erreur ?

— De ne pas avoir de piste de danse ?

— Non, espèce d'andouille, de me marier pour la troisième fois !

Molly fit face à sa vieille amie. Elle resta un moment la bouche fermée, se forçant à ne pas exploser.

— Frances ? Tu te rends folle. S'il s'avère que te marier avec Nico est une erreur, et que tu préférais ne pas être mariée, alors divorce à nouveau. Vous pourrez simplement revenir à la situation d'avant, sans conséquence.

— Mais Nico veut vraiment des enfants.

La poitrine de Molly se serra et elle ne dit rien.

— Et je n'ai aucune idée de ce que je ressens à ce sujet, et je sais que c'est un sujet délicat pour toi mais si je n'en parle jamais alors c'est bizarre en soi.

— Je ne te dis pas de ne pas en parler.

— D'accord, eh bien, c'est juste que j'ai ce côté traditionaliste en moi quand il s'agit d'enfants.

Molly parvint à rire.

— Toi ? Je ne pensais pas qu'il y avait la moindre trace de traditionalisme chez toi !

Frances baissa la tête.

— Je sais. C'est embarrassant.

— Donc, pour finir ici - j'ai des nappes blanches prêtes à l'emploi, plus des serviettes, et Madame Langevin s'occupe de quelques fleurs, rien d'excessif du tout.

— J'adore les fleurs.

— Voilà, ça c'est une bonne mariée ! Il faut que je passe un coup de fil. Que dirais-tu d'aller dans le placard de la nouvelle extension et de sortir le carton avec les nappes ? Je crois qu'il y a aussi des salières et des moulins à poivre dedans.

Frances s'éloigna en sautillant comme si elle avait dix ans. Molly sortit son portable et appela Odile.

— Eh bien, il était temps, dit Odile, dès qu'elle réalisa qui appelait. Est-ce dans vos habitudes d'obtenir un client puis de l'ignorer tout en prenant son argent ?

— Nous aurions dû convenir d'un calendrier de communication, dit Molly, se sentant trop pressée par le temps pour discuter. Et je suis désolée, je n'ai pas beaucoup de temps en ce moment.

— Vous organisez un mariage, c'est ce que j'ai entendu dire. Très peu professionnel, je dois vous le dire. Avez-vous fait le moindre progrès dans l'affaire de Maxime ? Je me sens extrêmement anxieuse à ce sujet, Molly. C'est très perturbant quand la violence frappe si près.

— J'en suis consciente, dit Molly, puis elle essaya de mieux cacher son irritation. Ben et moi *faisons* des progrès. Vous saviez que Maxime avait un fils ?

— Bien sûr. Nous étions mariés, vous savez.

— Il n'est pas rare que des personnes mariées gardent des secrets.

— Eh bien, peut-être que c'est le cas, mais c'est hors de propos, n'est-ce pas ? Maxime m'avait parlé de son fils. Il n'en a parlé qu'une fois. Je crois que c'était une source de... j'allais dire de honte, mais la vérité est qu'il craignait surtout que le fils ne se présente et ne l'embarrasse. Il n'a jamais levé le petit doigt pour essayer de le retrouver ou quoi que ce soit, pas que je sache.

Molly n'arrivait pas à comprendre l'idée d'un parent ne se souciant pas de l'endroit où se trouvait son enfant, ne voulant pas le connaître, ou même le rencontrer une seule fois. Cela la dépassait complètement.

— Son fils est dans le village. Ou il y était, je n'ai pas réussi à le retrouver depuis quelques jours.

— C'est tout ?

— Non, dit Molly, se sentant sur la défensive. Mais vous devez comprendre, Odile. Je suis sûre qu'en dirigeant votre propre entreprise, vous êtes habituée à tout savoir des détails. Mais il y a des choses dont Ben et moi ne pouvons pas parler parce qu'elles sont liées à l'enquête de la gendarmerie, et nous ne sommes pas autorisés à en parler, même avec vous.

Molly parla à Odile pendant encore quinze minutes, esquivant d'autres questions et réussissant finalement à l'apaiser, principalement en ayant l'air confiante. Mais lorsqu'elle posa son portable sur le comptoir de la cuisine, elle se sentit comme la détective la moins sûre d'elle qui ait jamais existé. Elle n'avait aucune preuve que Daniel était le meurtrier, seulement un ensemble de preuves circonstancielles qu'elle espérait accablantes. *Espérait.* Avec un profond soupir, Molly s'allongea sur le canapé et ferma les yeux, essayant de passer en revue chaque détail de l'affaire pour voir si elle n'avait rien manqué.

Une détective digne d'une bonne réputation devait avoir plus que de l'espoir dans sa poche, pensa-t-elle, alors qu'elle glissait sans le vouloir dans une sieste.

Le lendemain, la veille du mariage de sa meilleure amie, Molly se rendit au village avec l'idée d'acheter quelques babioles à placer près de l'assiette de chaque invité. Quelque chose de drôle, pour détendre l'atmosphère, pour faire rire Frances malgré elle. Au moins, le temps semblait tenir, ce qui était une bénédiction incroyable car s'il pleuvait, tout devrait être entassé dans le salon de Molly, ce qui ne serait pas—

Oh ! Molly réalisa qu'elle avait oublié d'appeler Constance pour lui demander si elle pouvait faire le ménage le lendemain. Craignant qu'elle et Thomas n'aient un grand projet qui ne puisse être interrompu pour rien au monde, Molly arrêta le scooter et composa immédiatement le numéro de Constance en numérotation rapide.

Elle était à environ un demi-pâté de maisons de la banque, alors quand Maron et Monsour sortirent en tenant le bras d'un homme, elle vit tout. Ben sortit de la banque en dernier. Molly plissa les yeux, essayant de voir si elle reconnaissait l'homme entre les gendarmes.

— Constance ? C'est Molly. Écoute, est-ce que tu pourrais... désolée. Bonjour. Comment vas-tu ?... Oui, moi aussi ça va. Je voulais te demander... c'est une sorte d'urgence, en fait... tu peux venir faire le ménage demain, avant le mariage ? Je vais être occupée à cuisiner et je ne pense vraiment pas... oui, amène Thomas avec toi. Je peux penser à au moins dix choses que je pourrais lui donner à faire... d'accord, d'accord... merci beaucoup !

Molly raccrocha rapidement, gara le scooter et courut sur le trottoir. Maron, Monsour et le banquier avaient disparu au coin de la rue, mais Ben avait vu Molly et l'attendait.

— Qu'est-ce qui se passe ? dit-elle, essoufflée.

— Il s'avère que Coulon n'était pas du tout doué pour cacher ses traces, dit Ben fièrement. Une fois que Monsour a commencé à examiner ses comptes, il a tout de suite trouvé des preuves de blanchiment d'argent.

— Quoi ? À quoi ça ressemble ?

— Il y avait des dépôts réguliers de cinq cents euros chacun, remontant à plusieurs mois, voire plusieurs années. Savais-tu qu'il y a toutes sortes de personnes qui, légalement, sont censées signaler tout ce qui est suspect en matière de blanchiment d'argent ? Légalement, par exemple, un banquier doit signaler les entrées d'argent sans source apparente. Monsieur Lachance, le banquier que tu viens de voir emmené par Maron, supervisait les comptes de Coulon depuis des années. Et Monsour a dit qu'il y avait des dépôts suspects remontant même à 2001, et il n'a pas eu le temps de remonter plus loin. Coulon faisait probablement du chantage à d'autres personnes en plus de Mega-Mart, depuis qu'il avait réussi à se faire élire maire. Et par-dessus tout, en tant que maire, Coulon agissait parfois comme une sorte d'officier de justice, et pouvait donc protéger Lachance au cas où un magistrat s'intéresserait aux affaires du banquier. Coulon était à la fois une poule aux œufs d'or, un protecteur et une corde autour du cou de Lachance.

— Beau travail, détective ! dit Molly.

Elle ouvrit la bouche pour demander le lien avec le meurtre, mais la referma.

— Merci, dit Ben, sachant parfaitement ce que Molly pensait mais ne lui en tenant pas rigueur. Compte tenu de tout cela, je pense que Lachance mérite plus notre attention. Bon, je vais rejoindre Maron. À ce soir.

Molly resta assise sur le scooter pendant une minute, réfléchissant à Coulon. Il devait payer Lachance pour le faire taire, et il semblait que cela fonctionnait dans les deux sens. Peut-être que Lachance lui avait demandé plus d'argent, et qu'ils s'étaient disputés au point que cela devienne mortel ?

Mais dans la chambre d'amis de sa maison, au deuxième étage ? Cela n'avait pas de sens. Elle passa en revue le reste des suspects autres que Daniel - André Lebeau, Josette, même Odile - mais parmi la sainte trinité des moyens, du mobile et de l'opportunité, aucun n'en avait plus d'un. Un seul ne valait même pas la peine d'être considéré, pensa-t-elle avec irritation. Y avait-il quelqu'un d'autre, quelqu'un qu'elle et Ben avaient omis de considérer ? Il ou elle devrait être juste sous leur nez.

Quels autres secrets Coulon gardait-il ?

Elle démarra le scooter et roula lentement dans les rues de Castillac, cherchant quelque chose pour amuser les invités du mariage. Ce n'était pas une tâche facile quand elle se sentait de mauvaise humeur. Finalement, elle se retrouva devant la boutique de Lapin et décida d'y jeter un coup d'œil.

— Bonjour, Lapin, dit-elle en entrant dans la pièce agréablement fraîche. Comment se passe la vie de marié ?

— C'est au-delà de mes rêves les plus fous, dit-il en la regardant avec... oui, c'étaient bien des larmes dans les yeux de Lapin, Molly fut choquée de le constater.

— Je suis si heureuse pour toi, dit-elle, et elle le pensait vraiment.

Ce nouveau Lapin sincère allait demander un certain temps d'adaptation. Elle regarda autour d'elle, pensant qu'il n'y avait aucune chance de trouver des cadeaux de mariage parmi les lampes cassées, les portraits poussiéreux et les meubles moisis qui encombraient les allées.

Mais puisqu'elle était là, Molly décida d'expliquer ce qu'elle cherchait, et non seulement Lapin comprit parfaitement, mais il mit le doigt exactement sur ce qu'il fallait.

— Je ne prends généralement pas de jouets, à moins qu'ils ne soient particulièrement anciens ou intéressants, dit-il en sortant une boîte de taille moyenne de sous le comptoir. Mais quelque chose dans ceux-ci m'a fait sourire, alors je les ai récupérés lors de la dernière succession que j'ai traitée. Je pourrais peut-être les laisser partir à un prix raisonnable.

Il posa la boîte devant Molly, et elle regarda à l'intérieur. Il y avait un fouillis de dinosaures en plastique. Elle en sortit un et le mit debout, puis un autre.

— J'ai toujours aimé les dinosaures, dit-elle en riant.

— Je pense qu'ils disent *Frances et Nico, ensemble pour toujours* comme rien d'autre ne pourrait le faire, dit Lapin. Toute la boîte, trente-cinq euros.

— Tu es drogué ? dit Molly. Dix. Et c'est encore une arnaque.

Molly souriait en sortant et en attachant la boîte à l'arrière du scooter. Elle était tellement occupée à imaginer les invités arrivant à table et voyant des marque-places tenus par des dinosaures qu'elle ne remarqua pas la roue avant d'un vélo dépassant de la ruelle un peu plus loin. En continuant son chemin, elle scrutait les rues latérales et regardait dans les vitrines des magasins en espérant trouver Daniel, mais sans succès. Elle ne vit pas non plus, dans son rétroviseur, Vasily Vasiliev sur ce vélo, en train de la suivre alors qu'elle traversait le village et s'engageait sur la rue des Chênes déserte.

$$\text{❧} \quad 42 \quad \text{❧}$$

Une fois rentrée chez elle, Molly sortit un vieux stylo de calligraphie et se mit au travail sur les marque-places. Elle avait un penchant bien plus traditionaliste que son amie, et si des marque-places à l'ancienne allaient être le seul moyen de l'exprimer, cela devrait suffire. Mais elle manquait de pratique et laissait sans cesse des taches disgracieuses, ses lignes tremblotantes au lieu d'être élégantes, et au final, un travail qu'elle pensait prendre trente minutes finit par prendre trois heures.

— Allez, Bobo, dit-elle en rebouchant le stylo après avoir terminé le dernier. Pas si mal, même si ça a pris une éternité, dit-elle, n'ayant aucun scrupule à parler à Bobo comme si elle était humaine. Tu veux aller te promener ?

Bobo, au grand plaisir de Molly qui ne s'en lassait jamais, bondit en l'air et tourna en cercles, ravie par cette idée.

Wesley Addison rôdait dans le couloir et entendit Molly. Il resta immobile, sachant pertinemment que son pas était lourd, et attendit qu'elle mette ses chaussures de marche et sorte par la porte de la terrasse. C'était l'heure du dîner mais il faisait encore clair, et quand il s'approcha pour regarder par la fenêtre du couloir, il la vit se diriger vers le pré au nord. Il envisagea de la suivre, mais se contenta finalement de monter la garde depuis ce même endroit dans le couloir de La Baraque, d'où il pouvait voir clairement Molly et donc serait capable de repérer également un rôdeur, tant qu'il venait de la direction de la maison ou du village, ce qui semblait probable.

Cela ne manquait jamais de remonter le moral de Molly de regarder Bobo bondir après les lapins qu'elle n'attrapait jamais. Elle contourna la grange en ruine et se dirigea droit vers le petit bâtiment sur la propriété voisine, toujours curieuse de savoir ce qui se passait à l'intérieur. En l'atteignant, Bobo ayant disparu dans la forêt, elle prit soin de rester de biais, afin que quiconque à l'intérieur regardant dehors ne puisse pas la voir facilement.

Ben, pendant ce temps, était rentré tard après de longues discussions avec Maron et Monsour au cours desquelles ils avaient passé au peigne fin les finances du maire et tenté de cartographier le réseau de corruption qu'il avait tissé autour de lui et de la mairie. Il était fatigué et satisfait du travail qu'ils avaient accompli.

Il entra dans La Baraque et fut surpris de voir Wesley Addison debout dans le couloir, en train de regarder fixement par la fenêtre.

— Bonsoir, Wesley, dit Ben, jamais très sûr de son anglais. Tout va bien ?

— *Non*, dit Wesley.

Il jeta un coup d'œil à Ben mais se retourna aussitôt vers la fenêtre.

— À l'instant... je crois avoir vu quelqu'un, dans l'ombre près des bois.

Ben le rejoignit à la fenêtre et regarda dehors. Tout était serein, et il aperçut brièvement Molly alors qu'elle disparaissait derrière un bosquet de noyers envahissants.

— Quelqu'un suit Molly, dit Wesley. J'avais l'intention... en tout cas... je... Monsieur Dufort, allez après elle. Tout de suite.

Ben pencha la tête. Il regarda Wesley dans les yeux. Puis il hocha la tête et partit en courant par la porte d'entrée et à travers le pré, dans la direction où Molly avait été vue pour la dernière fois.

Wesley ne bougea pas mais continua de surveiller, s'inquiétant de ne pas être parti après elle dès le début. Peut-être que ce que j'ai vu était un cerf, ou un autre type d'animal sauvage, raisonna-t-il, bien qu'il n'y crût pas une seconde.

MOLLY ÉTAIT PRESQUE certaine d'entendre quelqu'un bouger à l'intérieur du bâtiment. Elle se glissa doucement le long du mur, en prenant soin de ne pas marcher sur des brindilles, et s'approcha lentement pour regarder par la fenêtre.

Elle dut retenir une exclamation, car quelqu'un était effectivement à l'intérieur, et à sa surprise, c'était Malcolm Barstow, assis à une table avec quelques pots et boîtes devant lui, penché et en train de froncer les sourcils.

Molly retira vivement sa tête hors de vue. Eh bien, c'est intéressant, pensa-t-elle, essayant de décider de sa prochaine action. Elle se baissa et se faufila sous la fenêtre, avec l'intention d'ouvrir la porte et de confronter Malcolm.

Mais avant qu'elle ne puisse poser sa main sur la poignée de la porte, Vasily Vasiliev apparut, comme sorti de nulle part, et l'attrapa par le poignet.

— Pas tes affaires, dit-il.

— Vasily ? dit Molly, complètement déconcertée.

Il lui tordit le bras derrière le dos et elle cria.

À l'intérieur, Malcolm entendit le cri et releva brusquement la tête. Oh oh, pensa-t-il en se levant rapidement.

— Tu mets toujours ton nez là où il ne faut pas, dit Vasily.

— Vous parlez anglais ! dit Molly d'un ton accusateur, comme si c'était son pire crime.

— Je ne suis pas l'imbécile que tu crois, dit-il avec satisfaction.

— S'il vous plait, laissez-moi partir, dit Molly. Honnêtement, je n'ai aucune idée de ce dont il s'agit. Je n'ai jamais pensé que vous étiez un imbécile, d'ailleurs - de quoi est-ce que vous parlez ?

Vasily ne répondit pas mais plissa les yeux, réfléchissant, puis il tint les deux poignets de Molly derrière son dos.

— Viens, dit-il en la tirant douloureusement. Si tu te débats, je serai forcé de te faire mal, alors je te suggère d'être *docile comme un petit agneau*, dit-il d'un ton moqueur, avec le fort accent artificiel que Fedosia avait utilisé pour limiter la conversation avec Molly et les villageois.

Malcolm se glissa vers la porte. Il savait que Vasily avait mis la main sur Molly et qu'elle avait besoin d'aide. Mais Vasily le terrifiait, et ses pieds avançaient comme s'ils étaient sous l'eau.

Vasily était très fort. Il tira rapidement Molly vers la forêt et elle trébucha, l'esprit en ébullition.

— Tu cries, tu le regretteras amèrement, dit-il en se penchant pour lui parler à l'oreille.

Elle tomba, et il ne lui permit pas de se relever mais la traîna à travers les hautes herbes du pré. Plus que douze mètres, maintenant dix, avant qu'ils ne soient engloutis par la forêt sombre. Bobo aboya et grogna, courant vers le bâtiment et aboyant contre Malcolm.

— *À l'aide !* cria Molly, agitant ses jambes pour essayer de le ralentir.

— Ferme-la ! siffla Vasily en la tirant plus fort.

❦ 43 ❧

De derrière la grange en ruine, Ben surgit comme propulsé par un canon. Malcolm le vit, contrairement à Molly ou Vasily, et s'arrêta net avant de se lancer à sa poursuite. Ben atteignit le Russe en courant à toute allure, son corps percutant Vasily et le projetant sur le dos.

— Ben ! s'écria Molly, mais il ne lui prêta aucune attention jusqu'à ce qu'il ait frappé Vasily au visage suffisamment de fois pour que l'autre homme ne bouge plus.

Malcolm avait réussi à appeler à l'aide et avant qu'aucun d'entre eux n'ait eu le temps de parler, ils entendirent des sirènes venant de la direction du village.

— Merci, dit Molly à Ben d'une petite voix.

Il la serra fort dans ses bras, se retournant rapidement pour s'assurer que Vasily était toujours inconscient.

L'ambulance arriva sur les lieux avant les gendarmes, et donc après s'être assuré que Molly allait bien, Ben monta à l'arrière et se rendit à l'hôpital avec l'homme qu'il venait de rouer de coups jusqu'à l'inconscience. Cela laissa Molly et Malcolm debout dans le pré, se regardant avec étonnement, ni l'un ni l'autre ne comprenant vraiment ce qui venait de se passer.

— Bon, alors, dit finalement Molly, adressant à Malcolm un sourire encourageant. Je pense qu'il est temps que tu racontes à quelqu'un ce qui se passe exactement là-dedans.

Malcolm prit une profonde inspiration. Être une balance était la forme de vie la plus méprisable qui soit, et il n'avait aucune envie de se compter parmi elles. D'un autre côté, il serait ravi si Vasily était arrêté, et pouvait presque goûter au soulagement que cela apporterait.

— Eh bien, dit-il, essayant de faire sortir les mots mais n'allant pas très loin.

— Pourquoi ne me montrerais-tu pas ? dit Molly.

Elle garda un ton léger et amical, essayant de ne pas l'effrayer au point qu'il se taise. Tandis qu'ils retournaient vers le petit bâtiment, elle se frotta les poignets et fit pivoter ses mains pour les soulager.

— Qu'est-ce que c'est que tout ce bazar ? dit-elle, une fois à l'intérieur.

Des boîtes s'alignaient le long d'un mur, des pots remplis de liquide étaient posés sur la table, avec une boîte de seringues. Malcolm venait juste de préparer un lot et de remplir les seringues - un processus lent et terriblement fastidieux - quand Vasily avait attrapé Molly.

— De la drogue ? demanda-t-elle, en voyant les aiguilles.

— En quelque sorte, dit Malcolm.

Certes, il s'impliquait dans toutes sortes d'activités qui, à strictement parler, étaient illégales, mais il ne s'était jamais abaissé à dealer ou à prendre de la drogue.

— Malcolm. Tu as vu ce que Vasily a essayé de me faire. Dieu sait ce qu'il aurait pu faire s'il m'avait emmenée dans les bois. De toute évidence, tu travailles pour lui et tu ne veux certainement pas être entraîné dans sa chute. Alors parle ! Qu'est-ce que vous mijotiez tous les deux ?

— Ce n'est pas juste nous deux, protesta Malcolm. Fedosia est dans le coup. Lebeau et son ami Alain sont dans le coup. Donc s'il m'arrive quelque chose, je veux juste m'assurer que je ne serai pas le seul à faire de la prison. Ce n'était même pas mon idée ! Je déteste la drogue, Molly. J'avais un ami...

Molly attendit mais Malcolm décida de garder l'histoire de son ami pour lui.

— Et Lebeau ? dit-elle, intriguée.

— Ce n'est pas de l'héroïne ou quoi que ce soit. Ce n'est même pas si grave, vraiment, dit Malcolm tout en se dirigeant vers la porte, pensant à prendre la fuite.

— Alors ? dit Molly, impatiente.

— Ce sont des stéroïdes. Vous savez, des drogues pour le culturisme. Toute cette histoire est stupide, si vous voulez mon avis, mais certains types sont vraiment obsédés par l'idée d'avoir d'énormes muscles, et ils paieront vraiment cher pour ça.

Il s'arrêta, fronçant le visage.

— Du moins, c'est ce que Fedosia a dit en tout cas.

— Donc les Vasiliev sont venus à Castillac juste pour lancer ça ?

Molly n'arrivait pas à y croire. Des dealers de drogue dans son pigeonnier !

— Et Lebeau ? Quel rapport a-t-il avec tout ça ?

— C'est l'un des distributeurs. Et évidemment, un consommateur, dit Malcolm avec un rire méprisant.

Molly sortit son téléphone et appela la gendarmerie, demandant à parler à Monsour. Maron allait retrouver Ben à l'hôpital, mais quelqu'un devait venir recueillir toutes ces preuves. Elle était encore tremblante, l'adrénaline ayant un effet persistant ; elle n'arrivait pas tout à fait à reprendre son souffle et ne se sentait pas entièrement stable sur ses jambes. Mais elle mit cela de côté, se souvenant avec des sentiments intensément mitigés comment Ben avait surgi de nulle part et plaqué Vasily au sol.

Et puis l'avait frappé plus que strictement nécessaire.

D'un côté, c'était merveilleux de savoir qu'il la soutenait, qu'il agirait rapidement et agressivement pour la protéger. De l'autre, elle se sentait un peu irritée, comme s'il pensait qu'elle n'était pas capable de prendre soin d'elle-même et avait besoin qu'il arrive sur son cheval blanc pour sauver la situation.

Elle comprenait qu'en fait, elle avait eu besoin d'être sauvée. Elle n'aimait tout simplement pas particulièrement ça.

Molly se retourna vers Malcolm.

— Comment t'es-tu retrouvé mêlé à ces gens, d'ailleurs ? Ça n'a pas vraiment l'air d'être ta tasse de thé.

— Oh, ça ne l'est pas, acquiesça Malcolm. Ma mère va être furieuse contre moi. C'était juste... J'ai rencontré Fedosia au village un jour, et elle m'a demandé si je pouvais les aider...

— Donc par pure bonté d'âme... ?

— Ouais, exactement ! dit Malcolm avec un sourire en coin.

— Encore une question. Sois franc, Malcolm, celle-ci est importante.

Malcolm hocha la tête.

— Est-ce qu'il y a un lien avec Coulon dans tout ça ?

Le garçon haussa les épaules.

— Je ne sais rien à ce sujet. Coulon était véreux, vous l'avez probablement compris maintenant. De l'argent sale dans tous les sens où on regarde. Donc ce n'est pas surprenant que quelqu'un l'ait tué, mais je n'ai pas entendu le moindre murmure sur qui ça pourrait être, je le jure.

Molly le regarda attentivement, et fut satisfaite qu'il dise la vérité. C'était une qualité étrange pour un gamin qui avait été pris en train de voler et de s'introduire par effraction à plusieurs reprises - mais pour autant que Molly sache, il n'était pas un menteur.

Un réseau de drogue, à Castillac. Qui l'aurait cru ?

$$\text{❧ } 44 \text{ ❧}$$

Le vendredi, jour du mariage, se leva nuageux avec une bruine intermittente. Molly était debout tôt. Les poignets et les bras endoloris d'avoir été traînée dans la prairie, elle se sentait troublée, le stress l'ayant fait s'endormir avant le retour de Ben, encore pleine de bien plus de questions que de réponses. Trafic de drogue, plusieurs villageois impliqués dans le complot, une tentative d'enlèvement - mais tout cela était-il pertinent pour le meurtre de Coulon ? Elle avait l'impression qu'ils ne cessaient de découvrir des méfaits dans toutes les directions sauf celle qui importait.

Coulon était-il également mêlé au réseau de drogue des Vasiliev, et si oui, cela l'avait-il mené à sa mort ? Elle n'avait aucun mal à imaginer Vasily commettre l'acte, plus maintenant. Mais elle n'avait rien pour le relier directement à Coulon, rien d'autre qu'une nature sournoise et meurtrière, ce qui ne signifiait pas grand-chose aux yeux de la loi.

Prise d'une soudaine panique, elle réalisa qu'elle s'était couchée la veille sans savoir ce qui était arrivé à Fedosia. Elle courut mettre de l'eau à bouillir puis réveilla Ben.

— Désolée, dit-elle en lui donnant un rapide baiser. Mais je viens de réaliser - l'autre moitié de l'entreprise criminelle est dans le pigeonnier ! Est-ce que quelqu'un a dit à Fedosia que son mari était à l'hôpital ? Et selon Malcolm, elle était partenaire dans toute cette affaire—

— Monsour l'a arrêtée. C'est probablement pour ça que tu n'as pas pu le joindre hier soir pour sécuriser la scène de crime dans le bâtiment sur la route.

— J'admire ta capacité à te réveiller et à être cohérent immédiatement.

— Je rêvais de toi, dit-il en posant ses mains sur ses épaules et en l'attirant plus près.

Mais Molly se dégagea et se leva.

— J'ai un million de choses à faire, dit-elle. Je n'arrive pas à y croire, mais le mariage, c'est *aujourd'hui*. J'attends des livraisons d'une minute à l'autre et je viens de réaliser que j'ai oublié d'aller chercher la bague de Nico chez le bijoutier. Je vais m'asseoir et boire une dernière tasse de café en passant en revue ma liste, voir s'il y a autre chose d'important que j'ai oublié. Et s'il te plait, prie pour qu'il ne continue pas à pleuvoir ?

Ben la regarda partir, sachant qu'elle babillait parce qu'il y avait quelque chose qu'elle avait besoin de dire mais qu'elle n'était pas encore prête à le faire. Avec un soupir, il se retourna, espérant grappiller encore quinze minutes de sommeil avant d'affronter la journée, mais dès que Molly fut partie, Bobo sauta sur lui et lui lécha le visage.

— Bon chien, dit-il, en la repoussant hors de portée de son visage juste au moment où son portable vibrait.

— Bonjour, Dufort, dit Maron.

Ben s'appuya sur un coude. Sa main lui faisait mal à cause du combat avec Vasily, ses articulations meurtries et sensibles.

— Vasiliev a déposé une plainte contre toi, dit Maron, sans préambule. Écoute, je comprends les circonstances, crois-moi. Mais son nez est cassé et il a une commotion cérébrale. Le médecin... le médecin a dit que tu l'avais sérieusement amoché.

Ben sentit la même rage le traverser que celle qu'il avait ressentie lorsqu'il avait vu Vasily avec Molly.

— Est-ce que tu es en train de me dire que j'ai fait quelque chose de mal ? Que je n'étais pas complètement dans mon droit de l'arrêter - et de m'assurer qu'il reste arrêté - étant donné ce qu'il tentait de faire ? Si j'étais arrivé deux minutes plus tard, si Wesley Addison ne m'avait pas prévenu—

— J'ai juste besoin que tu viennes à la gendarmerie pour remplir les papiers. Ne t'inquiète pas, nous allons arranger ça.

Ils se dirent au revoir et Ben balança ses pieds au sol, en colère et privé de sommeil. *Ce salaud avait ses mains sur Molly*, pensa-t-il, ressentant à nouveau une montée d'adrénaline inconfortable.

Il sortit dans la cuisine à sa recherche. Elle était en train de mettre sa tasse dans le lave-vaisselle et se préparait à partir.

— Je dois aller au poste, dit-il. Est-ce qu'il y a quelque chose que tu veux que je fasse aujourd'hui pour t'aider avec les préparatifs ? À part prier, ajouta-t-il avec un sourire que Molly ne lui rendit pas.

— Coulon, dit simplement Molly. Tout ce drame avec le mariage, et les Vasiliev, et la drogue... mais ce dont nous avons besoin, c'est du meurtrier de Coulon. Et corrige-moi si je me trompe, nous n'avons que des preuves circonstancielles et des suppositions bancales en réponse à nos efforts.

Ben prit une profonde inspiration pour repousser un éclair de colère. *Pourquoi n'était-elle pas plus reconnaissante ? Ne l'avait-il pas empêchée d'être traînée dans les bois par cette brute ?*

❦

MOLLY RENTRA à l'intérieur pour prendre un imperméable au cas où la pluie s'intensifierait, puis monta sur le scooter et tourna la clé de contact. Il ne toussa pas, et n'éternua pas non plus, mais ne fit aucun bruit du tout. Elle tourna la clé à nouveau, puis encore, mais il était indéniablement et complètement mort.

— Merde ! marmonna-t-elle entre ses dents.

Elle savait qu'elle était ridicule, puisque la Citroën pratiquement neuve était garée juste là. Mais rouler en scooter avec le vent qui lui fouettait le visage était le meilleur moyen de mettre de l'ordre dans ses pensées.

— Reste, Bobo ! dit-elle, alors que la chienne trottait pleine d'espoir vers elle quand elle monta dans la voiture, puis fit demi-tour avec une expression de désolation.

Je veux juste être seule quelques minutes, pensa Molly. J'ai besoin d'avoir l'esprit clair et de *réfléchir*.

Ai-je manqué d'objectivité envers Odile, se demanda-t-elle. Il est vrai qu'en tant que divorcée comme elle, je me suis sentie compatissante. Peut-être trop compatissante. Elle aurait pu avoir les clés de la maison de Coulon. Elle aurait pu trouver n'importe quelle raison pour le faire monter au deuxième étage - quelque chose qu'elle avait oublié d'emporter quand elle avait déménagé, voire même le séduire pour une raison quelconque. Son tempérament était fougueux, peut-être jusqu'au point de la violence. Comment Ben et elle pourraient-ils l'aborder, quelles questions pourraient-ils lui poser pour qu'elle s'incrimine sans s'en rendre compte ?

En passant devant le cimetière, alors que la bruine s'intensifiait, Molly se sentit encore plus découragée. La dernière chose qu'elle avait envie de faire était d'organiser le mariage de Frances et Nico, et savoir qu'elle s'était portée volontaire pour cette tâche - sans parler de la culpabilité qu'elle ressentait, sachant qu'ils étaient ses meilleurs amis et méritaient son attention et sa joie ce jour-là plus que tout autre - n'améliorait pas non plus son humeur.

Qu'était-il arrivé à Daniel Coulon, d'ailleurs ? Elle avait l'impression qu'il avait surgi de nulle part puis disparu, comme la baleine insaisissable dans Moby Dick, pensa-t-elle, riant malgré elle. La disparition est un comportement quelque peu incriminant, pensa Molly, peu désireuse de l'abandonner complètement.

Était-il retourné chez sa mère en Bretagne ? Molly ne pensait pas que la poursuite de son héritage nécessiterait de rester à Castillac ; elle se fit une note mentale d'en parler à Ben plus tard.

Il n'était pas encore dix heures quand Molly s'engagea dans la ruelle, prenant un raccourci en direction de la pâtisserie Bujold pour un croissant aux amandes revigorant avant d'aller chercher la bague chez le bijoutier. La bruine avait heureusement diminué et elle ralentit, son regard dérivant sur les jardins et les arrière-cours comme toujours quand elle passait par là.

Puis elle s'arrêta et sortit de la voiture. Elle grimpa sur un petit tas de planches pour avoir une meilleure vue. Et la réalisation la frappa violemment, comme si quelqu'un était venu derrière elle et l'avait claquée à l'arrière de la tête. C'était exactement comme l'indice classique de Sherlock Holmes : le chien qui n'avait pas aboyé, la chose qui n'était pas là. Elle resta un moment immobile, regardant fixement et réfléchissant intensément. Ce qu'elle comprenait maintenant - ce n'était pas tout à fait suffisant, pensait-elle, pour une arrestation. Molly était presque certaine d'avoir raison sur ce qui s'était passé, mais ils allaient avoir besoin d'un petit quelque chose en plus pour le prouver. Elle avait quelques idées de ce que cela pourrait être, mais Maron accepterait-il de l'aider à le trouver ?

Et y avait-il un moyen de le faire avant le mariage ?

De retour à La Baraque, Ben réfléchissait de son côté. Les événements de la veille avaient clarifié certaines choses pour lui, et tandis qu'il se tenait à la fenêtre, en train de regarder la prairie, le souvenir de Molly traînée dans l'herbe se rejouant sans cesse, il hocha lentement la tête.

La sonnette retentit et il réceptionna la livraison de nourriture pour le mariage avant de la ranger. La livraison de vin et d'alcool arriva peu après. Il ne cessait de jeter des coups d'œil dehors, guettant le retour de Molly, mais il n'y avait aucun signe d'elle.

Wesley Addison descendit et se prépara du thé, et Ben le mit au courant, le remerciant profusément.

— Si vous ne m'aviez pas dit d'y aller sur-le-champ..., dit-il, son anglais plutôt bon, car il ressentait si fortement le souvenir qu'il en oubliait de s'inquiéter de sa grammaire.

— Je suis simplement heureux d'avoir pu aider, dit Wesley. Bon, je ne vais pas vous retenir. Je sais que le mariage est ce soir et que Molly et vous avez sans doute beaucoup à faire.

— Est-ce que vous..., commença Ben, se sentant mal à l'aise.

— Non, je ne suis pas invité et je ne devrais pas l'être. Nancy et Emily m'ont invité à dîner au village, comme une sorte d'au revoir avant leur départ demain. Je crois qu'elles ont fait une réservation à La Métairie.

— Ah ! Eh bien, vous allez très certainement apprécier le repas. Le chef est très doué.

Ben parlait, mais son esprit était de l'autre côté de la ville, à se demander ce que faisait Molly et pourquoi elle n'était pas revenue.

— Sans aucun doute, ce que Molly préparera pour le dîner sera des plus savoureux, dit Wesley.

Ben acquiesça, sans même essayer de comprendre ce qu'il disait.

Puis Frances arriva à la porte d'entrée, les yeux rouges, et Ben ne savait pas quoi lui dire.

— Je suis sûr qu'elle sera bientôt de retour, elle a juste mentionné une course rapide... euh, tout va bien ?

— Bien ? Ha ha ! Oui, tout est parfait, Ben ! Oh, tu veux dire mes yeux ? Oui, je sais, c'est fou, j'ai eu une petite crise de larmes ce matin en me réveillant. Mais ce n'étaient pas des larmes de tristesse, c'étaient des larmes de joie.

Ben hocha la tête, ne comprenant pas non plus de quoi elle parlait.

Il était plus d'une heure. Trente personnes devaient arriver à quatre heures, la mariée semblait vouloir sauter d'un pont, et toujours pas de Molly.

Constance arriva à vélo dans l'allée, en retard pour le nettoyage.

— Je vais passer ici comme une tornade, dit-elle à Ben. Où diable est Molls ?

— On n'en a aucune idée, dit Frances. Mais je ne m'inquiète pas. Elle a probablement démasqué un voleur de bijoux international en allant chercher la bague de Nico. Une fois qu'elle l'aura maîtrisé et que tout son réseau sera sous les verrous, elle reviendra tranquillement ici, préparera un repas incroyable pour une grande foule, et je ne sais pas, accomplira quelques autres tours de magie au passage.

— Parfois, je ne sais pas quand tu plaisantes, dit Ben.

— Moi non plus, dit Frances en haussant les épaules. Quoi qu'il en soit, je suis sérieuse quand je dis que je ne m'inquiète pas. Je suis amie avec Molly depuis environ vingt-cinq ans, et elle ne m'a encore jamais laissée tomber.

— Où est ta robe ? demanda Constance. Je parie qu'elle est incroyable.

— Nan. Écoute, c'est mon troisième passage devant l'autel. On commence à être un peu effrayée par les trucs symboliques comme les robes de mariée quand les choses ont mal tourné tant de fois.

— Constance, et si tu t'occupais du travail maintenant, pour que Molly ait moins à s'inquiéter à son retour ? suggéra Ben, essayant de faire avancer les préparatifs dans la bonne direction.

Constance lança un regard à Ben et partit chercher l'aspirateur.

Frances prit une longue et profonde inspiration et se demanda si prendre un shot de whisky serait de mauvais augure.

On frappa à la porte et Madame Angevin entra avec un magnifique bouquet de roses roses.

— Félicitations, chérie, dit-elle à Frances. Je vais voir si ça peut tenir dans le réfrigérateur. Tu ne veux pas descendre l'allée avec un bouquet fané !

Ensuite, Lawrence fit une entrée en trombe.

— Ben, je peux te parler ? dit-il, après avoir échangé les bises et salutations nécessaires avec tout le monde.

Les deux hommes s'écartèrent dans le couloir.

— J'ai eu des nouvelles de Molly. Apparemment, ton téléphone est à plat ?

Les yeux de Ben s'écarquillèrent. Il sortit son portable de sa poche et vit qu'effectivement, il ne montrait aucun signe de vie.

— Mon Dieu, marmonna-t-il.

— Ça arrive aux meilleurs d'entre nous, dit Lawrence. Écoute, Molly est au poste en train de parler à Maron. Elle est presque sûre d'avoir compris qui a tué Coulon - et elle n'est pas entrée dans les détails avec moi, que son âme soit damnée - mais il y a un élément que Maron doit régler. Elle m'a demandé de te dire qu'elle est en route pour rentrer, et que le mariage devrait pouvoir se dérouler comme prévu.

— Aucun détail du tout ?

— Zéro. J'ai essayé, mon ami, crois-moi. Mais elle était très pressée, donc nous n'avons pas parlé longtemps. J'étais déjà en route pour venir aider Madame Langevin avec les fleurs et installer la musique. Je lui ai proposé de la ramener, mais pour une raison quelconque, elle a insisté pour rentrer à pied. Quoi qu'il en soit, elle devrait être là dans dix minutes grand maximum.

Constance était l'image même de l'industrie tandis qu'elle passait l'aspirateur sur le tapis du salon et même, contrairement à son habitude, sous les canapés. Thomas arriva et installa le bar dehors, Lawrence et Madame Langevin emportèrent des vases de fleurs sur les tables, Frances avait disparu avec une bouteille de Jameson's, et il ne restait plus à Ben qu'à attendre et s'interroger.

❧ 46 ❧

— Je sais, ça semblait tellement extravagant, disait Molly à Lawrence en plaçant quatre énormes saladiers dans un second réfrigérateur dans une buanderie donnant sur le couloir principal de sa maison. Mais pour des moments comme le mariage de ta meilleure amie, avoir un deuxième frigo est absolument indispensable !

— Je vais te le dire, parce qu'on est de vieux copains, ta voix est presque une octave plus aiguë que d'habitude. Tu vas me dire ce qui se passe ?

— Je ne peux pas ! dit Molly en adressant un grand sourire à Lawrence. Tu peux mettre des bougies sur les tables ? Elles sont dans le placard de la pièce de la nouvelle extension. Et sois prêt avec des allumettes ou un briquet quand il fera sombre. Tu es le meilleur ! dit-elle en lui donnant un baiser sonore.

Il lui lança un regard faussement renfrogné.

— Je ne sais vraiment pas comment Ben te supporte.

Molly haussa les épaules.

— Il n'y a tout simplement pas le temps maintenant. Laisse-moi finir les derniers préparatifs du mariage, prendre une douche, m'habiller... et même après, ce serait tellement impoli d'éclipser le grand jour de Nico et Frances avec un tas de discussions sur une enquête de meurtre. Et tu le sais.

Lawrence rit.

— Ce n'est pas comme s'ils t'avaient rencontrée hier, ma chérie. Même si tu réussissais à passer toute la soirée sans prononcer un seul mot sur Coulon, tu ne crois pas que Nico et Frances sauraient très bien que tu y penses ? Dis-le juste à Ben et moi, et je te promets d'arrêter de te harceler. Donne-nous juste le nom, chérie.

— Tu es implacable ! Je commence à comprendre comment tu es toujours au courant de ce qui se passe dans le village. Tu harcèles les gens jusqu'à ce que le sang commence à couler de leurs oreilles !

— Quelle vision déplaisante, dit Lawrence avec un reniflement. Ben a installé les chaises. Je vais le chercher, et tu peux au moins nous donner un gros indice. S'il te plait ?

Molly secoua la tête.

— Je dois préparer les steaks, il y a le...

— Ça ne prendra que trois minutes !

— Oh, d'accord. Va chercher Ben pendant que j'assaisonne les steaks et que je vérifie les grills. Mais d'abord, tu peux aller voir comment va Nico ? Je lui ai dit qu'il pouvait se cacher dans l'annexe jusqu'à ce que tout soit prêt pour commencer. Il est adorablement superstitieux à l'idée de voir Frances avant.

— Je m'en occupe, dit Lawrence, ne perdant pas une seconde.

Dix minutes plus tard, Ben se dépêchait de suivre Lawrence et ils retrouvèrent Molly dehors, au coin du bâtiment, là où aucune des personnes travaillant à la décoration, au nettoyage et à l'installation pour le mariage ne pouvait les entendre.

— Je n'arrive pas à croire que j'ai dû te forcer la main pour que tu parles à ton propre partenaire, dit Lawrence, indigné.

Ben semblait amusé.

— J'ai appris que Molly avait son propre emploi du temps, et qu'il valait mieux ne pas essayer de la forcer à suivre le tien.

— Eh bien, tu es écœurant de compréhension. Allez Molly, accouche pour l'amour du ciel. Qu'est-ce que tu as découvert ? Qui a tué le maire ?

— Je ne sais pas à cent pour cent, pas encore. Et je suis un peu étonnée de ne pas l'avoir réalisé plus tôt. C'est une histoire un peu longue, c'est la raison pour laquelle je voulais attendre, mais voici la version courte : avant d'avoir le scooter, je marchais presque tous les jours jusqu'au village, parfois plus d'une fois. Et la plupart du temps, en fait, presque toujours, j'allais à la pâtisserie Bujold, alors je coupais par la ruelle qui débouche sur la rue des Chênes à la limite du village.

Ben et Lawrence écoutaient, intrigués.

— Et bon, j'ai un peu fouiné, en regardant dans les jardins des gens. J'ai jeté un coup d'œil par-dessus certains murs, curieuse de voir ce qu'il y avait derrière. Et j'ai remarqué, dès mon arrivée à Castillac il y a presque deux ans, que quelqu'un étendait de la lingerie très chic sur le fil à linge dans le jardin d'une des maisons. La Perla, c'est la marque - c'est assez cher, assez luxueux. Et vous savez, ça m'a fait réfléchir. Je veux dire, vous savez que j'aime Castillac du fond du cœur, mais je ne dirais pas - sans vouloir offenser personne - que c'est plein de femmes glamour et riches qui ont l'air de porter du La Perla en dessous.

— *Molly !* cria une voix qui semblait plutôt désespérée.

— Oh, c'est Frances. Elle a l'air au bord de quelque chose, dit Molly. Je finirai cette histoire plus tard. Attendez juste, et voyons si Maron arrive quelque part...

Et puis elle était partie, laissant Lawrence et Ben debout dans le couloir avec des visages amusés, douloureusement frustrés, se demandant comment diable des sous-vêtements chics pouvaient avoir quoi que ce soit à faire avec la mort de Maxime Coulon.

❧ 47 ❧

Molly courut dans sa chambre où Frances était en train de s'habiller.

— Ça va, n'est-ce pas ? dit-elle en souriant à son amie, qui était absolument magnifique dans une simple robe fourreau en soie blanche, les lèvres d'un rouge voluptueux, ses cheveux noir de jais effleurant ses épaules.

Frances but une gorgée de Jameson directement à la bouteille.

— Je suis euphorique, dit-elle. Je suis euphorique, je suis folle, je suis complètement et follement amoureuse...

— Ça suffit pour toi, dit Molly en riant, subtilisant habilement la bouteille des mains de Frances.

— Oh, ce n'est pas le whisky qui me fait parler ainsi. Je vais bien, vraiment. Mais j'ai l'impression d'être l'un de ces plongeurs de falaise, tu sais, d'Amérique du Sud ? Ceux qui s'élancent d'une hauteur impossible pour plonger dans cette eau bleue, si bleue ? C'est un miracle qu'ils ne se tuent pas tous, ajouta-t-elle à voix basse.

— La peur et l'amour sont très étroitement liés, dit Molly. On ne peut pas avoir l'un sans l'autre.

— Oh, revoilà Molly, la prêtresse zen ?

Les deux amies s'enlacèrent, retenant leurs larmes pour ne pas ruiner leur maquillage avant la cérémonie.

— Prête ? demanda Molly.

Frances hocha la tête, luttant toujours contre un sanglot.

Pendant ce temps, dans une frénésie folle, avec l'aide des invités qui arrivaient, les tables avaient été séchées et magnifiquement décorées. Lawrence diffusait un quatuor à cordes sur son poste de radio. Les invités furent soulagés de voir que la mariée ne s'était pas enfuie, et Frances commença à accueillir ses amis français avec sa chaleur habituelle et son humour parfois déroutant. Nico, le futur marié patient, attendait impatiemment dans l'annexe que Lawrence lui donne le signal. Alphonse, le propriétaire de Chez Papa, avait été choisi pour célébrer la cérémonie, et il attendait nerveusement, répétant son texte à voix basse même s'il avait tout écrit.

En observant le jardin, Molly ne put s'empêcher de se sentir satisfaite. D'une manière ou d'une autre - avec beaucoup d'aide, en réalité - elle avait réussi à tout organiser. Les gens grignotaient joyeusement des hors-d'œuvre et buvaient des kirs, riant et racontant des histoires. L'endroit était charmant et correspondait parfaitement aux souhaits de Frances - ce n'était pas sophistiqué, juste des tables avec des nappes blanches, quelques vases de roses roses, et un ruban sur l'arbre sous lequel ils prévoyaient d'échanger leurs vœux. Les petits dinosaures tenaient ou soutenaient les marque-places. Bobo arborait un ruban rouge sur son collier, ce que Molly avait vérifié auprès de Frances au cas où ce serait trop mignon, mais à une demi-heure de la cérémonie, la mariée était étonnamment calme, compte tenu des crises d'hystérie intermittentes des derniers mois chaque fois que le sujet du mariage était abordé.

Ben et Lawrence gardaient leurs distances avec Molly, mais ils remarquèrent tous deux qu'elle vérifiait constamment son téléphone, probablement pour des messages de Maron. Lapin et Anne-Marie racontèrent l'histoire de leur mariage secret, faisant rire puis pleurer tout le monde. Le mari de Manette trouva une chaise pour sa femme enceinte, puis une autre pour Madame Gervais qui, à cent quatre ans, avait de bonnes raisons de ne pas rester debout trop longtemps, et eux et le reste des villageois nettoyèrent les assiettes de hors-d'œuvre.

Alphonse fit un travail remarquable ; la cérémonie se déroula comme la plupart, avec des larmes qui jaillissaient de partout et une mariée rayonnante regardant son nouveau mari avec une joie pure tandis qu'il semblait être l'homme le plus heureux du monde. Molly était bien sûr aussi heureuse que tout le monde, bien qu'elle reconnût un murmure de tristesse aussi, car peu importe à quel point on était heureux pour un bon ami, un grand événement comme celui-ci dans la vie de quelqu'un d'autre pouvait vous faire sentir un peu laissé pour compte.

Et juste comme ça, Frances et Nico étaient mariés. Après avoir servi le champagne, Molly se dirigea vers les trois grills (dont deux étaient empruntés) et jeta les steaks sur les braises parfaitement préparées. Elle vérifia à nouveau son téléphone, mais toujours aucune nouvelle de Maron.

— D'accord, il est temps, dit Ben en la rejoignant près des grills.

— Je sais. Si ce n'était pas pour tout ça, dit-elle en faisant un geste vers la foule, nous aurions pu discuter de tout. Alors je suis désolée si tu as eu l'impression que je t'ai mis à l'écart. En fait, je t'ai *vraiment* mis à l'écart. Je suppose que j'espère que Maron va me contacter et que je pourrai te présenter toute l'affaire sans aucun fil lâche.

— Ce n'est pas comme ça que notre entreprise fonctionne. Ni comment fonctionne un partenariat.

— Tu as raison, dit-elle.

Elle aurait dû simplement mettre en pause les préparatifs du mariage et tout lui dire. Comment pouvait-il ne pas être furieux contre elle ? Elle retourna un steak et lui jeta un regard en coin, mais Ben n'avait pas l'air en colère. Bien que peut-être à la limite de sa patience.

— D'accord, rapproche-toi pour que personne ne puisse nous écouter... à qui je veux faire croire ça, tout le monde dans ce village est un maître en matière d'écoute aux portes !

Ben rit et passa son bras autour d'elle, penchant son oreille près d'elle.

— Je te parlais des sous-vêtements La Perla qui avaient toujours été un mystère pour moi. Surtout au début, quand je venais d'emménager ici, j'étais au marché du samedi et je regardais autour de moi, à me demander qui pouvait les porter. D'accord, ce n'est peut-être pas un comportement particulièrement normal, je comprends ça. Mais voilà le truc : je n'ai jamais pensé à identifier à quelle maison appartenait cette corde à linge. Je n'ai jamais compté combien de maisons il y avait entre ce jardin et le coin de la rue, puis fait le tour pour compter côté rue pour voir à qui appartenait la maison. Je suppose que j'aimais en quelque sorte savourer le mystère, tu vois ?

Ben attendit, résistant à l'envie de la pousser à aller plus vite.

— Mais donc ce matin, je marchais dans la ruelle, et j'ai réalisé que je n'avais pas vu les La Perla pendus sur la corde depuis un moment. Aujourd'hui, j'ai enfin compté les maisons et fait le tour du pâté de maisons pour voir à qui appartenait la maison. Allez, devine - c'était celle de *Coulon*.

— Mais Molly, tu sais comment est Castillac. Si un homme célibataire avait des sous-vêtements de femme pendus sur sa corde à linge, les gens en parleraient.

— C'est vrai, ils le feraient. Mais le jardin n'est pas ouvert, c'est un jardin clos. Pour que je puisse voir la lingerie en premier lieu, je devais grimper sur un rocher ou une pile de planches pour pouvoir voir par-dessus le mur. De temps en temps, je jetais un coup d'œil par-dessus, juste pour vérifier si c'était toujours là, mais ce n'est pas comme si n'importe qui pouvait le voir en se promenant dans la ruelle, il fallait être un peu fouineur. Et avant que tu ne mentionnes les voisins - la personne vivant à droite est en mauvaise santé, et n'utilise probablement pas l'étage supérieur de sa maison d'où elle pourrait regarder dans le jardin de Coulon. Et je suis à peu près sûre que la maison de l'autre côté est vide depuis un certain temps.

Elle lança un regard triomphant à Ben tout en retournant trois autres steaks, la graisse faisant jaillir les flammes.

— Je suis désolé, tu vas devoir m'expliquer. Coulon vivait seul. Tu insinues qu'il avait une maîtresse ou une petite amie secrète qui vivait avec lui ?

— Non ! Nous avons posé ces questions dans tout le village et personne n'a dit un mot sur une quelconque petite amie - je ne dis pas que c'est impossible, mais nous n'avons aucune preuve de cela du tout.

— Tu insinues que Coulon portait lui-même les sous-vêtements ? demanda-t-il, les yeux s'écarquillant.

— Non, pas ça non plus ! Écoute, nous avons fouillé la maison du maire, tu te souviens ? Si une petite amie y avait gardé des affaires, ou si Coulon les avait portés, nous les aurions vus. Les sous-vêtements auraient été dans une commode quelque part. Mais il n'y avait rien. Pas de lingerie nulle part dans cette maison. J'ai vérifié tous les tiroirs dans toutes les pièces, tu te rappelles ?

— Et donc ? Où veux-tu en venir ?

— La seule femme qui entrait régulièrement dans la maison de Coulon, comme tous les voisins nous l'ont dit, c'était Josette Barbeau.

— Josette Barbeau, répéta lentement Ben. Tu insinues qu'elle et le maire avaient une liaison ? La Josette qui a un alibi fourni par Rémy et aucun motif apparent, contrairement au reste de notre liste ?

— Oui, cette Josette-là, dit Molly. Je n'ai pas besoin de te dire que notre travail ne repose pas sur des sentiments ou des pressentiments. Mais quand je me suis tenue devant le 1 rue Malbec et que j'ai réalisé que la maison du maire était la maison La Perla depuis le début, j'ai *su* que c'était Josette. Je suis prête à parier ce que tu veux que c'est elle qui l'a tué. Et qu'ensuite, elle a emporté les sous-vêtements de luxe avec elle.

— Alors, comment comptes-tu le prouver ?

— Eh bien, j'ai appelé Rémy et j'ai fait pression sur lui. Au début, il tenait tête, mais quand j'ai insisté davantage, il a admis que les jeudis et les lundis, il faisait des courses en dehors de la ferme, parfois incluant des visites à d'autres agriculteurs. Il est bien allé à la ferme des Barbeau pour parler à Julien de ces poulets, mais il aurait pu confondre lundi dernier avec le jeudi précédent. Juste quelques jours d'écart, une erreur que n'importe qui pourrait faire.

— D'accord, donc son alibi est un peu plus fragile. Elle a toujours sa mère et son frère qui la soutiennent.

— Tu sais qu'on ne peut pas faire confiance aux membres de la famille dans un cas comme celui-ci. Bon sang, *je* mentirais probablement pour protéger certaines personnes qui me sont très proches.

— C'est juste que... Je ne veux pas démolir ton idée, Molly, mais tu travailles toujours sur des suppositions là.

— Et si Maron trouvait des sous-vêtements La Perla à la ferme des Barbeau ? Ça te convaincrait ?

— Ce steak est sur le point de brûler, Molly, dit Ben en pointant du doigt. Et en fait, non, ça ne me convaincrait pas, loin de là. Tout ce que ça nous dirait, c'est qu'elle a pris des sous-vêtements. Où est le mobile, même si elle avait une liaison avec lui ?

Molly piqua le steak et le déposa sur un plat qui attendait.

— Je sais, je sais, toute l'affaire n'est pas complètement bouclée, dit-elle. Mais tu dois admettre que ça voudrait dire qu'elle a menti. Ce qui mène à l'inévitable question de savoir sur quoi d'autre elle pourrait mentir ? Tout ce qu'on peut faire maintenant, c'est attendre de voir ce que Maron trouve, dit-elle. Mais je dois te dire que je me sens plutôt confiante quant à nos chances.

Ils regardèrent autour d'eux la fête qui battait son plein sans leur aide, avec Nico et Frances, rayonnants, au centre. Le soleil glissait vers l'horizon et la lumière était douce sur tous les visages. Molly vit la queue du chat roux dépasser de sous une table et espéra qu'il ne mordrait la cheville de personne pendant le dîner.

—Je pense qu'on a réussi notre coup, dit-elle en souriant à son partenaire. La vie est belle.

Ben glissa une boucle rebelle derrière l'une des oreilles de Molly.

— Est-ce que tu veux m'épouser ? demanda-t-il, avant de réaliser ce qu'il venait de dire.

❧ 48 ❧

Josette avait fait un petit sac et attendait dans la grange que Julien revienne avec le camion pour la prendre. Elle n'avait donné aucune excuse à Maman, sachant pertinemment que celle-ci serait folle de rage quand elle découvrirait que ses enfants étaient partis - qu'ils étaient partis pour de bon sans un mot.

Josette fredonnait, impatiente d'entamer le voyage. Et puis, avec la force d'une vague tonnante s'écrasant sur la plage, elle se souvint de ce qu'elle avait fait.

Elle avait tué un homme.

Son cerveau forma la phrase et elle savait consciemment que c'était vrai - elle savait même que c'était la raison pour laquelle elle se tenait dans la grange avec un petit sac à ses pieds - et pourtant cela semblait absurde et incroyable. Lentement, elle se rappela ce qui s'était passé après qu'elle l'avait fait.

Julien prenait son petit-déjeuner au Café de la Place et s'était précipité en camion chez le maire quand elle avait appelé. Alors qu'ils s'éloignaient de la maison du maire pour la dernière fois, toute la lingerie La Perla fourrée dans son sac en paille, Josette essaya d'abord de ne rien lui dire, mais elle ne trouvait pas de raison pour expliquer pourquoi elle l'avait appelé pour qu'il vienne la chercher alors qu'elle n'avait travaillé qu'une heure. Sans parler du fait que son frère avait remarqué des éclaboussures de sang sur son bras et insistait.

— Josette, il faut que tu me dises ce qui s'est passé. Je ne peux pas t'aider si tu ne me dis rien.

— Je...

— Est-ce qu'il t'a fait du mal ? Est-ce que c'est *lui* qui est blessé ? À qui appartient ce sang ?

Le camion filait de manière erratique sur la route étroite tandis que Julien ne cessait de jeter des coups d'œil à Josette.

— C'est... euh...

— Écoute, tu sais que je te soutiendrai quoi qu'il arrive. J'ai juste besoin de savoir à quoi on a affaire.

Josette hocha la tête et des larmes commencèrent à couler sur ses joues.

— Je ne voulais pas. Enfin, si, en quelque sorte, dit-elle.

— Tu ne voulais pas *quoi* ?

— Il allait me mettre dans le pétrin. Genre, vraiment un *gros* pétrin, avec les gendarmes. Mais ce n'est pas... ce n'était pas que ça. Il... il a dit qu'il ne m'épouserait jamais. Et après...

Elle s'interrompit, regardant par la fenêtre les tournesols sur le point de fleurir.

— Josette ! Dis-moi ce qui s'est passé !

— Je l'ai tué, dit-elle simplement, puis elle rit parce que cela semblait si improbable. Je lui ai tranché la gorge comme si c'était un poulet.

Julien eut le souffle coupé. Il donna à sa sœur des instructions strictes de prendre une douche dès qu'ils rentreraient à la maison - non, encore mieux, d'aller à l'étang et de nager. Il avait vu une émission de télé où les experts en criminalistique avaient pu obtenir des échantillons de sang dans un siphon de douche, alors mieux valait prévenir que guérir.

— S'ils trouvent ne serait-ce qu'une goutte de son sang sur toi, tu es fichue, lui dit-il, sachant que cela l'effrayerait mais ne voulant pas qu'elle soit négligente.

Josette avait suivi ses instructions et avait même, pendant quelques instants, apprécié sa baignade, flottant sur le dos en regardant le ciel sans nuages, heureuse de ne plus jamais avoir à revoir Coulon. Elle pensa plutôt à Lebeau, à la façon dont il l'avait serrée étroitement par la taille, et l'avait hissée sur ses épaules où les autres filles l'avaient regardée avec envie.

Ce n'était pas comme si elle l'avait planifié. C'était simplement la façon dont les événements s'étaient déroulés, presque comme si elle s'était retrouvée dans un film, emportée dans une histoire qu'elle n'avait pas écrite.

Le lendemain matin, elle était allée chercher du gloss dans son sac et avait trouvé l'ensemble La Perla en boule, le duo rose à froufrous qu'elle portait quand la vague de violence l'avait submergée. Il était grotesquement décoré du sang du maire, et Josette n'avait pas besoin que Julien lui dise qu'elle devait s'en débarrasser immédiatement, peu importe à quel point elle aurait aimé garder tous ces beaux sous-vêtements pour elle. Elle réfléchit un moment et décida finalement que l'étang serait un bon endroit pour s'en débarrasser. Avec une grimace, elle le ramassa, le serrant aussi fort que possible, et se glissa par la porte latérale de la maison avant que Maman ne puisse lui demander ce qu'elle faisait ou lui donner une corvée à faire sur-le-champ.

En marchant le long du chemin de terre longeant le champ, elle se demanda : allait-elle finir en prison après tout ? Peut-être qu'elle le méritait. Elle savait que c'était mal de tuer une autre personne - pas seulement légalement, mais moralement aussi. Mais si la personne était horrible ? Était-elle censée souffrir encore et encore à l'infini, à supporter son horreur pour toujours ?

Dans l'esprit de Josette, les options avaient toujours été très limitées. Tout ce qu'elle savait faire, c'était essayer d'échapper à la punition qui l'attendait, par tous les moyens possibles. Tout ce qu'elle pouvait faire était de réagir à ce qui lui arrivait, même si cette stratégie fonctionnait de moins en moins bien à mesure qu'elle grandissait.

Ce matin fatidique, Coulon l'avait réprimandée dès qu'elle était entrée chez lui. Il avait critiqué son café, dit que les cuillères étaient ternies, et s'était moqué d'elle pour avoir fait allusion au mariage. Tout cela, Josette était prête à l'endurer, sachant que sa famille avait besoin de l'argent qu'elle gagnait chez le maire, et étant incapable de trouver un moyen de se défendre.

Mais ensuite, il l'avait suivie dans la chambre d'amis où, sur son ordre, elle s'apprêtait à changer les taies d'oreiller même si personne n'avait dormi dans le lit, et il l'avait attrapée comme si elle n'était qu'un jouet, même pas humaine. Josette avait eu une vision instantanée de son avenir, piégée pour toujours dans la maison de Coulon, n'ayant jamais d'amour ni même une chèvre de compagnie, mais seulement les attentions non désirées et le mépris de son employeur.

Elle avait saisi une épingle à rideau sur le dessus de la commode et l'avait coupé sans réfléchir. Et dans l'ensemble, elle n'admettait qu'à elle-même qu'elle n'était pas désolée.

Quand elle atteignit l'étang, elle chercha des pierres et les trouva facilement. Elle enveloppa les pierres dans les sous-vêtements roses et ensanglantés, et jeta les paquets dans l'étang aussi loin qu'elle le pouvait.

Pendant longtemps, elle resta au bord de l'eau, ses chaussures s'humidifiant, écoutant les cris des oiseaux au loin, et regardant les cercles dans l'eau pulser vers l'extérieur jusqu'à ce que la surface soit plate et que ce soit comme si rien ne l'avait jamais perturbée.

Molly se tenait près du gril, figée, incapable de croire ce que Ben venait de lui demander.

— Vraiment ? T'épouser ? dit-elle, les yeux écarquillés, et il rit en lui prenant la fourchette des mains et en l'attirant contre lui.

À ce moment-là, ils sentirent tous les deux son téléphone portable vibrer. Molly le sortit de sa poche.

— Que dit Maron ? demanda Ben.

— Ce n'est pas lui, dit Molly, intriguée. C'est Malcolm Barstow, qui me dit de me rendre immédiatement à la gare.

Elle fit une pause.

— Il ne dit pas pourquoi... mais je lui fais confiance.

— Je viens avec toi, dit Ben, et bien que Molly hésitât un instant, elle lui fit rapidement signe de la suivre.

— On peut prendre ta voiture ? demanda-t-elle. J'enverrai un message à Lawrence pour lui demander de prendre le relais pour l'accueil. Frances et Nico s'en sortiront. Dépêchons-nous !

Ben était un conducteur expert, mais Molly ne l'avait jamais vu à l'œuvre auparavant. Ils dévalèrent la rue des Chênes, contournèrent le bord du village vers l'ouest et arrivèrent à la gare avant que Molly n'obtienne une réponse à son message à Malcolm, lui demandant des détails.

Alors qu'ils se précipitaient hors de la voiture sans savoir ce qu'ils pourraient trouver dans la gare, Ben regretta de ne pas avoir son arme.

— Attends, dit-il avec urgence. Ralentis. Essayons de voir quelle est la situation avant de nous précipiter.

Utilisant toute la volonté dont elle était capable, Molly arrêta de courir et laissa Ben marcher légèrement devant elle. Après tout, il était entraîné.

Ben se glissa dans le bâtiment en utilisant la porte la plus éloignée sur le côté. Un train était arrivé cinq minutes plus tôt, et les voyageurs affluaient déjà dans la gare. Molly suivit, cherchant Malcolm partout. Ils fouillèrent la salle d'attente et le petit café attenant, mais ne virent rien d'inhabituel ni personne qu'ils connaissaient.

Molly courut vers les portes menant aux quais et aperçut furtivement Josette Barbeau en train de disparaître dans une voiture du train en attente.

— Ben ! Vite !

Ils dévalèrent le quai et atteignirent la porte du train juste au moment où le contrôleur montait à bord pour préparer le départ. Ben parlementa rapidement et ils furent autorisés à monter.

Ils trouvèrent Josette assise à côté de Julien, trois wagons plus loin.

Molly s'arrêta un instant, ressentant un pincement au cœur, sachant au fond d'elle-même que Josette avait commis un crime terrible, mais souhaitant qu'elle puisse d'une manière ou d'une autre être traduite en justice sans infliger tant de douleur à son frère. Elle se tourna pour regarder Ben, et instinctivement il comprit ce qu'elle pensait et parut triste aussi, puis hocha la tête pour indiquer qu'il était temps d'agir.

Molly s'avança vers l'endroit où les Barbeau étaient assis et se laissa tomber dans un siège vide en face d'eux. Le train eut deux soubresauts et commença à glisser hors de la gare.

— Josette, dit-elle simplement.

— Eh bien bonjour, Molly ! dit Julien, d'un ton faussement jovial. J'ai bien peur de n'avoir rien à vendre pour le moment ! J'emmène Josette faire un petit voyage, juste quelques nuits. Ça peut devenir ennuyeux pour elle, coincée à la ferme avec Maman jour après jour. Où est-ce que vous allez ?

Josette se recroquevilla dans son siège. Elle remonta ses pieds sous elle et replia son corps autant qu'elle le pouvait, sans regarder personne.

— Allez, Josie, dit Julien, mais son ton était désespéré.

Il pouvait voir qu'elle n'avait plus aucune combativité.

— Je ne voulais pas vraiment le faire, dit Josette, toujours sans établir de contact visuel. Est-ce que ça ne compte pas un peu ?

❧ 50 ❧

Le lendemain soir, toute l'équipe du mariage - à l'exception de Nico et Frances, partis en lune de miel vers une destination inconnue - ainsi que plusieurs autres villageois, se retrouvèrent Chez Papa pour entendre l'histoire complète et les dernières nouvelles sur le meurtre du maire. Mal à l'aise, Maron se retrouva au centre de l'attention de tous tandis qu'il racontait ce qui s'était passé lors de sa visite à la ferme des Barbeau la veille.

— J'ai entendu dire qu'ils étaient à mi-chemin de Brive, en train de s'enfuir ! dit Claudine Brosset, qui buvait une bière avec Annette. Et elle a utilisé une épingle à rideaux, de toutes les choses possibles !

— C'est vrai qu'elles sont terriblement pointues, ajouta une autre femme qui travaillait à la mairie.

— Allez, dit un gars qui avait travaillé sans relâche pour faire élire Lebeau au conseil. Nous méritons de connaître les détails, le maire était une figure publique, après tout.

— Tout à fait !

Maron leva la main pour faire taire tout le monde. Il ne pouvait s'empêcher de souhaiter être sur le point de raconter l'histoire de son propre exploit, plutôt que celui de Molly Sutton. Mais il prit une inspiration et continua courageusement.

— J'ai reçu des informations de quelqu'un que vous connaissez sûrement tous, au moins de réputation, Madame Sutton.

Il hocha la tête en direction de Molly, qui ne put s'empêcher de rougir, bien que cela la fît se sentir ridicule.

— Je suis allé à la ferme des Barbeau et j'ai entrepris une fouille approfondie. Ce que vous ne réalisez peut-être pas, c'est que l'enquête sur le meurtre de Coulon a mis au jour un certain nombre d'autres crimes qui avaient eu lieu ou qui étaient encore en cours. J'ai bien peur que notre maire n'ait été une sorte d'escroc. Il était impliqué dans du blanchiment d'argent et recevait des pots-de-vin de diverses sources, et ce genre de chose prend du temps à élucider. Avec seulement deux officiers, vous pouvez comprendre...

Maron fit une pause et prit une gorgée de son vin.

— Quoi qu'il en soit, il s'est avéré que la corruption n'était pas l'élément central de l'affaire et n'avait rien à voir avec son meurtre. Après avoir reçu le tuyau de Molly, j'ai trouvé plusieurs preuves à la ferme qui n'avaient pas été soupçonnées auparavant. C'est tout ce que je suis libre de dire pour l'instant. Le procès, évidemment, est encore loin.

Molly prit la main de Ben et sourit. Bien sûr, elle était ravie que Maron ait trouvé un sac de sous-vêtements La Perla caché dans la grange, mais à ce moment-là, elle et Ben avaient déjà rattrapé les Barbeau dans le train et entendu la confession de Josette. En plus du sac dans la grange, leur avait dit Josette, il y avait une culotte à froufrous rose et un caraco au fond de l'étang. Maron y avait pataugé et avait plongé sous l'eau pour les récupérer, et même s'ils avaient été immergés pendant de nombreux jours, les taches de sang étaient indéniables.

Parmi les nouvelles preuves figurait également un sucrier en argent qui avait été fourré sous le siège du camion.

— Et Julien ? cria quelqu'un.

— J'ai bien peur que nous ayons dû l'arrêter aussi. Il l'a ramenée chez elle après le meurtre et essayait de l'aider à quitter le pays, même s'ils n'avaient pas encore réussi à obtenir des passeports. Permettez-moi d'ajouter ici que je suis déçu que personne parmi vous n'ait vu l'un ou l'autre des Barbeau le jour du meurtre du maire. L'enquête aurait été beaucoup plus facile si son alibi avait été fragile dès le début, dit-il en lançant un rapide regard noir en direction de Rémy, qui baissa les yeux vers ses chaussures.

— Je suppose qu'on peut oublier les poulets de Bresse, entendit Molly venant de quelqu'un, et elle ressentit une nouvelle pointe de tristesse pour le jeune homme, qui semblait être le seul Barbeau avec un cœur vraiment bon, et qui se faisait entraîner parce qu'il avait essayé d'aider sa sœur.

— Je ne peux m'empêcher de penser à Stendhal, dit doucement Lawrence.

Molly lui lança un regard interrogateur.

— Une de ses citations célèbres, que la beauté est « *la promesse de bonheur* ». Je pense que je pourrais dire que la promesse n'est très souvent pas réalisée. La beauté de Josette a été sa perte, tu ne crois pas ?

Molly haussa les épaules.

— Je ne sais pas. Les vies sont compliquées. On ne peut pas réduire les choses à leur essence comme ça, je ne pense pas.

— Hm, dit Lawrence, pensif.

Malcolm Barstow croisa le regard de Molly et lui fit un clin d'œil. Elle sourit et hocha la tête. Pour un voleur invétéré, il s'était avéré plutôt utile, même s'il avait agi au moins en partie par culpabilité de ne pas être venu au secours de Molly lorsqu'elle avait été attaquée par Vasily Vasiliev. Il traînait à la gare dans l'espoir de faire les poches de quelques voyageurs du train du soir, et avait surpris Josette et Julien en train de discuter discrètement de la façon dont ils pourraient obtenir des passeports avant que Maron ne les rattrape - et il s'était dit que c'était une conversation qui pourrait beaucoup intéresser Molly.

Ben lui serra la main, et l'affaire étant enfin résolue, Molly fut à nouveau illuminée par le souvenir de la veille et de la demande en mariage impromptue de Ben près du grill. Quand ils étaient revenus à La Baraque après avoir laissé Josette et Julien aux soins de Monsour, les invités du mariage étaient tous rentrés chez eux. Ils avaient décidé de laisser le désordre de la fête pour le lendemain matin. Ben avait pris Molly dans ses bras et lui avait expliqué que lorsqu'il avait vu Vasily lui tenir les poignets et essayer de l'entraîner dans la forêt, il avait réalisé avec une parfaite clarté qu'il ne voulait pas vivre sans elle. Et Molly, malgré (ou peut-être à cause de) toutes ses jérémiades sur le fait qu'elle en avait assez du sujet du mariage, n'avait pas eu besoin d'être persuadée.

Ils avaient convenu de garder la nouvelle entre eux, pour un petit moment, profitant du plaisir d'un secret partagé, et Molly souriait largement Chez Papa, sachant quel juteux ragot ils retenaient à tout le monde.

— Mais ce que je veux savoir, dit Madame Tessier à Molly, c'est pourquoi vous n'avez jamais demandé à personne à propos des sous-vêtements La Perla, si vous vous étiez posé la question tout ce temps ?

Molly haussa les épaules.

— Je ne sais pas. Je suppose que... Castillac est ma maison maintenant, et j'ai l'impression d'avoir reçu un accueil très chaleureux. Mais peut-être que si je commençais à demander quel genre de sous-vêtements tout le monde porte, ça irait un peu trop loin, même pour une Américaine ?

Madame Tessier rit. Elle admirait les talents d'investigation de Molly, et se sentait toujours un peu envieuse de n'avoir jamais elle-même résolu un crime.

— Et tout le reste ? demanda un homme plus âgé depuis le bar, d'un ton peu amical. Pourquoi Castillac est-elle soudainement devenue le centre de toute cette corruption et de ce trafic de drogue ? Nous étions autrefois une communauté calme et paisible.

D'autres murmurèrent leur accord.

— Ça aidera quand nous aurons un maire qui n'est pas impliqué dans ce genre de choses, dit Monsour, heureux de pouvoir parler de sa propre contribution. Il bloquait les permis commerciaux à la fois pour ses propres vendettas et pour des pots-de-vin. Nous avons ouvert une enquête sur ses liens avec le marché noir également. Est-ce étonnant qu'une paire de voyous comme les Vasiliev - et Lebeau aussi, soyons honnêtes - aient choisi un tel village pour démarrer leur entreprise ? Ils pensaient probablement que le maire pouvait être acheté et qu'ils pourraient faire ce qu'ils voulaient en toute tranquillité. Et ils ont failli y arriver.

Lawrence observait Molly et Ben. Il remarqua qu'elle semblait satisfaite lorsque Maron lui attribua le mérite d'avoir attrapé Josette, mais aussi qu'elle paraissait un peu distraite, comme si son esprit était ailleurs. Elle se pencha en arrière contre Ben et il l'entoura de ses bras.

Il se passe quelque chose, pensa Lawrence. Et d'une manière ou d'une autre, je vais trouver un moyen d'aller au fond des choses. Mais d'abord, un autre Negroni pour célébrer la fin d'une *très* longue semaine.

FIN

ÉGALEMENT PAR NELL GODDIN

La troisième fille (les mystères de Molly Sutton 1)

La reine de la chance (les mystères de Molly Sutton 2)

Le prisonnier de Castillac (les mystères de Molly Sutton 3)

L'amour assassin (les mystères de Molly Sutton 4)

Le meurtre du château (les mystères de Molly Sutton 5)

Vacances mortelle (les mystères de Molly Sutton 6)

Un meurtre officiel (Les Mystères de Molly Sutton 7)

Mort dans l'obscurité (Les Mystères de Molly Sutton 8)

Pas d'honneur chez les voleurs (Les Mystères de Molly Sutton 9)

Œil pour œil (Les Mystères de Molly Sutton 10)

Amnésie douce-amère (Les Mystères de Molly Sutton 11)

Sept cadavres bien alignés (Les Mystères de Molly Sutton 12)

Vous pouvez obtenir les livres de Nell sur son site Internet (goddinbooks.com), dans toutes les grandes librairies en ligne ou dans votre librairie locale.

REMERCIEMENTS

Une fois de plus, mille mercis à Tommy Glass et Nancy Kelley. Vous êtes les *meilleurs*.

À PROPOS DE L'AUTEURE

Nell Goddin a travaillé comme journaliste radio, tutrice pour le baccalauréat, chef d'omelettes minute et boulangère. Elle a essayé d'être serveuse mais a été licenciée deux fois.

Nell a grandi à Richmond, en Virginie, et a vécu en Nouvelle-Angleterre, à New York et en France. Elle est diplômée du Dartmouth College et de l'Université Columbia.

www.ingramcontent.com/pod-product-compliance
Lightning Source LLC
Chambersburg PA
CBHW061634190726
48289CB00006B/1606